Evelin Hasler

Mit dem letztem Schiff

Als der 35-jährige Journalist Varian Fry im August 1940 Marseille erreicht, haben deutsche Truppen den Großteil Frankreichs schon besetzt. Sein Auftrag des Emergency Rescue Comittee: zweihundert verfolgten Künstlern die Ausreise in die USA zu ermöglichen. Die Arbeit Frys ist sehr gefährlich, denn das Vichy-Regime hat sich verpflichtet, Nazigegner an die deutsche Regierung auszuliefern. Varian Fry treibt Geld auf und Schiffspassagen, kauft gefälschte Pässe und organisiert Fluchtrouten. Mit Unverfrorenheit, Einfallsreichtum und einem Stab von Helfern rettet er viele berühmte Schriftsteller und Künstler, aber auch viele unbekannte Flüchtlinge.
Zur selben Zeit bewahren in Frys Umfeld zwei Schweizer Rotkreuzschwestern ein ganzes Kinderheim vor der Deportation – gegen die Weisung der offiziellen Schweiz. Eine weitere, die Bernerin Elsbeth Kasser, versucht im schrecklichen Lager Gurs unter schwierigen Umständen eine Oase der Hoffnung und Menschlichkeit zu schaffen.
Die Geschichte dieses «amerikanischen Schindler» und seiner Mitarbeiter erzählt Eveline Hasler sehr dicht und mit grandiosem Tempo.

Eveline Hasler wurde in Glarus geboren, studierte Psychologie und Geschichte in Fribourg und Paris und war einige Zeit als Lehrerin tätig. Heute lebt sie im Tessin. Ihr umfangreiches Werk wurde vielfach ausgezeichnet, unter anderem mit dem Schubart-Literaturpreis, dem Meersburger Droste-Preis für Dichterinnen und dem Justinus-Kerner-Preis. Ihre Bücher wurden bisher in zwölf Sprachen übersetzt.

Eveline Hasler

Mit dem letzten Schiff

Der gefährliche Auftrag
von Varian Fry

dtv

Wörtliche Zitate sind im Buch kursiv gesetzt.
Abdruck der Gedichtauszüge von Walter Mehring
auf S. 18, 22, 27, 52, 91, 193, 212 aus:
›Staatenlos im Nirgendwo.
Die Gedichte, Lieder und Chansons 1933–1974‹,
Düsseldorf 1981. © Stiftung Kultur und Jugend, Zürich.
Abbildung S. 6: Varian Fry in Marseille, 1941
(© ddp images/Süddeutsche Zeitung Photo)

MIX
Papier aus verantwortungsvollen Quellen
FSC® C019821

4. Auflage 2024
2016 dtv Verlagsgesellschaft mbH & Co. KG, München

Umschlaggestaltung: dtv unter Verwendung eines Fotos vom
United States Holocaust Memorial Museum, courtesy of Dyno Lowenstein
Druck und Bindung: Druckerei C.H.Beck, Nördlingen
Printed in Germany · ISBN 978-3-423-14503-9

Für die Kinder von La Hille
– und für Gussie, den ich bei den Recherchen für dieses Buch als Professor Justus Rosenberg am Bard College in New York wiederfand und dem ich herzlich für alle Auskünfte danke

New York, Hotel Commodore, 25. Juni 1940

Varian Fry sah Erika Mann vorn am Referententisch im *Commodore* sitzen – für die bevorstehende Tagung war das ein gutes Omen.

Die junge Frau hielt den schmalen Kopf mit dem kurzgeschnittenen dunklen Haar in die Hand gestützt, zwischen den Fingern die brennende Zigarette. Fry mochte ihre herzförmigen, stark geschminkten Lippen. Noch besser gefiel ihm, dass sie kein Blatt vor den schönen Mund nahm, wenn sie im Rundfunk oder am Rednerpult sprach – fast die einzige Stimme, die das lethargische Amerika vor Hitler warnte.

An der Versammlung sprach sie als Erste. Sie vertrete ihren Vater Thomas Mann, auf dessen Vorschlag hin man sich ja heute im *Commodore* versammelt habe. Seit drei Jahren genieße der deutsche Schriftsteller in den Vereinigten Staaten Gastrecht. Sie überbringe seine Grüße. Berichtete dann von den Hilferufen verzweifelter Kollegen, die täglich an ihn, den Nobelpreisträger, gelangten, von antifaschistischen Künstlern und Wissenschaftlern in Internierungslagern oder in den Fängen der Gestapo. «Es sind unsere besten kreativen Kräfte, in Europa ist eine Kultur dabei, unterzugehen!», rief sie. Ihre Stimme war voller Emotion, vom vielen Rauchen leicht brüchig.

Man lauschte ihr aufmerksam. Nach einer langen Zeit der Zurückhaltung hatte zehn Tage zuvor eine Nachricht aus Übersee ganz Amerika aufgerüttelt: Die Nazis hatten am 14. Juni Paris erobert. Dann hatte General Pétain in Vichy den Friedensvertrag unterzeichnet mit dem berüchtigten Artikel 19:

Frankreich verpflichtete sich, auf Verlangen Nazigegner an die deutsche Regierung auszuliefern.

Im *Commodore* äußerte man sich empört über die Verletzung des Asylrechts. Zehntausende von Antifaschisten, die sich nach Frankreich gerettet hatten, waren jetzt in Lebensgefahr! Von Paris aus versuchten sie nach Süden zu fliehen, in die noch unbesetzte Zone, und stauten sich, da der Schiffsverkehr in den verminten Gewässern eingestellt war, in Marseille.

Deshalb war man an diesem 25. Juni 1940 nach einem Aufruf von Thomas Mann und unter dem Patronat der First Lady Eleanor Roosevelt in New York zusammengekommen. Es sollte ein Komitee gegründet werden mit dem Zweck, den verfolgten Künstlern und Intellektuellen zur Flucht in die Vereinigten Staaten zu verhelfen. Emergency Rescue Committee (ERC) nannte sich dieses neue Gremium, es benötigte Affidavits und Notvisa, Geld für Transitgenehmigungen und Schiffspassagen.

Durch Erika Manns Aufruf wurde klar: Ein Vertreter des Komitees musste hingeschickt werden, über den Ozean, mitten in den Hexenkessel von Marseille.

Eine nicht ungefährliche Aufgabe.

Die meisten der Anwesenden, wie der eben zum Chairman gewählte Frank Kingdon, verfügten über sichere Posten an Universitäten und anderen Institutionen und zeigten wenig Lust, diesen riskanten Auftrag zu übernehmen.

Da wurde Varian Frys Name genannt.

Der Harvard-Absolvent habe sich als Journalist seit Jahren mit den Mechanismen der Diktaturen beschäftigt. Fry sei ein Experte in alten Sprachen, beherrsche Französisch und Deutsch und besitze ausgezeichnete Kenntnisse der zeitgenössischen Literatur.

Man sah sich nach Fry um, er erhob sich. Ein großgewachsener Mann Anfang dreißig, gepflegt und gutaussehend auf eine amerikanische Art, mit dunklen Haaren und einer modernen, doch nicht zu modischen Hornbrille. Seine Stimme war ruhig, seine Ausdrucksweise etwas steif und reserviert, nichts gab zu erkennen, wie sehr er darauf brannte, diesen Auftrag anzunehmen.

Wenn kein besserer Kandidat sich melde, sagte er, wolle er sich gerne überlegen, die Aufgabe zu übernehmen. Als einer, der sich für Kunst und Literatur begeistere, verehre er die betroffenen Künstler und Wissenschaftler sehr und wolle, wenn es dem Komitee genehm sei, nach Möglichkeit zu ihrer Rettung beitragen.

Während der Kaffeepause bildeten sich kleine Gruppen. Im Gespräch bezeichnete man Fry da und dort als introvertiert und eigenwillig. Konnte ihm eine solche Aufgabe anvertraut werden?

Ein älterer Vertreter der Harvard-Verwaltung gab im kleinen Kreis seine Erinnerungen an den als Student eher konventionellen, als Mensch aber rebellischen Varian Fry zum Besten. Auf eine eigenbrötlerische, fast etwas verdruckste Art habe er die Direktion mit Ausbrüchen antiautoritären Einschlags geärgert: «Mit seinem Packard ist er vor dem Universitätsgebäude durch eine Absperrung aus Ketten gedonnert. Hat im Zorn das Telefon im Flur des Sekretariats aus der Wand gerissen und aus dem Fenster geworfen. Später auch noch eine Tafel mit der Aufschrift *For Sale* geklaut und sie im Rasen vor der Villa des Rektors eingepflanzt! Harvard hat ihn für ein paar Monate ausgeschlossen, doch sein Examen hat er glänzend bestanden.»

Nach der Pause meldete sich Thomas Manns Sohn Klaus zu Wort. Der scheue, melancholisch aussehende junge Mann zeigte sich für gewöhnlich, im Gegensatz zu seiner Schwester, kaum in der Öffentlichkeit. Er wohnte meist im New Yorker Bedford Hotel und erregte in literarischen Kreisen Aufsehen mit seinen brillanten Essays über die deutsche Kultur im Exil. Amerika müsse Hitler ernst nehmen, mahnte er. Hitler strebe nach der totalen Herrschaft. Falls die USA in den Krieg eintreten, melde er sich jetzt schon an, um als amerikanischer Soldat gegen den Naziterror zu kämpfen.

«Als erklärter Homosexueller dürfte er die Aufnahme in unsere Armed Forces kaum schaffen», flüsterte in der Reihe vor Fry ein Veteran mit einer Navymütze.

Dann kam die Rede nochmals auf den Kandidaten. Ein deutschstämmiger Kaufmann aus Washington erwähnte, Fry habe als junger Journalist schon Zivilcourage gezeigt. Als er 1935 für die Zeitung *The Living Age* in Berlin gewesen sei, habe er auf dem Kurfürstendamm mit angesehen, wie wehrlose jüdische Bürger von Nazitrupps zusammengeschlagen wurden. Noch in derselben Nacht habe er einen aufrüttelnden Leitartikel für die *New York Times* geschrieben: «Der erste Augenöffner jenseits des Ozeans über die Zustände im neuen Deutschland!»

Direktor Frank Kingdon verkündete, dass in den kommenden Tagen entschieden werde, wen man nach Frankreich schicke. Man stelle auch das Pflichtenheft dieses Delegierten zusammen und eine Liste mit den Namen derer, die er retten solle. Der Gewählte erhalte demnächst Nachricht. Dann schloss Kingdon die Sitzung.

Fry hatte seine Frau Eileen gebeten, den ersehnten Brief des Komitees gleich zu öffnen, falls er nicht zu Hause sei. So erfuhr Eileen in ihrer Wohnung am Irving Place an einem Julimorgen als Erste von dem positiven Entscheid. Da sie ihren Mann unweit im Gramercy Park wusste, eilte sie mit dem Brief zu der kleinen grünen Oase zwischen altmodischen Backsteinhäusern, wo sich Fry bei der Lektüre fremdsprachiger Literatur und der Beobachtung von Vögeln zu entspannen pflegte. Von einem Mitglied des ornithologischen Vereins hatte er den Schlüssel zu dem für die Öffentlichkeit geschlossenen Park bekommen.

Eileen fand Varian mit dem Fernglas in der Hand auf seiner

Lieblingsbank, neben sich ein Roman von André Gide. Lieber hätte sie Varian beim Baseball gesehen, doch sie hatte gelernt, seine eigenwilligen Beschäftigungen zu tolerieren.

«Varian, sie schicken dich!», rief sie ihm entgegen.

Er stand von der Bank auf und umarmte sie schweigend.

«Nun», sagte sie lachend, als er sie wieder losließ, «drüben wirst du deine Künstlervögel beobachten und zu retten versuchen! Schick uns die besten über den Ozean, man wird ihnen hier goldene Volieren bauen!»

Er zog erst sein Taschentuch aus der Brusttasche und reinigte die von der freudigen Emotion beschlagenen Brillengläser. «Volieren?», murmelte er und lächelte. «Was Vögel brauchen, Eileen, das ist Freiheit.»

Ausgestattet mit dreitausend Dollar und der Namensliste von zweihundert Menschen, die er retten sollte, doch ohne Vorstellung, wie das praktisch zu bewerkstelligen sei, erreichte Varian Fry am 16. August 1940 Marseille.

Er schritt die monumentale Treppe vor dem Bahnhof Saint Charles hinunter, die Marmorstufen hatten die Schwere und Kühle von Grabplatten.

Im Taxi nannte Fry das Hotel Splendide.

«Haben Sie dort reserviert?», fragte der Chauffeur.

Fry verneinte.

«Marseille quillt über von Reisenden und Emigranten, in den großen Hotels finden Sie heute garantiert keinen Platz!» Und er fuhr den Gast zu einem kleinen Hotel mit dem Namen Suisse. Dessen Zimmer waren sauber, aber zu klein für Frys Aufgabe. Ein Safe war nicht vorhanden, besser also, er trug seine Kostbarkeiten mit sich: in die Taschen eingenäht einige Tausend Dollar, in einer Mappe die Namensliste. Fry fiel auf bei seinem Erkundungsgang durch die Straßencafés an der Canebière, mit seinem neuen Maßanzug aus New York und den zielstrebigen, elastischen Schritten. An der Rezeption des *Splendide* gelang es ihm, für den übernächsten Tag zwei Zimmer zu reservieren.

«Für wie lange?»

«Ein Monat dürfte reichen.»

Dann machte er sich auf zum Büro des amerikanischen Konsulats an der Place Saint-Ferréol. Dort wies ihn eine nicht sehr höfliche, wasserstoffblonde Frau darauf hin, dass sich das Visa-Büro im Konsulat selbst außerhalb der Stadt befinde, doch mit den öffentlichen Verkehrsmitteln in einer Viertelstunde bequem zu erreichen sei.

Das Konsulat, eine hübsche, in einem Park gelegene Villa, war weiß und wirkte wie aus dem Ei gepellt. Vor dem Tor zu dieser heilen Welt stand eine graue Warteschlange von Emigranten. Fry beobachtete betroffen die von Entbehrung und Enttäuschung gezeichneten Gesichter. Er ging um die Schlange herum und nahm die Treppe zum Hauptportal. Eine Wache wies ihn zurück.

«Ich bin Amerikaner», sagte er.

Der Uniformierte zeigte sich beeindruckt. Führte Fry dann in einen abseits gelegenen Raum mit Konferenztisch und versprach, Frys Visitenkarte dem Konsul zu überreichen.

Nach einer Weile betrat ein Mitarbeiter des Konsulats das Zimmer und scheuchte Fry hinaus: Was er hier zu suchen habe, er gehöre zurück in den Warteraum!

Hier drängten sich die vom stundenlangen Ausharren erschöpften Emigranten. Der Hoffnungsfunke, der draußen in der Warteschlange angesichts der hübschen Villa noch in ihren Augen geschimmert haben mochte, war jetzt erloschen. Fry zog mit seinem sauber rasierten Gesicht und dem tadellosen Anzug feindliche Blicke auf sich, mit Schadenfreude forderte man ihn auf, sich hinten anzustellen.

Er wartete über eine Stunde, ging auf in der grauen, teils

Französisch, teils Deutsch sprechenden Menge, dann kehrte er um und fuhr mit dem Bus in die Stadt zurück.

Am dritten Tag nach seiner Ankunft bezog er ein Zimmer im vierten Stock des Hotels Splendide. Er setzte sich an das schmale Tischchen, das eine Frisierkommode gewesen war, den Spiegel hatte er abgeschraubt und im Badezimmer verstaut. Saß da in der Nachmittagshitze, saß da und wartete darauf, dass die zu ihm fänden, die er retten sollte.

Noch in New York hatte er sich vorgestellt, wie er mit einem Fahrrad durch Südfrankreich fahren würde, um seine durch den Krieg verstreuten Künstlervögel zu suchen. Unweit von Marseille, in Gordes, wohnte zum Beispiel der von ihm bewunderte Marc Chagall. Heinrich Mann und seine Frau waren wohl in Nizza zu finden, doch wo befanden sich, um nur ein paar weitere zu nennen, Golo Mann, Lion Feuchtwanger, Franz Werfel, Max Ernst, André Breton? Wo steckte Walter Mehring, der Autor frecher, tollkühner Kabaretttexte?

Sein erster Mitarbeiter, der kluge Albert Hirschmann, riet ihm zu Geduld: «Der Exodus der Flüchtlinge von Paris hierher ist noch im Gange. Pass auf, es kommen nicht zweihundert, sondern hunderttausend! Marseille, heißt es, ist die Endstation jeder Flucht.»

I

Die Emigrantenkommode in Paris,
Frühsommer 1938

«Sie wünschen?» Die Wirtin, eine kleine Blondine in reifem Alter, griff nach der Lesebrille und beugte sich über ihr Buch.

«Ein Zimmer für einige Wochen. Vielleicht auch für länger», sagte die junge Frau.

Die Frau am Tresen blickte hoch. «Ihr Name, Mademoiselle?»

«Miriam Davenport. Aus Massachusetts.»

«Also Amerikanerin?» Die Wirtin musterte das rundliche, hübsche Gesicht mit den auf dem Kopf zusammengebundenen blonden Haarflechten. «Seltsam», sagte sie langsam. «Frankreich ist dabei unterzugehen, und Sie wollen nicht nach Hause, sondern in Paris bleiben ...»

Die junge Frau meinte lächelnd, sie warte auf ihren Verlobten. Als Sohn eines jugoslawischen Diplomaten habe er der politischen Lage wegen in sein Land reisen müssen. «Wissen Sie», sagte sie und blickte in die blauen, verkniffenen Augen der Patronne, «wir haben beide in Paris die École des Beaux Arts besucht. Sobald es die Verhältnisse zulassen, möchten wir unsere Studien abschließen. Mein *fiancé* malt selbst ...» Sie hielt inne, um belustigt dem Wort *fiancé* nachzuhorchen, fuhr dann weiter: «Es heißt doch, Sie hätten ein Herz für Künstler, Madame?»

Die Patronne schaute nochmals in ihr Buch, legte dann mit einer entschlossenen Geste die Brille ab. «Bedaure, Mademoiselle. Das letzte Zimmer ist seit Tagen vergeben. An einen Schriftsteller aus Österreich. Sein Freund, der schon eine Weile unser Gast ist, hat für ihn reserviert.»

Ein kleingewachsener Mann war eben in den Flur getreten, die Wirtin wandte sich ihm zu. «Ach, da kommt er ja, unser Stammgast! Bonsoir, Monsieur Mehring! Wie immer mit Baby im Arm?»

Sie zeigte auf die in braunes Packpapier eingewickelte Weinflasche. Der Mann mit den scharfen, aber nicht unschönen Gesichtszügen lachte. Bat dann die Wirtin, die er Madame Boucher nannte, um ein drittes Weinglas. «Wir sitzen heute Abend zusammen. Ist Herr Horváth schon aus der Stadt zurück?»

«Nein. Aber Ihre Freundin aus Wien, Madame Pauli, ist schon da.»

Mehring bemerkte jetzt die junge Frau am Tresen, die für ihn zur Seite gewichen war. Er nickte ihr zu, stieg dann, auf der Spur von lockenden Essensgerüchen, die Treppe hinauf. Eine Dame aus der Wiener Gesellschaft pflegte auf einem primitiven Gaskocher für ihren blinden Sohn erstaunliche Mahlzeiten zu zaubern, und Mehring war heute eingeladen.

Die Besitzerin des Hotels wandte sich wieder zu Miriam Davenport. «Sie können, wenn Sie wollen, morgen oder übermorgen nochmals anfragen, Mademoiselle. In diesen Zeiten, wissen Sie, sieht die Welt jeden Tag anders aus.»

Miriam nickte, verabschiedete sich und trat aus dem dunklen Flur auf die Straße.

Von außen betrachtet, war die Herberge mit dem Anbau verwinkelt, der Innenhof schäbig, mit den Mülltonnen, dem Getrippel der rotfüßigen Tauben, den Wäscheleinen mit dem rosa Unterzeug der *poules de luxe*. An der Fassade las die Amerikanerin lächelnd die blauen Buchstaben mit dem Namen des Hotels: DE L'UNIVERS.

So also geht das Universum vor die Hunde, dachte sie.

Sie entnahm ihrer Mappe ein Notizbuch, in das sie eintrug: Nochmals nachfragen: Hotel de l'Univers, Rue Monsieur le Prince 63.

Zwei Tage später, als sich Miriam Davenport wieder am Empfang meldete, erinnerte sich die Wirtin sofort: «Ah, die Amerikanerin.»

Sie setzte die Lesebrille auf. Und murmelte, mit dem Blick in ihr Buch: «Des einen Unglück ist des andern Glück, *c'est la vie*, Mademoiselle! Der Herr aus Österreich, er soll berühmte Theaterstücke geschrieben haben, ist tot. Ein Unfall. Während des Gewitters hat ihn auf den Champs-Élysées ein herunterfallender Ast erschlagen. Sie können sein Zimmer haben.»

Mehring hatte gestern in seiner Dachkammer auf Ödön von Horváth gewartet, die Weingläser standen schon auf dem Tisch. Seine Wiener Freundin war noch schnell hinübergegangen in den Nebenbau, um ihren Taftrock aus dem Koffer zu holen, sie wollte sich schön machen, denn Ödön war in Wien ihr Geliebter gewesen. Mehring, der jetzige Geliebte, wusste es, es sah ganz so aus, als entstünde da im *Univers* so etwas wie eine Ménage à trois.

Draußen hatte ein Blitz den Himmel erhellt, doch das Donnergrollen klang fern, das Ende des Gewitters, dachte Mehring. Ein heftiger Regenguss hatte ihn aus der Innenstadt zurück in sein Hotel getrieben.

Von seinem Fenster blickte er jetzt auf den von der Nässe geschwärzten Hof. Er sah seine Freundin zurückkommen, die ihm mit der Hand heftige Zeichen machte, kein normales Winken, eher der Hilferuf einer Ertrinkenden.

Mehring riss einen Fensterflügel auf.

«Ödön …!», schrie sie.

«Ist er zurück?»

«Ödön …»

«Was ist?»

«Ödön ist tot!»

Die Freunde des Toten, meist deutschsprachige Schriftsteller und Theaterleute, suchten Mehring auf, den sie für ein Mitglied der Trauerfamilie hielten, von der echten Trauerfamilie erschienen nur zwei Angehörige aus Wien, trotz der deutschen Besatzung hatten sie sich nach Paris durchschlagen können.

Sie baten Mehring um Auskunft. «Bitte, sagen Sie uns die Wahrheit, war es die Geheimpolizei?»

«Nein», wiederholte Mehring, «es war ein Ast.»

«Und das mitten in Paris?»

Mehring nickte. «Hinter dem Rond Point, bei den alten Platanen. Ein heftiger Sturm hat einen der Bäume gespalten.»

«Ein gewöhnlicher Ast? Nach welcher Regie?»

Mehring blieb für einmal still. Stumm trank er seinen Wein aus. Erst als er sein Glas auf die Tischplatte zurückstellte, murmelte er: «In Zeiten, wo der Mensch dem Menschen sein Untergang ist, ist es wohl eine Gnade, durch einen gewöhnlichen Ast zu Tode zu kommen.»

Später trug er in sein Heft ein:

Doch Horváth, den ein Baum erschlug
Damit solch Kleinod im Exil
Den Säuen nicht zum Fraße fiel
Starb ganz er selbst: ein Satyr-Spuk …

Paris, 1940

In Paris waren die Untergangsszenarien bedrohlicher geworden.

Tausende hatten sich in Frankreich, dem verlässlichen Land der Emigration, sicher gewähnt. Nun rückten die Nazis, vor denen sie geflohen waren, von Norden her näher. In Paris brodelte die Gerüchteküche, Holland und Belgien hätten sich in einem

Blitzkrieg ohne Widerstand den Hitlertruppen ergeben, nun erwartete man in der französischen Kapitale den Einmarsch.

In den Nächten, bei Fliegeralarm, trafen sich die Gäste des Hotels in den Gewölben der Luftschutz- und Kohlenkeller. Die erste, die dem Alarmzeichen folgte, war immer die beleibte Matrone aus Wien, sie schleppte jedes Mal einen Koffer mit Essensvorräten, auch den Methangas-Kocher. Ihr Sohn, ein Chemiker, folgte ihr nur unwillig mit einem zweiten Koffer, im militärischen Laboratorium der Sorbonne war er bei einem Unfall erblindet. Er liebte Frauen, konnte sie jedoch nicht mehr sehen. Umso intensiver nahm er ihre Gerüche war.

Am Eingang des Kellers, von ihrem Klappstuhl aus, hatte die Wirtin ihre Gäste unter Kontrolle. Wenn alles sich eingefunden hatte, erschienen als letzte die *poules de luxe*, die jenseits des Hofs wohnten. Sie trugen klaffende Morgenröcke, die sie ab und zu mit der einen Hand über der nackten Haut zu raffen suchten, während am andern Handgelenk ein lackiertes Köfferchen mit Toilettensachen baumelte. Der Blinde erschnüffelte erfreut ihre Parfums.

Der Lärm der Geschütze kam jetzt näher, man befürchtete den Einschlag der Bomben. Die Wirtin senkte das altersmürbe Gesicht über die gefalteten Finger mit dem Rosenkranz.

Die Davenport saß im Keller neben Mehring und seiner Freundin auf einer Seifenkiste und nahm, um aus der Schreckstarre zu kommen, nach jeder Detonation das Gespräch mit ihren Nachbarn wieder auf. Die schöne Wienerin hieß Hertha Pauli, eine Buchautorin und Schauspielerin, Mehring hatte gestern beim Frühstück stolz von ihrer Glanzrolle als Shakespeares Ophelia am Burgtheater erzählt. Doch die alte Wiener Dame hatte Miriam im Flur aufgeklärt: «Auch der bescheidene Herr Mehring ist eine Berühmtheit! Seine bissigen Kabaretttexte erregten in Berlin und Wien großes Aufsehen! Die Nazis hassen ihn!»

Miriam dachte über die Rollen der beiden Künstler nach und betrachtete das Paar: die Pauli großgewachsen, eine strahlende Erscheinung. Mehring klein, mit einem scharf geschnittenen, sensiblen Gesicht und spöttisch-melancholischen Augen. Auch im Keller hielt er sein in Packpapier gewickeltes Baby im Arm, er kaufte die Weinflasche täglich an der Rue Monsieur le Prince beim Épicier, hinter den Salat- und Kohlköpfen, auf einem Gestell an der Wand, standen verschämt die alkoholischen Getränke.

Mehring, im Gegenzug, machte sich ebenfalls seine Gedanken über die Davenport.

«Ihre Frisur», sagte er schließlich, und deutete auf ihre blonden Haarflechten, «lässt an eine Österreicherin oder an eine Schweizerin denken. Alpin jedenfalls. Doch ich weiß, Sie sind Amerikanerin.»

Sie lächelte. «Auch in Boston, Massachusetts trägt man diese Frisuren.»

Die Davenport sprach fließend, wenn auch mit rollendem R Französisch.

Nun merkte auch die Pauli auf.

«Wo Sie herkommen, da wollen wir alle hin! Weit weg von diesem Krieg, fort über den Ozean …»

«Ja», sagte die Davenport. «Ich kann das begreifen.»

Die Pauli neigte sich vor: «Miriam, sind Sie Jüdin?»

Sie verneinte. «In Massachusetts ist der Name Miriam bei den Presbyterianern beliebt. Hier werde ich aber oft gefragt, ob ich Jüdin sei. Und wissen Sie, ich lasse die Frage manchmal offen, als Verfechterin der Würde des Menschen entsetzt mich das, was ich über die Verfolgung der Juden zu hören bekomme.»

«Mehring und ich sind Juden», sagte die Pauli. «Ich wuchs ohne Kenntnisse meiner jüdischen Abstammung protestantisch auf …»

Ein Bombeneinschlag ließ die Wände des Kellers erzittern.

«*Mon dieu* … Das war gegenüber», murmelte die Wirtin.

Miriam versuchte ihren Schrecken zu überwinden. «Was schreiben Sie, Herr Mehring?»

«Gedichte.»

«Und wer druckt sie?»

«Sie scherzen! In dieser Zeit niemand. Ich bin froh, dass eine Stiftung aus Ihrer Heimat mich nicht verhungern lässt. Prinz Hubertus zu Löwenstein erhält mich knapp am Leben mit einer Zuwendung der American Guild of German Cultural Freedom. Eine Hilfsorganisation für das emigrierte deutsche Geistesleben. Und Sie, Miriam? Weshalb wohnen Sie als Amerikanerin nicht feudaler?»

Sie wartete mit der Antwort, bis der Lärm der Detonationen nachließ. «Nun, mein Vater war Kapitän auf dem Hudson. Er und meine Mutter sind tot. Mein kleiner Bruder studiert noch. Das Geld ist knapp.»

Die Stadt knisterte in nervöser Erwartung des Schlimmsten.

Das Hotel de l'Univers ist überbelegt, dachte Mehring. Die vollen Schubladen der Emigrantenkommode klemmen. Er saß in seiner Dachkammer, durch die blau bemalte Luke sickerte Licht auf die Tischplatte. Er beugte sich über ein Notizheft und schrieb: *Die Sintflut ist nah. Das Hotel de l'Univers treibt als Arche auf dem Wasser.*

Stand ihm wieder, und nun zum dritten Mal, die Vertreibung bevor?

Die erste Flucht: Februar 1933, Berlin. In Max Reinhardts Theater Schall und Rauch gab er mit seinem schmalen, zugespitzten Gesicht auf der Bühne die Wühlmaus. Seine Texte gruben unterirdische Gänge, Fallgruben unter einem unmenschlichen System.

Die Menschen strömten ins Kabarett. In einer Zeit, wo man nicht die Wahrheit sagen durfte, hungerten sie nach scharfzüngigen, doppelbödigen Aussagen. Auch die Lieder der jungen jüdischen Dichterin Mascha Kaléko waren beliebt, die vom Alltag der kleinen Leute erzählten. «Asphaltlyrik, die ins Schwarze trifft», schrieb ein Kritiker anerkennend.

An jenem Abend 1933 stand die Kaléko schon auf der Bühne. Mehring liebte ihre Kirschenaugen, ihren vollen sinnlichen Mund. Als Marienkäfer, in getupften Pumphosen und schwarzen Strümpfen kletterte sie am Stamm eines Frühlingsbaums hoch. Da – ein Pierrot tänzelt heran. Entdeckt das hübsche Käferchen, spannt ein Sprungtuch, schüttelt den Baum. Im Sprung verliert der Käfer ein schwarzes Beinchen, der verliebte Pierrot klebt es mit Spucke an. Das Käfermädchen setzt sich ins Gras, und das Publikum wartet auf ein lockeres, in berlinerischem Ton vorgetragenes Gedicht:

Es gibt beinahe überall Natur
Man darf sich nur nicht sehr um sie bemühen –
Und so viel Wiesen, die trotz Sonntagstour
Auch werktags unbekümmert weiterblühen ...

Der Vorhang geht zu, Mehring, im dunklen Anzug auf der Bühne, zum Auftritt bereit.

Da flüstert die Kaléko, noch immer im Käferkostüm: «Mehring, im Publikum warten SS-Leute! Nehmen Sie die Wendeltreppe!»

So verließ Mehring das Gebäude durch den geheimen Ausgang und reiste mit einem Köfferchen, das lange schon fluchtbereit im Zimmer stand, noch an diesem Abend nach Paris.

In der Nacht nach Mehrings Flucht brannte der Reichstag.

Erich Mühsam, Carl von Ossietzky, Egon Erwin Kisch und andere unbequeme Autoren wurden verhaftet. Erika und Klaus Mann, Annette Kolb, Bertolt Brecht, Walter Benjamin, Alfred Döblin und viele andere verließen Deutschland.

Am 10. Mai wurden in Berlin die Bücher missliebiger Autoren verbrannt, Mehrings Gedichte züngelten lärmend und stinkend wie Knallbonbons.

Walter Mehrings Emigrantenleben. Teils in Paris, teils in Wien. Im März 1938 in Wien die zweite Flucht: Die großdeutsche Luftwaffe donnerte über den Kahlenberg, transportierte Einheiten der schwerbewaffneten Wehrmacht. Diese Nazi-Invasion nannte sich Anschluss. Auf den Straßen in der Innenstadt machten Braunhemden Jagd auf Juden und Bolschewiken.

Kehliger Gesang da und dort: «Heute gehört uns Österreich – und morgen die ganze Welt!»

Mehring, gewarnt, versuchte am Wiener Bahnhof den Zug Istanbul–Paris zu nehmen, doch die neuen Herren Österreichs sperrten mit einem Kordon den Bahnsteig ab. Der kleingewachsene Mann zog sich eine gestrickte Bauernmütze über den Kopf.

«Wo wollen S' denn hin?»

«Zu meinem Onkel nach Salzburg.»

«Wenn einer zu seinem Onkel nach Salzburg will, so einen Trottel kann man laufen lassen.»

Der Trottel Mehring zog die Zipfelmütze mit der Hirschstickerei tiefer ins Gesicht, rettete sich in den Zug.

An der Grenze in Feldkirch scharfe Kontrollen, die Nachtreisenden zum Aussteigen gezwungen, erst Stunden später fuhr der Zug durch die neutrale Schweiz Richtung Frankreich. Mehring erreichte am andern Abend sein geliebtes Paris, das er von früheren Besuchen her gut kannte. Mittellos, ein angefangenes Manuskript im Handgepäck. Die dreißig Dollar der American Guild verschafften ihm ein Dach über dem Kopf, zum Essen blieb kaum etwas übrig.

1939, zu Beginn des Kriegs, hatte sich das Klima in der Ville des lumières verändert, Mehring und andere Ausländer wurden zu *indésirables*, Unerwünschten erklärt und interniert. Mit dreihundert Leidensgenossen schmachtete er im Lager Les Falaises in der Normandie, erst im Februar 1940 gelangte er wieder nach Paris.

Und jetzt wird der 14. Juni 1940 zum Tag der dritten Flucht.

Vor den Fenstern des Hotels de l'Univers bleibt es am Morgen finster, die Luft ist von Ruß geschwängert.

Es heißt, die Deutschen haben eine Kohlenstaubwolke in die Luft geblasen, um den Vormarsch durch das Seinetal zu tarnen. Erst gegen Mittag dringt die Sonne in den schmuddeligen Innenhof.

Madame Boucher eilt mit ihren Einkaufstaschen aufgeregt in ihr *Univers* zurück. Sie hat das Getrappel der feindlichen Stiefel auf dem Pflaster der Innenstadt noch im Ohr und Tränen in den Augen. In der Hotelküche schmiert sie Brötchen mit Ersatzbutter und schickt, zusammen mit den Brötchen, alle ihre Gäste fort auf die Reise: «*Allez, vite!* Wer nicht flieht, wird eingesammelt und zu den *indésirables* in ein Lager gebracht.»

Die Straßen sind überfüllt vom Exodus der Pariser. Man flieht mit hastig zusammengerafften Habseligkeiten auf Kinderwagen, Gemüsekarren, auf dem Fahrrad oder zu Fuß. Den Feind vermutet man im Norden, also Flucht nach Süden in die noch unbesetzte Zone. Der Menschenstrom ergießt sich aus den Pforten der Stadt in die Bannmeilen, von da auf die von Feldern umsäumte Landstraße.

Hertha Pauli und Walter Mehring werden von einem Gemüsetransporter mitgenommen.

Über der Straße plötzlich Blitze, das Dröhnen feindlicher Flugzeuge. Ein Schuss durchlöchert das Wagendach, die Mitfahrer kollern samt den Kisten mit Salat- und Kohlköpfen hinaus. Hastige Deckung im Straßengraben.

Nach dem Schreck schleppen sich die Pauli und Mehring zwei Stunden zu Fuß weiter.

Doch Hertha, die Ophelia, wird trotz des von Straßenstaub verschmutzten Gesichts und wilder Frisur beachtet. Deserteure der französischen Armee, auf einem tuckernden Traktor, heißen sie aufsteigen.

Sie setzt sich oben auf ein Fass. Winkt. Und jetzt taucht Walter Mehring auf, unscheinbar, in den vom Straßengraben verdreckten Kleidern.

«Ihr Mann?»

Sie nickt.

«Was für ein Paar», flüstert einer der Soldaten.

«Not schmiedet zusammen», sagt der andere.

In der Nacht, in einer Scheune.

Draußen der Angriff tieffliegender Jäger, Hertha sucht bei ihrem Mehring, dem Fluchterfahrenen, Wärme und Schutz.

Zwei junge Burschen, Kinder eigentlich, die durch ihr Eintreten aus dem Stroh gescheucht wurden, wollen eben mit ihren Fahrrädern den Unterstand verlassen.

«Ach, bleibt doch!»

«Nein, nachts kommt man besser voran. Wir müssen weiter bis zur Küste.»

Dorthin wollen wir auch, dachte sie, doch erst etwas essen – und sie griff nach dem Sack mit den Brötchen der Wirtin. Die Art, wie die beiden Jungen, die Fahrräder neben sich, auf die Brötchen schielen, macht sie betroffen.

«Da ist auch genug für euch! Kommt, setzt euch nochmals hin.»

Sie hat keine Kinder, vielleicht nimmt sie sie deshalb ernst wie Erwachsene. Diese da haben Hunger, das ist ihr klar.

Die beiden Jungen fassen Vertrauen. Das Paar spricht ihre Sprache und flieht ebenfalls vor den Hakenkreuzlern.

Auf die Bitte der Frau hin beginnt Justus, der Größere, zu erzählen: «Als mein Vater in Danzig hörte, dass wir jüdische

Buben nicht in die höheren Schulen durften, ordnete er an, dass ich mit meinem Freund Fred zu einem Bruder unserer Französischlehrerin nach Paris fahren solle. Der wollte uns für ein Jahr aufnehmen und hatte uns schon in einem Lycée angemeldet. Der Mann heißt Nime. Er wollte uns in Paris in Empfang nehmen.

Aber bei unserer Ankunft im Gare de l'Est war ein Durcheinander von Zivilisten und Militärs. Monsieur Nime sollte vorn am Perron warten, als Kennzeichen ein Buch mit rotem Umschlag. Er war nicht da. Im Notfall warte er links beim großen Kiosk, hatte er unserer Lehrerin geschrieben. Schon auf dem Weg dorthin sagte Fred, er ist ein Spaßvogel: ‹Du wirst sehen, dort steht nicht Monsieur Nime. Dort steht Herr Niemand!›

So war es. In diesem Fall sollten wir ein Taxi nehmen, die Adresse hatten wir ja. Das Taxi, das wir nur mit Mühe auftreiben konnten, brachte uns in eine Vorstadt, in eine Gegend mit kleinen Häusern und Gärten. Die Tür fanden wir angelehnt, wir läuteten.

‹Wetten, Herr Niemand lässt grüßen›, lästerte Fred. Mir wurde unheimlich. Ich stieß die Tür ganz auf, wagte mich hinein, fand die Zimmer leer, verwüstet.

Wieder draußen, stand am Zaun des nächsten Gartens ein altes Ehepaar: ‹Zu Monsieur Nime? *Mon Dieu*, sie haben ihn abgeholt, in ein Lager gebracht! Vorgestern haben die Deutschen Paris überfallen, alles ist durcheinander, *la pagaille*. An der hinteren Hauswand lehnen zwei Fahrräder, Monsieur Nime hat sie wohl für euch hingestellt. Nehmt sie, ihr Jungen, und fahrt, solange ihr könnt, immer nach Süden in die unbesetzte Zone … Auch wir werden heute fliehen, zu unseren Verwandten nach Toulouse.›

Wir nahmen also die Fahrräder. Folgten draußen auf der Straße den fliehenden Menschen, an Vororten vorbei, ins offene

Land. Bei dem Luftangriff vorhin wollte man uns im Straßengraben die Räder klauen.»

Während sie erzählen, beißen die Jungen gierig in die Brote mit der Ersatzbutter. Bedanken sich dann höflich.

Hertha tun sie leid, und sie ruft ihnen hinterher: «Gebt gut auf euch acht!»

«Auch wir sollten weiter», sagt sie zu Mehring.

Aber sie sind beide zu müde. Zudem sind sie nun allein in der Scheune, Hertha kann aus den staubverdreckten Kleidern schlüpfen. Sie liegt im Hemdchen, er legt sich zu ihr ins Stroh, wärmt sie. Ihr Körper ist ihm Heimat. Später schreibt er die Zeilen:

Im Stroh: wie schien Dein Leib ein Schloss
Zuhaus, wenn Regen uns umfloss –
Schiff im Orkan – und muttersacht …

Die Pauli kann trotz seiner Fürsorge nicht einschlafen und bittet Mehring, ihr Lieblingslied zu summen: «Weißt du, dieses Lied vom Schlaf, der ein Geschenk der Mütter ist.»

Er nickt. Als er einmal krank lag, hat er das Lied gedichtet und es später in Berlin auf der Bühne gesungen.

Wiegt sie nun damit in den Schlaf, seine Ophelia.

2

Die Danzig Boys,
Toulouse

Die beiden Jungen auf den schwarzen alten Fahrrädern hießen Justus Rosenbaum und Fred Kamlet. Sie waren nun den dritten Tag unterwegs und rechneten damit, noch viele weitere Tage auf der Flucht zu sein.

Zu Beginn war für die Jungen alles irgendwie abenteuerlich gewesen: «Schau, Fred, wie die Leute über die Felder fliehen!» – «Wie die Hühner vor dem Fuchs», lachte der Jüngere.

Komisch war es mit anzusehen, wie all die vielen Menschen nach Süden drängten, Kinderwagen bepackt mit Hausrat, Leiterwagen mit Kleiderbündeln und Matratzen.

Doch dann ging es plötzlich los. Geschwader von Flugzeugen. Der Himmel verdüstert: Blitze, das Schwirren der Riesenvögel, Detonationen. Ein Mann lag tot im Feld, man schrie, floh in die Straßengräben.

Im Graben versuchte ein desertierter Soldat, Freds Fahrrad zu entreißen.

«Leg dich auf die Räder!», schrie Justus.

Der Soldat hörte ihn und fluchte: «Ah, *les boches!* In der Luft, und jetzt auch noch im Straßengraben!»

«Sind es denn unsere eigenen Leute, die uns verfolgen?», fragte Fred erschrocken.

«Nur die Hakenkreuzler», sagte Justus.

Eine Bombe schlug ein. Eine Matratze in Fetzen. Grasbüschel mit getrocknetem Blut.

Dann mit dem Fahrrad über buckligen Waldboden, unter den

Bäumen fühlten sie sich besser geschützt. Doch sie fanden nichts zu essen. Traten in die Pedalen, stundenlang, mechanisch. Gehörten diese Beine, in ewiger, gleichmäßiger Bewegung, noch zu ihnen?

«Justus, in meinem Bauch sind Hungermäuse. Sie zerren mit den Pfoten in meinen Därmen.»

Gegen Abend hielten sie vor einem einsamen Bauernhaus.

Die Bäuerin kam heraus. Sie sah sie lange an, die kleinen müden Gestalten auf ihren schwarzen Fahrrädern. «Woher kommt ihr?»

«Von Paris.»

«*Nom de Dieu*, ihr müsst todmüde sein.»

Sie öffnete den Verschlag eines Geräteschuppens, legte zwischen die Werkzeuge und Gießkannen zwei Ballen Heu.

«Da könnt ihr schlafen. Ich sperre die Tür zu, dann kommen keine anderen mehr, und ihr habt eure Ruhe.»

«Was ist das für eine Zeit, wo man sogar Kinder verstecken muss?», murmelte sie, als sie in die Küche schlurfte. Sie brachte Milch, Brot, Speck, schloss dann hinter den Flüchtlingen den Verschlag.

Die beiden Jungen stürzten sich auf das Essen und fielen anschließend in bleischweren Schlaf.

In der Frühe krähte im Stall nebenan ein Hahn.

Justus erwachte. «Fred, wir wollen bis nach Toulouse, nicht wahr? Du weißt, unser Geld ist bald weg. Lass uns Clownnummern ausdenken, die wir in der Stadt spielen.»

Justus hatte bei Herrn Nime den Koffer zurücklassen müssen, doch da war noch der Rucksack. Unter einem zweiten Pullover und ein bisschen Unterwäsche tastete er nach Charlie Chaplins Knollennase und seinem Hütchen.

In Danzig, vor der Abreise nach Paris, hatte ihm die aus Böhmen stammende Tante Mizzi beim Packen geholfen. «Nimm nur das Wichtigste mit auf die Reise, Justus», hatte sie gesagt.

«In Paris kann man nämlich alles kaufen – o, das sagenhafte Kaufhaus Le Printemps! Das hätte deiner armen Mutter gefallen! Mit deinem Papachen war ich dort in der Hutabteilung. Deinem Papachen wurde übel davon! Hättest sie sehen sollen, Hüte, groß und flach wie Suppenteller! Und die umgestülpten modischen Blumenkübel aus Filz …»

«Tante Mizzi, weißt du, für mich ist anderes wichtig als für dich.» Und dann hatte Justus den Charlie-Hut und die Clownnase im Rucksack versenkt.

«Weißt du, Fred, was für uns jetzt wichtig ist?», fragte Justus.

Fred blickte zu seinem älteren Freund auf, während der Hahn, der im Stall nebenan wohl hungrig war wie sie beide, von neuem krähte.

«Also, Fred, wichtig ist, dass wir von jetzt an nicht mehr Rosenberg und Kamlet heißen.»

Fred machte große Augen. «Wie sollen wir denn heißen?»

«Ich bin jetzt Charlie Petit aus Orly. Und du, wer bist du, mein kleiner Bruder?»

«Ich bin Fred, heiße ebenfalls Petit und komme aus Orly.»

«Gut so.»

«Schlecht so», sagte Fred bekümmert.

«Wieso schlecht?»

«Wenn wir eines Tages vergessen, wer wir wirklich sind und woher wir kommen.»

«Nun, dann soll jeder des anderen Gedächtnis sein.»

«Das heißt, wir bleiben zusammen, Justus?»

«So ist es.»

Nun drehte sich der Schlüssel in der Tür aus Holzlatten, die Bäuerin erschien mit einem Krug dampfender Milch und einem Schüsselchen Haferbrei mit zwei Löffeln.

«So, ihr Jungen, das wird euch stärken.»

Sie schaute zu, wie ihre Schützlinge aus dem Schüsselchen

den Haferbrei löffelten. «Wie heißt ihr eigentlich, ihr beide?» fragte sie lächelnd. «Und woher kommt ihr?»

Sie schluckten erst den Haferbrei hinunter, dann kam es von beiden wie mit einer Stimme: «Wir sind Charlie und Fred Petit, aus Orly.»

«Geschwister also?»

«Ja.»

Toulouse. Auf den Straßen und Plätzen wimmelte es von flüchtenden Menschen.

Walter Mehring und die Pauli, unterwegs in der Innenstadt, trafen da und dort Bekannte. Die alte Dame aus Wien, in übereinander angezogenen schwarzen Kleidern, saß aufgeplustert vor einem Kaffee, ein Unglücksvogel. Sie hatte auf der Flucht den blinden Sohn verloren, nun schrieb sie an ihrem Tischchen eine Suchmeldung.

Zettel mit Vermisstenanzeigen bedeckten die Wände des Rathauses, am häufigsten fehlten nach den Luftangriffen Kinder.

Mehring und die Pauli begegneten auch dem Schriftsteller Franz Werfel und seiner Frau Alma, der Witwe des Komponisten Mahler. Vor gut einem Jahr hatte man einander in Wien in der eleganten Wohnung des Paares kennengelernt, wo jedermann, der in der Kulturszene etwas gelten wollte, zu Gast war. Nun unterhielt man sich hier über die Vertreibung. Alma saß aufrecht in ihrem Stuhl, trank ihren Weißwein, als schlürfe sie Champagner. Ihre Haare, o Wunder, waren immer noch ordentlich onduliert, und über ihren Schultern lag ein Umhang aus lilafarbenem Tüll.

«Alma ist eine Königin», flüsterte Franz Werfel seinem Schriftstellerkollegen Mehring zu. «Aber die Zeiten sind leider beschissen.»

Gilt ebenso für Hertha, dachte Mehring.

«Ich will heute Nacht in einem richtigen Bett schlafen», war ihr Wunsch.

Für Hertha suchte Mehring ganz Toulouse ab nach einer Unterkunft. Fand schließlich in einer der Faubourgs ein Kammerloch, es gehörte der Pfarrköchin, im bescheidenen Zimmer, vor dem die Löschsäcke für die Bekämpfung der Brandbomben lagen, war letzte Nacht der Pfarrer gestorben. Doch da war ein Bett, ein richtiges Bett, wenn auch mannigfach von Kreuzen und Heiligenfiguren umgeben. Dafür erschien jetzt im alten Spiegel, zwischen den Bildchen der heiligen Märtyrer, Herthas schöne Rückenansicht.

«O, du bist auch eine Märtyrerin», sagte Mehring.

«Ich? Warum?»

«Da, drei rote Flohbisse!»

Am andern Morgen begegneten sie auf dem Markt in Toulouse der Amerikanerin Miriam Davenport.

«Ah, unser Gasthof zur Erde hat sich entleert», witzelte Mehring. «Sind Sie durchgeschlüpft?»

Die Davenport nickte.

Sie hatte das Glück gehabt, ein Stück mit dem letzten Zug zu fahren, der diese Strecke fuhr, am nächsten Tag legte ein Bombardement die Linie lahm. In Bayonne hatte sie ihren Studienfreund Charles Wolff getroffen, einen Mann in mittlerem Alter, Musikkritiker und sozialkritischer Journalist. In einem röchelnden, mit einem Holzvergaser ausgestatteten Wagen fuhr er sie bis zu seinem Wohnort Toulouse.

Wolff nahm Miriam mit zu seinen sozialistischen Parteifreunden. Bei einem Essen wurde heftig über die neue Lage der Nation diskutiert. Miriam, die Amerikanerin, bekam politischen Nachhilfeunterricht. General Pétain habe mit den Nazis einen Pakt geschlossen, er verrate mit einem Federstrich die demokratischen Grundsätze des Landes, sagte Wolff. Nazigegner und Juden, die bei uns Schutz gesucht haben, werden durch den Artikel 19 des Friedensvertrags zu Freiwild.

Auf einem anschließenden Gang durch die Innenstadt von Toulouse bekam Miriam das in ein Schlaflager umgewandelte Kino Pax zu sehen.

«Unsere ehemalige Traumfabrik – nun eine Herberge für die Emigranten», bemerkte Wolff.

Die Luft in dem fensterlosen Raum war immer noch bläulich eingefärbt vom Tabakqualm, doch die Träume, die jetzt hier waberten, waren dumpf und qualvoll. Die Hälfte der Strohlager war schon besetzt, Männer und Frauen lagen ausgestreckt in Kleidern und Schuhen, als müssten sie jederzeit bereit sein aufzuspringen.

Wolff traf Anna Seghers und Katia Landau auf der Suche nach einem Nachtlager. Bei den Schließkästen sprach er mit Konrad Heiden, dem Autor einer wenig schmeichelhaften Hitler-Biographie. Heiden war seit diesem Buch Hitlers persönlicher Feind. «Er lebt in größter Gefahr», sagte später Wolff. Doch an diesem Abend gab sich der Biograph gelassen. Er zeigte hinauf zu den Wänden des alten Kinos: «Ein Trost, diese Plakate! Dort, unser Tippelbruder Charlie Chaplin! Eben habe ich in der Zeitung einen Bericht über den Hitlerfilm gelesen, den Chaplin in Amerika gedreht hat nach dem Motto: *C'est le ridicule qui tue!* Hitler-Sympathisanten, die es auch in den USA gibt, wollten den Film verhindern, doch nun ist er für das Publikum freigegeben. Ich hoffe, den Streifen bald in Europa zu sehen.»

Heiden zeigte sein Strohlager. «Nebenan schlafen zwei Jungen aus Danzig, die uns mit clownesken Einlagen à la Charlie aufheitern. Gestern hat einer mit Schnauzbärtchen und Haarsträhne eine dieser polternden Reden imitiert, wie man sie vom deutschen Rundfunk und von der Wochenschau im Kino kennt.»

«Ja, die Danzig Boys, unsere Maskottchen», ergänzte eine

Frau, die mitgehört hatte. «Wecken sie nicht Hoffnung, dass wir aus dem Albtraum erwachen dürfen?»

Unterdessen war es Nacht geworden, durch die Verdunklungsvorhänge der Restaurants drangen dünne Lichtstreifen hinaus auf den Asphalt.

Wolff lud Miriam ein, in seinem kleinen Haus zu schlafen, doch sie müsse die Räume mit einem Dutzend anderer Emigranten teilen. «Die Frauen erhalten Matratzen, die Männer schlafen im Flur, wenig komfortabel! Doch immerhin etwas besser als im Kino Pax.»

Vor dem Schlafengehen reichte Wolffs Frau den Hungrigen eine Suppe, man löffelte auf Stühlen und Treppenstufen.

Da läutete die Hausglocke.

Vor der Tür stand Wolffs Pariser Freund Danny Bénédite. «Dieser Mann hier», erklärte Wolff den Umstehenden, «hat auf der Pariser Präfektur vielen politischen Flüchtlingen geholfen.» Nach der Begrüßung musterte man neugierig seine Begleiterin. Eine junge, sehr hübsche Amerikanerin. Bénédite stellte sie als Mary Jayne Gold vor, als Studentin habe sie in Paris bei seiner Familie gewohnt und seinen Sohn gehütet.

Nach kurzer Rücksprache mit seiner Frau entschied Wolff, der Amerikanerin sein Bett freizumachen, er könne sich ja im Flur zu den Männern legen.

Miriam unterhielt sich noch eine Weile mit ihrer Landsfrau. Sofort entstand zwischen den ungleichen Frauen eine herzliche Verbindung. Die Gold, im Gegensatz zu Miriam, war aus reicher Familie, flog ein eigenes Flugzeug, kannte in Cannes und St. Moritz die noblen Hotels. Doch sie empfand das eher als peinlich und erwies sich im Gespräch als eine kluge, praktisch denkende Frau mit einer guten Prise Humor. Wie Miriam war sie unterwegs nach Marseille und wollte ihrer Papiere wegen zum amerikanischen Konsulat.

«Und dann ab nach Amerika?», fragte Miriam.

Die Gold schüttelte den Kopf. «Ich fürchte, bei dieser bedrohlichen Lage würde dann eine Rückkehr nach Europa unmöglich. Lieber warte ich die weitere Entwicklung in Frankreich ab, denn mir scheint, ich bin während meiner Studienzeit in Paris zur Französin geworden.»

Noch kehrte im rappelvollen Häuschen der Wolffs keine Nachtruhe ein, wieder schellte die Hausglocke.

Zwei Kinder von acht und zehn Jahren drückten sich scheu in den Türrahmen, baten um Nahrung und ein Nachtlager. Ihre Eltern? Auf der Flucht verhaftet. Sie seien seit Tagen allein unterwegs.

Wolff entschloss sich, die Kinder jetzt noch zu der Auffangstelle des Roten Kreuzes an der Rue du Taur zu fahren, und bat Miriam, ihn und die Kinder zu begleiten. An der Rue du Taur stand die Tür auch zu dieser späten Zeit noch offen. Die Leiter der Auffangstelle, ein Ehepaar Dubois aus der Westschweiz, nahmen die Kinder in Empfang.

Am Morgen schlenderte Miriam in Toulouse über den farbenprächtigen Gemüse- und Obstmarkt.

Es war Samstag, die Bauern der Umgebung hielten ihre Ware feil, Gemüse, Salat, Eier und Speck. Zwischen den Ständen sah sie viele Emigranten, die sehnsüchtig auf das Essen schielten. Nur wenige konnten sich die überteuerten Lebensmittel kaufen. Da war auch ein Stand mit Brot. Knuspriges frisches Brot hatte Miriam schon lange nicht mehr gesehen, geschweige denn gegessen.

Dann nahm sie ein anderes Schauspiel gefangen. Zwei Jungen, wohl die von Heiden erwähnten aus dem Kino Pax, sie schätzte ihr Alter auf elf und dreizehn, spielten eine Szene, inspiriert von einem Chaplin-Film. Der Größere, mit einem viereckigen schwarzen Schnauzbärtchen und einem verbeulten

Hut, zeigte dem Kleineren, indem er mit einem Stöckchen gestikulierte, wie man durch einen Reifen springt. Der Kleinere versuchte es, doch jedes Mal blieb er mit seiner Schlabberhose hängen. Die Zuschauer lachten. Der Große schwang drohend sein Stöckchen, und der Kleine blickte hilfesuchend zum Publikum, neben der roten runden Clownnase kullerte eine daumennagelgroße Träne hinunter zum Kinn.

Das Publikum spornte ihn an: «He, Kleiner, noch einmal!»

Da nahm er allen Mut zusammen, wagte einen Anlauf, und jetzt gelang der Sprung. Applaus.

Mit der Mütze in der Hand machten die Clowns die Runde, doch die Münzen fielen nur spärlich.

Miriam wollte weitergehen, doch kaum war sie ein paar Schritte entfernt, hörte sie die Frau hinter dem Brotstand schreien: «Hilfe, er hat eine Semmel gestohlen!»

Sie zeigte auf den kleineren der Clowns, der ohne die rote Nase erbärmlich aussah, denn einer der patrouillierenden Gendarmen hatte ihn im Nacken gepackt. Ein zweiter Polizist schleppte eben den größeren Clown herbei.

Die Szene schnitt Miriam ins Herz.

Bestimmt hatten die Kinder Hunger, und die paar eingesammelten Münzen reichten kaum für ein Brot. Miriam zückte ihre Geldbörse und drängte sich bis zur Bäckerin vor. «Madame, ich wollte den Kindern die Semmeln kaufen, da, nehmen Sie!»

Sie bezahlte die Semmeln reichlich, die Bäckersfrau gab sich zufrieden.

Doch einer der Gendarmen öffnete sein Notizbuch: «Wie heißen Ihre zwei Lausebengel?»

«Charlie und Fred.»

«Also wohl Charles und Frédéric?»

Der Größere nickte.

«Nachname?»

«Petit.»

«Brüder?»

«Ja.»

«Und eure Eltern?»

«Auf der Flucht verloren.»

Der Gendarm knurrte etwas von mitkommen und Präfektur. Da schaltete sich Miriam noch einmal ein. «Messieurs, Sie wissen wohl, es gibt an der Rue du Taur eine Auffangstelle der Kinderhilfe. Wenn die Eltern ihre Kinder suchen, so finden sie sie am ehesten dort. Erlauben Sie mir, die beiden dorthin zu begleiten!»

Die Männer zeigten sich einverstanden. In diesen Tagen streunten Dutzende von alleingelassenen Kindern durch die Gegend von Toulouse, die Polizei konnte sich nicht um alle kümmern.

Auf dem Weg zur Rue du Taur bemerkte Miriam, dass das Französisch, dass die Kinder untereinander sprachen, nicht ihre Muttersprache sein konnte. Sie vermied es, Fragen zu stellen. Heute waren sie Charlie und Fred, weiß Gott, wer sie vorher gewesen waren, in diesen wirren Zeiten sicherten wohl die Clownmasken ihr Überleben.

Am Ziel angekommen, erkannte Herr Dubois, der aus Biel stammte, Miriam vom Vorabend wieder. Die zwei Kinder, die Wolff ihm gestern geschickt habe, würden heute noch mit einer Gruppe in die neugegründete Kinderkolonie im Schloss La Hille gebracht. Die schweizerische Stiftung, die sich in Südfrankreich um kriegsgeschädigte Kinder kümmere, habe ihm eine junge Gehilfin für La Hille geschickt, sie werde jetzt das Aufnahmegespräch führen.

«Möchten Sie nicht zusammen mit ihren Schützlingen dabei sein, Miriam?» Die junge Schweizerin, die sich als Rösy Näf vorstellte, trug wie Miriam ihre hellen Haare über dem Kopf geflochten, ihr volles, freundliches Gesicht strahlte.

«Könnten die beiden nicht Schwestern sein?», bemerkte Dubois zu seiner Frau, die eben hinzugetreten war.

Die beiden jungen Frauen, die es gehört hatten, blickten einander prüfend an und lachten.

«Ich bin aber auf der anderen Seite des Ozeans geboren», sagte Miriam.

«Und ich stamme aus der Schweiz. Aus Glarus, einem kleinen Ort zwischen hohen Bergen.»

«Egal», meinte Dubois. «Es gibt wohl eine Art Verwandtschaft, die all jene verbindet, die nicht gefühllos am Elend vorübergehen.»

Im Büro ließ die Schweizerin Rösy oder Rösli Näf die Jungen erst erzählen, warum sie allein hier in Toulouse waren. Es folgte eine lange, einstudierte Geschichte.

Rösy unterbrach sie plötzlich: «Nun, ihr beiden, wir sind hier unter uns. Die Polizei hört nicht mit. Wir sind da, um euch zu helfen. Das aber gelingt nur, wenn wir die Wahrheit kennen. Die französische Sprache habt ihr wohl ganz ordentlich gelernt. Doch zu Hause habt ihr wohl Deutsch gesprochen?»

Die Kinder schwiegen verdutzt.

«Ist es nicht so? Ihr könnt Vertrauen haben», sagte sie jetzt plötzlich auf Deutsch.

Die vertraute Sprache löste in den Gesichtern der Kinder Bewegung aus, dem Jüngeren schossen Tränen in die Augen.

Der Größere blieb schweigsam, seine Augen verstärkten den wachsamen Ausdruck.

Miriam, die neben Rösy saß, konnte nicht aufhören, in diesem Jungengesicht zu lesen, die freie Stirn unter dem rotblonden, etwas gelockten Haar, der strenge, verschlossene Ausdruck um die Mundpartie, die wachsamen, doch sanft blickenden braunen Augen. Das alles erinnert mich an meinen Bruder, dachte sie. Meine Gedanken kommen nicht los von ihm, wer sonst, seit unsere Eltern tot sind, kümmert sich um ihn? Während ich in Frankreich mein Diplom machen soll, hilft er in einer Bauernfamilie in Connecticut ... In seinen wenigen Briefen ist keine Klage, doch ich spüre, dass er sich nicht wohl fühlt in der Pflegefamilie.

Sie versuchte, sich wieder auf die Befragung zu konzentrieren.

«Seid ihr beide Geschwister?», fragte Rösy jetzt.

Der Größere schüttelte verneinend den Kopf.

«Also nichts mit Charlie und Fred? Das gehört also eher zu den Clowns? Ich habe gehört, die spielt ihr wunderbar ... und doch», Rösy lächelte den beiden jetzt aufmunternd zu, «seid ihr neben Charlie und Fred Petit noch zwei andere?»

Der Größere zögerte noch. Dann formten seine Lippen das streng gehütete Geheimnis: «Ich heiße Justus Rosenberg.»

«Und dein Freund?»

Der Ältere stieß den Jüngeren mit dem Ellbogen an, worauf auch er den Mund auftat. «Ich bin Manfred oder Fred Kamlet. Erst haben wir in Berlin gewohnt, später in Danzig, in der Nachbarschaft der Rosenbergs.»

Stückweise kam nun die, wie Justus versicherte, echte Geschichte: Ihre Eltern, jüdische Kaufleute, litten unter dem zunehmenden Einfluss der Nazis. Um die Ausbildung der Kinder weiter zu sichern, organisierten die Väter, kurz bevor sie beide in ein Lager mussten, einen Platz bei einem Lehrer in Paris.

«Und die Mütter?», fragte Rösy.

«Meine Mutter ist gestorben, als ich erst vier war», sagte Justus. «Und Freds Mutter ...»

«... ist bei Ausbruch des Kriegs zu Verwandten nach Belgien gereist, um einen Fluchtort für uns alle vorzubereiten», sagte Fred. «Doch dann sind die Nazis erst in Belgien und dann auch in Frankreich eingefallen, und sie haben die Ausländerinnen in ein Lager gebracht. Irgendwo in den Süden von Frankreich, vielleicht ist meine Mutter ganz in der Nähe ...»

«Das Rote Kreuz wird das abklären», sagte Rösy.

Justus berichtete nun von ihrer Flucht mit dem Fahrrad.

Rösy schwieg nachdenklich.

Dann zeigte sie hinaus in den Garten, wo man Kinder Ball spielen sah. «Viele haben Ähnliches durchgemacht wie ihr beide, Justus und Fred. Nun dürfen sie im Schloss La Hille ohne Angst und Sorge um Dach und Nahrung leben. Wollt ihr euch anschließen?»

Die beiden nickten.

«Wie alt seid ihr denn?»

«Dreizehn», sagte Fred. Justus schwieg.

Rösy sah ihn an. «Und du, Justus? Du dürftest bald vierzehn sein?»

«Ich bin fünfzehn», sagte er leise. Und verschämt fügte er bei: «Im Dezember werde ich sechzehn.»

«Das hätte ich nicht gedacht.»

Er nickte. «Ich bin klein für mein Alter. Zum Glück.»

Herr Dubois musste am Nachmittag mit der Liste der Neuen zur Fremdenpolizei ins Rathaus, und Rösy sollte nach einer Mahlzeit die acht Zuzügler mit dem Linienbus hinausbringen nach La Hille.

«Und Sie, Miriam? Begleiten Sie doch die kleine Gruppe!», schlug Herr Dubois vor. «Die Fahrt ist angenehm, und das Schloss wird Ihnen gefallen. Sie können dort übernachten und morgen gegen Mittag bringe ich Sie mit dem Wagen nach Toulouse zurück, dann ist immer noch Zeit, den Zug nach Marseille zu nehmen.»

Miriam sehnte sich weg aus dem Toulouse der Emigrantenströme und sagte zu. Es freute sie auch, länger mit dieser sympathischen Schweizerin zusammen zu sein, deren feinfühligen Umgang mit den vom Krieg geschädigten Kindern sie bewunderte.

La Hille … Das Schloss lag mit Türmen und Zinnen unter einem heiteren Sommerhimmel, Gärten mit Obstbäumen und Beerensträuchern umgaben es. Zwei Dutzend Kinder, die meisten Flüchtlinge aus Deutschland und Österreich, deren Eltern verschollen oder in Lagern waren, hatte man schon hier untergebracht, sie machten den Anfang für die spätere Kolonie. «Bis zur kühlen Jahreszeit will man die alten Gebäude baulich verbessern», erklärte Rösy ihrer Begleiterin. «Eine Heizung soll den Aufenthalt auch im Winter ermöglichen. Das Haus soll über hundert Kinder aufnehmen können.»

«Und du trägst für den ganzen Betrieb die Verantwortung?»

Rösy errötete. «Ach, Herr Dubois hat meine Zeugnisse aus Lambarene angeschaut, wo ich im Urwaldspital bei Doktor Schweitzer gearbeitet habe. Dann Knall auf Fall beschlossen, mich als Directrice einzusetzen! Er traut es mir zu. Hoffen wir nur, dass ich es schaffe.»

Während Rösys Abwesenheit hatte Elsbeth Kasser, eine Krankenschwester aus dem Kanton Bern, das Zepter auf La Hille übernommen, sie spielte mit den Kindern hinter dem Südtrakt des Schlosses bei dem alten Bouleplatz.

Während Rösy mit Miriam den Spielen der Kinder zuschaute, wurden Justus und Fred von einer Gruppe älterer Kinder umringt und weggezogen. «Kommt, wir zeigen euch unsere Indianerhütte!»

Justus zögerte. Er blickte sich nach Miriam um und drückte ihre Hand. «Du bleibst doch da, nicht wahr? Es ist doch toll, das Schloss!»

«Nur bis morgen, dann geht es weiter nach Marseille. Sobald ich dort eine Unterkunft finde, werde ich mich melden. Wir gehören jetzt ja ein bisschen zusammen, nicht wahr?»

«Versprochen?» In Justus' Augen trat ein schwacher Glanz.

Rösy holte in der Küche Kaffee. «Der Kaffee belebt uns», sagte Rösy. «Ich muss nachher für die neuen Kinder die Betten richten.» Unwillkürlich hatte sie vom Französischen ins Englische gewechselt. Auf Miriams Frage, woher sie so gut Englisch spreche, erzählte sie ihre Geschichte.

«Geboren bin ich 1911 in der Schweiz, in der kleinen Stadt Glarus. Mein Vater war Schaffner, seine Eisenbahn fuhr fünf Stationen weit aus dem Tal hinaus und wieder zurück. Die eintönige und mager bezahlte Arbeit ließ ihn von fremden Ländern träumen. Wir, seine Kinder, lernten früh, auf eigenen Füßen zu stehen. Ich lernte Krankenschwester und übernahm Vaters Träume von der weiten Welt. Im afrikanischen Lambarene durfte ich mich bei Doktor Schweitzer der armen schwarzen Bevölkerung widmen. Später, als der Bürgerkrieg in Spanien viel Unglück brachte, arbeitete ich, zusammen mit Elsbeth Kasser, in einer spanischen Kinderkrippe. Armut auch da, nicht wahr, Elsbeth? In Obstkisten haben wir damals die winzigen Kriegsbabys an die Wintersonne gestellt ... Und nun hat die Not der Flüchtlingskinder uns wieder zusammengebracht. Doch Elsbeth will fort von La Hille, um im Lager Gurs zu arbeiten, einem berüchtigten französischen Flüchtlingslager am Rand der Pyrenäen.»

Später, als Rösy sie durch die Schlossküche führte, wagte Miriam die Frage: «Willst du denn nicht heiraten, Rösy? Eigene Kinder haben?»

«Die Zeit scheint mir nicht günstig für ein privates Glück», gab Rösy zur Antwort. «Immerzu haben mich fremde Kinder gebraucht, inzwischen bin ich neunundzwanzig Jahre alt geworden.»

Miriam schwieg beeindruckt.

Sie versuchte sich nun ebenfalls nützlich zu machen und richtete mit Rösy zwei Vierer-Zimmer für die Neuen. Als sie in der Küche Kartoffeln schälen wollte, wehrte die freundliche Köchin, eine Wienerin, die Mithilfe ab und schickte den Gast hinaus in den Garten.

Nach den hektischen Tagen der Flucht genoss Miriam die Ruhe dieses Abends. Rötliche Wolken hingen über den Schlosszinnen, die Büsche auf dem Hügel warfen rundliche blaue Schatten. Kinder sammelten in Weidenkörben Himbeeren. «Bleibt im Umkreis des Schlosses und immer schön in der Gruppe», hatte Rösy angeordnet.

«Die Sicherheitsvorschriften – sind die nicht übertrieben?», wollte Miriam wissen.

«Es ist Krieg», gab Rösy zu bedenken. «Auch wenn man das in dieser Idylle gern vergisst. Nicht nur die Eltern, die vor dem Naziregime geflohen sind, auch ihre Kinder sind in Gefahr, seit General Pétain sich verpflichtet hat, Flüchtlinge auf Verlangen auszuliefern.»

In der Nacht war in Miriams Zimmer das Rauschen des Bachs zu hören, ihr Schlaf war unruhig. Gegen zwei Uhr morgens erwachte sie von einem seltsamen Lärm. Rösy im Zimmer nebenan musste das Geräusch ebenfalls aufgeschreckt haben, man hörte sie die Treppe hinuntersteigen. Miriam stand auf und ging ihr nach.

In der Küche drehte Rösy den Lichtschalter, Scharen von Küchenschaben flohen über den Boden. «Ach, trotz größter Reinlichkeit sind sie nicht wegzukriegen», seufzte sie. «Doch es gibt schlimmere Invasoren.»

Da war es wieder, das Poltern und Schlagen. Es kam von der hinteren, mit einem Riegel verschlossenen Tür des Gebäudes.

«Wer ist da?», rief Rösy.

«Polizei! Sofort öffnen!»

Rösy zögerte. Doch da drängten durch den vorderen Eingang schon vier Männer in Uniform.

Rösy trat ihnen entgegen. «Meine Herren, ich bitte um Ruhe, die Kinder schlafen!»

«Wo ist die Directrice der Kolonie?», entgegnete einer herrisch.

«Sie steht vor Ihnen.»

«Mademoiselle, wir müssen Ihre Personalbücher prüfen, die Namen und Daten der Kinder und der Angestellten! Befehl der Polizei für Staatssicherheit.»

Rösy entgegnete ihm mit einem unwilligen Kopfschütteln: «Und dies mitten in der Nacht? Darf ich mich wenigstens ordentlich anziehen?»

«Sie sind ausreichend angezogen, Mademoiselle.»

«Befehlen Sie erst Ihren Leuten, nicht hinaufzugehen zu den Schlafräumen der Kinder!»

Der Wortführer stutzte erst, folgte dann aber der Forderung.

Darauf ließ ihn Rösy in ihr winziges Büro eintreten und schlug das Buch mit den Personalien der Kinder auf.

Der Gendarm schaute nur kurz hin. «Mademoiselle, wir haben gehört, in La Hille sind Jugendliche, welche die vorgeschriebene Altersgrenze bald erreicht haben. Wenn sie so weit sind, werden sie abgeholt und in ein Lager gebracht. Und Ihre Köchin, sie ist Jüdin? Das ist nicht statthaft.»

«Das ist mir neu, Herr Sergent», antwortete Rösy ruhig. «Die Kolonie ist im Gründungsstadium, ich bin erst seit zwei Wochen hier. Darf ich Sie bitten, wenn es schon sein muss, bei Tag wiederzukommen? Das hier gleicht einem Überfall. Die uns anvertrauten Kinder fürchten sich, wenn sie nachts geweckt werden. Vielleicht haben Sie auch Kinder und kennen das?»

Der junge Polizist schien etwas verwirrt. «Ja, ja. Ich habe zwei kleine Töchter.» In seine dunklen Augen schlich sich so etwas ein wie Scham, und seine Stimme verlor den herrischen Unterton. «Noch kein Sergent, Mademoiselle … Heute Nacht lassen wir Sie in Ruhe. Doch das nächste Mal, ich warne Sie, kommen wir wahrscheinlich in Begleitung von Funktionären der deutschen Kundt-Kommission. Dann müssen ältere Kinder und jüdische Angestellte abgeführt werden. Wohin? Ich habe keine Ahnung. Man spricht unter der Hand von Konzentrationslagern in Polen.»

Die Kinder hatten in ihren Betten nichts von der nächtlichen Störung mitbekommen und saßen am andern Morgen unbekümmert bei ihrem Frühstück.

Auch Justus und Fred bissen in die Marmeladebrote und unterhielten sich, als wären sie schon lange hier. Fred brachte mit seinen drolligen Grimassen ein paar der jüngeren Kinder zum Lachen.

Miriam betrachtete die beiden und musste wieder an ihren Bruder Frank denken. Nach ihrem Schulabschluss hatte sie ein Stipendium in Paris erhalten und den kleinen Bruder auf dem Bauernhof der Pflegeeltern zurückgelassen. Sie hatte vorgehabt, in Paris zügig das Diplom zu machen, um dann die Ausbildung des Bruders zu finanzieren. Umso mehr durfte dieser ernsthafte Justus hier, der so sehr ihrem Bruder glich, in La Hille nicht seinen Schergen entgegenwachsen.

Elsbeth Kasser, die sich nach dem Frühstück zu ihren Kolleginnen setzte, hatte in einem anderen Flügel des Schlosses von den nächtlichen Ereignissen nichts mitbekommen. Sie war erleichtert zu hören, dass auch die Kinder von den Eindringlingen nichts gesehen und gehört hatten. Die älteren Schüler erzählten sich schon genug Horrorgeschichten über Deportation und Lager. Einer der Jungen, der früher im Lager Gurs gewesen war, hatte vom Schlamm rund um die Baracken erzählt und von den Schikanen der Aufseher.

«Also, Elsbeth, bleiben Sie doch bei uns in La Hille!», warf Rösy ein.

Doch die schöne, in ihrer Schwesterntracht ernst wirkende

Frau schüttelte lächelnd den Kopf: «Für mich eher ein Grund, den Menschen in Gurs beizustehen!»

Nun kam auch Miriam auf die Ereignisse der letzten Nacht zu sprechen. «Das zeigt eindeutig, dass Jugendliche in La Hille nicht in Sicherheit sind. Ich werde Justus mit mir nach Marseille nehmen, es wird sich dort ein Platz für ihn finden. Gewiss, sein Freund Fred wird eine Weile traurig sein, doch er tröstet sich wohl bald mit den gleichaltrigen Kindern.»

Wie vereinbart erschien gegen Mittag Herr Dubois, um Miriam nach Toulouse zurückzuführen.

Während er in der Küche bei einem Kaffee von dem nächtlichen Überfall hörte, standen Miriam und Justus zur Abfahrt bereit unter dem Torbogen des Schlosses. Fred wartete stumm und betreten neben seinem Freund.

«Nimm das hier», sagte Justus. Er drückte Fred ein Päckchen in die Hand: die rote Knollennase und der Chaplinhut. «Im Schloss sind sie besser aufgehoben. Bewahre sie gut auf.»

Fred schwieg bedrückt.

Miriam erriet, was den Jüngeren beschäftigte, und sagte: «Es ist hart, wenn Freunde sich trennen müssen, nicht wahr?»

Justus nickte. «Fred und ich haben uns auf der Flucht versprochen, beisammenzubleiben, weil jeder vom andern um seine Herkunft weiß. Doch jetzt ist es anders gekommen. Miriam, du bist jetzt auch mein Gedächtnis. Und über dich, Fred, weiß in La Hille Rösy Bescheid … Also Fred, weine nicht.»

Aber da merkte Justus, dass er selbst es war, der weinte, sein Augenwasser sammelte sich am Kinn, er wischte es mit dem Ärmel weg.

Nun kam Herr Dubois aus der Schlossküche und stieg in den Wagen, und die beiden Jungen umarmten einander noch einmal hastig durch das Fenster hindurch, als der Wagen schon langsam anfuhr.

3

Marseille,
Sommer 1940

Alle Fluchtwege schienen in Marseille zu enden. Hier war das Meer. Von hier aus hoffte man zu entkommen.

Stündlich kamen neue Flüchtlinge an, die wuchtige Marmortreppe des Bahnhofs Saint Charles füllte sich mit dem Getrappel und den Rufen der Ankommenden.

Da und dort geriet einer der Neuen mit seinem Koffer in eine Kontrolle. Doch Justus und Miriam gelangten ohne Zwischenfall in die Hauptader der Stadt, die Canebière.

Was für ein Ort, dachte Justus. Eine Arche Noah, gefüllt mit den unterschiedlichsten Menschen.

Am auffälligsten die Militärs: Soldaten aus den Kolonien mit rotem Fes. Tiefschwarze Senegalesen mit Turbanen. Freiwillige der Fremdenlegion mit weißen Képis in Staubhüllen. Zuaven mit türkischen Pluderhosen. Gebirgsjäger in olivgrünen Uniformen und mit gewaltigen Baskenmützen. Kavallerieoffiziere in eleganten Khakiröcken und mit verwegenen samtbraunen Mützen. Massen von gewöhnlichen Infanteristen in verdreckten Uniformen.

Dann die dunklen Ströme der Zivilisten: flüchtende Holländer, Deutsche, Belgier … Sanft abwärts, an unzähligen Cafés vorbei, wurden die Neulinge in diesem Sommer 1940 von der Menge geschoben, bis sie endlich vor dem alten Hafen standen.

Da lag es, das Mittelmeer, das Ziel der Sehnsucht! Doch es war verödet, vermint, die Fahrten der großen Schiffslinien eingestellt.

Im Menschengedränge in den Straßen erkannte Miriam Davenport Walter Mehring und Hertha Pauli. Diese wiederum erkannten Bekannte aus Berlin und Wien: Politiker, Schauspieler, Schriftsteller. «Ah, das ist ja ...!»

«Nicht stehenbleiben, nicht grüßen, Hertha. Keine Namen nennen!»

Sie verstand. Überall wachten Spitzel. «Dort, die Ausweiskontrolleure, die sich in Zivil zwischen den Cafétischen durchschieben!»

Sie setzten sich trotzdem an einen der Glastische, bestellten zur Feier der Ankunft einen Calvados. Doch ihre Stimmung verdüsterte sich schnell, als Hertha an der Brandmauer den Aufruf las: Fremde haben sich innerhalb von achtundvierzig Stunden einzufinden mit ihren *papiers en règle* im Fremdenbüro der Präfektur.

Mehring schickte nach den ersten Tagen Hertha Pauli ins Bureau des Unterpräfekten mit dem Spitznamen Barbelé. Er hatte gehört, der Unterpräfekt sei ein Mann der Kultur, er liebe Künstler.

Als die Pauli vor ihm saß, fragte Barbelé: «Ah, Schauspielerin?»

Hertha Pauli nickte. Sie setzte ihr strahlendstes Lächeln auf und rechnete damit, hübsch auszusehen in ihrer letzten sauberen Bluse.

«Mademoiselle oder Madame?»

«Wie Sie wollen», sagte sie mit einer weichen Handbewegung.

Er lächelte zartfühlend. «Also, wissen Sie, ich bin ein Theaterliebhaber, in meiner Jugend hatte ich eine Schwäche für Sarah Bernhardt, ich sah sie damals in ihrer Hosenrolle als Hamlet.»

«Sie muss wunderbar gewesen sein – mein Vorbild», sagte die Pauli.

Er lächelte. «Doch nun zu Ihnen, Mademoiselle. Schade, dass sich so viele draußen vor der Tür drängen, doch später werden wir für einen Austausch Zeit haben. Ich will für Sie eine ganz besondere Residenz auswählen, das Hotel Bombard oben am Hang, idyllisch. Ich werde mir gestatten, Sie zu besuchen. *À bientôt, ma chère.*»

Draußen, im nächsten Bistro, klärte man Hertha Pauli mit schadenfreudigem Lachen auf: «Das Hotel Bombard? Eine Art Lager für Frauen, deren Männer in Les Milles und in Gurs inhaftiert sind! Prächtig am Hang über Marseille gelegen, von einer blickdichten Mauer abgeschirmt.»

«Und ich habe ihm noch gedankt. Habe ihn angelächelt, den Soupréfet Barbelé!» Die Pauli war wütend.

Man riet ihr, sich an die Insider zu wenden, sich Rat zu verschaffen bei denen, die es schon eine Weile mitmachten, das Katz- und Mausspiel. Das heißt, die mit Speck gespickten Fallen erkennen zu lernen, die echten und die falschen Identitätskarten und Visen voneinander unterscheiden lernen.

Rat bekam die Pauli schon eine Straßenecke weiter. Da saß ein Schriftstellerkollege, den Mehring nicht ausstehen konnte: Leonhard Frank.

«Schau dir diesen Frank an, der das Wunder schafft, wie ein Paradegockel im Café zu sitzen!», schimpfte Mehring. «Gibt sich als proletarischer Autor, behauptet, mit dem Fahrrad durch ganz Frankreich geflohen zu sein!»

Seine Freundin aus Wien ließ sich von Mehrings Kritik nicht abhalten. Saß schon am folgenden Tag neben diesem stattlichen Frank. Saß da mit ihrem strahlendsten Lächeln. Schlürfte, wie man das jetzt im Kino sah, mit dem Halm ein Eisgekühltes.

Mehring behielt sie im Auge. Fand es suspekt, dass Frank, der sich als Proletarier ausgab, von einer der dubiosesten Gestalten in ganz Marseille begrüßt wurde: Frédéric Drach, halb Deutscher, halb Franzose. Der wechselte seine Identität je nach Wetterlage und betrieb ein Büro, das sich mit dem Segen der Polizei Dépendance II Bureau Militaire nannte.

«Pass auf, Hertha, dieser Drach ...»

«Drach kümmert mich nicht», rief die Pauli aus, «aber Frank ist ein guter Autor und ein integrer Mensch! Du bist eifersüchtig!»

Der Streit warf immer höhere Wellen. Mehring wollte ihr schließlich verbieten, Frank zu treffen. Das konnte sich die Pauli nicht bieten lassen. So entfernte sie ihre Siebensachen aus der billigen Emigrantenkammer und verschwand aus dem Dunstkreis des schwierigen Mehring.

In den folgenden zwei Wochen schlich Mehring durch die Straßen wie ein geprügelter Hund und suchte seine Hertha. Sah sie durch Sonnenüberblendung und andere optische Täuschungen jeden Tag mehrmals in Gesellschaft eines Mannes. Wieder Frank? Oder Carli Frucht aus Wien, Literaturagent? Oder dieser Provinzgockel, Herthas Ferienbekanntschaft aus Südfrankreich?

Geblendet und verwirrt geriet der unglückliche Mehring bei einem Straßenübergang, wo ein Auto abrupt vor ihm abbremste und ihn zum Stillstehen zwang, in eine Razzia. Drei Tage lang saß er in Haft und schlief mit dreißig Leidensgenossen in einem Keller in der Nähe des alten Hafens im Stroh.

Am Tag, an dem er freigelassen wurde, sah Mehring Miriam Davenport vor einem Café stehen. Sie studierte den Aushang im Glaskasten.

«Hoppla, da ist ja unsere Amerikanerin wieder vom Hotel de l'Univers! Toll, wir leben noch!»

Er sah, dass die Davenport in Begleitung eines Kindes war.

«So rasch zu einem Jungen gekommen?»

«Ja, das geht schnell.» Sie lachte ihr glucksendes Lachen. Auch sie freute sich sichtlich über die Wiederbegegnung.

Er vernahm, dass sie, ganz in seiner Nähe, in einem der preisgünstigen Hotels beim alten Hafen wohnte, das Hotel, einst Absteige für nordafrikanische Arbeiter, nun bis zum Platzen mit Emigranten gefüllt. Sein Name ein Witz: Hotel du Paradis!

«Erst war mein Zimmer verwanzt, doch der Besitzer hat mir, der Amerikanerin, dann ein einwandfrei sauberes zugehalten. Ach, plötzlich hat mein amerikanischer Pass magische Wirkung!» Miriam ließ ihr glucksendes Lachen hören, dann fuhr sie fort: «Der Junge bewohnt ein Kämmerchen unter dem Dach bei den Tauben und wäscht sich in einem Wasserbecken im Flur.»

«Klingt ganz idyllisch», sagte er.

Sie nickte. «Doch, ach, das Geld geht langsam aus. Der Junge ist rührend und versucht sich und mich zu ernähren, er macht den Schuhputzer auf der Treppe des Bahnhofs Saint Charles. Aber es ist eine Zeit der schmutzigen Hände und Schuhe … Nun versucht er sich, so schmächtig wie er ist, als Kofferträger.» Sie lachte und hustete wieder in einem.

«Nun, Sie können doch jederzeit zurück in die USA?», wandte Mehring ein. «Oder warten Sie immer noch auf einen Bräutigam?»

Über ihr Gesicht ging ein Schatten. «Mein Rudolf ist schwer erkrankt, ich bin schon eine Weile ohne Nachricht. Reisen nach Jugoslawien sind nicht mehr möglich, seit Italien gegen Frankreich in den Krieg eingetreten ist.»

«Und die Rückreise nach Amerika?»

«Dann müsste ich meinem geliebten Frankreich endgültig Adieu sagen. Und ich möchte doch, wenn der böse Zauber vorbei ist, zusammen mit Rudolf die Studien in Paris mit einem Diplom beenden.»

«Nun», sagte Mehring nachdenklich, «was auch passiert, die Welt wird nie mehr sein wie vorher …» Sagte es und sah im Geist die Hertha Pauli an der Seite eines großgewachsenen Mannes.

Miriam nahm wahr, dass auch über Mehrings schmales Gesicht die Wolke eines Kummers glitt. «Herr Mehring, wo ist die Frau Pauli?»

«Ach, fort.»

Sie kapierte.

An diesem Abend saß Mehring allein in seiner Emigrantenherberge und notierte als Schluss seines Gedichts «Flucht durch Frankreich, Sommer 1940»:

dass mich zuletzt noch ins Exil
Die Liebe stieß: das war zu viel!

Tage später saß Mehring im Café seines armseligen Hotels in der Nähe des alten Hafens mit Schreibstift und Notizblock. Da tauchte plötzlich wie aus dem blauen Dunst über dem Meer die Pauli auf.

«Wie kommt mir solch Glanz in meine Hütte?», zitierte er.

«Walter», rief sie aufgeregt, «ich habe einen wunderbar hilfsbereiten Menschen getroffen!»

«Wohl diesen dubiosen Drach?»

«Ach nein! Ein Amerikaner ist vom Himmel gefallen! Mit Taschen voller Dollars und einer Namensliste, wer von den Künstler und Intellektuellen unbedingt zu retten sei. Auf dieser Liste stehst du ganz oben!»

«Ich? Also Mehring?»

«Genau du.»

«Wie heißt dieser Mann?»

«Varian Fry. Ja, sein Name wird wie unser deutsches *frei* ausgesprochen, ein gutes Omen, nicht? Walter, er sucht dich. Schickt mich, um dir zu sagen, dass du ihn unverzüglich in seinem Büro im Hotel Splendide aufsuchen sollst. Es zähle jeder Tag, sagt er, die Bedingungen, aus Frankreich herauszukommen, werden strenger.»

«Im *Splendide*? Vor diesem Hotelkasten stehen doch oft Autos mit deutschen Kennzeichen.»

«Mag sein. Nimm in der Halle gleich den Lift und fahr in den vierten Stock!»

«Ach, unser Mehring riecht nach Unglück», meinte später Miriam.

Kaum hatte er sich getraut, durch die Drehtür die Eingangshalle des *Splendide* zu betreten, stand er verloren in seinem schäbigen Anzug zwischen Bridge spielenden Engländerinnen. Noch schlimmer: An der Bar lehnten drei Offiziere der deutschen Wehrmacht, sie trugen Mützen und gewichste Stiefel und hielten Cognacgläser in der Hand.

«Wenn ich diese hochgebogenen Mützen in Form eines Entenhintern, mit Hakenkreuz und Adler nur schon sehe, packt mich ein metaphysisches Grauen», erzählte der Unglückliche später.

Wie gelähmt, mit Aufbieten seiner letzten Kraft, drückte er sich an der Rezeption vorbei zum Lift.

Oben im Flur des vierten Stocks wartete ein gutes Dutzend Bittsteller, man schob ihm einen Stuhl zu. Kaum hatte er sich gesetzt, erklang eine Trillerpfeife, zwei Uniformierte, diesmal Franzosen, stürmten die Treppe herauf und verlangten die Ausweise. Mehring suchte nach seiner abgeschabten Karte, während der eine Uniformierte ihm ungeduldig und misstrauisch ins Gesicht blickte. Dann packte er Mehring, zerrte ihn in den Fahrstuhl und draußen vor dem Hotel in ein Auto der französischen Polizei.

Fünf Stunden lang wurde er verhört, endlich, gegen Abend, freigelassen.

Am nächsten Tag begegnete Miriam dem eingeschüchterten Mehring in der kleinen Kirche, wo Nonnen ein ordentliches Mittagessen für wenig Geld abgaben.

Die Kirche war durch eine Holzwand in einen Raum für Betende und einen für Speisung unterteilt, eine unsichtbare Klosterfrau reichte durch einen Drehschalter das Essen. Mehring nahm das Schüsselchen aus der blassen Nonnenhand entgegen und sah, dass Miriam mit ihrem Jungen in der Schlange stand. Er wartete, bis sie ihr Essen erhielt und klagte ihr dann, das Bakelitschälchen mit Gemüse und einem winzigen Fleischschnitzel in der Hand balancierend, sein gestriges Ungeschick. «Miriam, ich setze keinen Fuß mehr in dieses *Splendide*! Könnten nicht Sie hingehen und diesem amerikanischen Rettungsengel sagen, er möge mich anderswo treffen? Ihnen, der Amerikanerin, kann ja nichts passieren.»

Sie lächelte. «Abgemacht, Monsieur Mehring. Was schlagen Sie denn als Treffpunkt vor?»

«Das Café Pélican in der Nähe des amerikanischen Konsularbüros.»

«Gut. Ich gehe heute Abend noch. Die Angelegenheit scheint mir dringend.»

Miriam schien die von Mehring anvertraute Mission nicht ohne Reiz, war sie doch neugierig auf diesen Landsmann, von dem man in Emigrantencafés nur im Flüsterton sprach. In Toulouse, so erzählte man, verkaufe ein tüchtiger Geschäftsmann bereits Name und Adresse von Varian Fry für fünfzig Francs, der Amerikaner könne im Handumdrehen jedes beliebige Visum besorgen! Das kam ihr übertrieben vor. Und doch war sie voller Erwartung. Sie wusch sich in ihrem Hotelkämmerchen die Haare, zog ihr Vorkriegskostüm an und betrat das *Splendide*.

In der weiten, von Zigarettendunst umwaberten Halle drückte sie sich an Glastischen mit Karten spielenden Offizieren der deutschen Wehrmacht vorbei, einer sah an ihr hoch, der goldene Adler auf seiner Mütze blitzte, es fror sie.

«Wohnen Sie im Hotel?», fragte der uniformierte Rezeptionist.

«Nein. Ich werde im vierten Stock von Monsieur Fry erwartet.» Sie hustete, wie immer, wenn sie verlegen war. Fügte dann hinzu: «Ich bin Amerikanerin. Wollen Sie meinen Pass sehen?»

Der Angestellte verneinte und gönnte ihr ein Lächeln.

4

Mr. Fry,

Hotel Splendide, vierter Stock

Im Imperium des Hotels Splendide schien der vierte Stock ein ausgelagertes Reich zu sein, das nach eigenen Regeln funktionierte.

Im Flur saßen an diesem frühen Abend nur noch wenige Wartende. Eine Sekretärin erkundigte sich nach Miriams Anliegen. Sie nannte den Namen Mehring und wurde sofort zum Büro des Rettungsengels geführt.

Eine stickige Wärme erfüllte den schmalen Raum, das Fenster konnte wohl des Straßenlärms wegen nicht geöffnet werden.

Da saß der Amerikaner in Hemdsärmeln. Sein Gesicht blieb trotz ihres Eintretens eine Weile lang weiter den Blättern auf der Tischplatte zugewandt, er studierte Listen.

Als er zu ihr hochblickte, sah Miriam in ein unbewegliches «Buster-Keaton-Face», wie sie es später einmal beschreiben wird.

Sie nannte ihren Namen und ihre Herkunft, darauf erhob sich Fry und schüttelte ihr die Hand. Er war großgewachsen und schlank, ein gut aussehender Mann mit intellektuellem Einschlag.

Er bot ihr jetzt einen Stuhl an und nahm die Hornbrille ab, um sie von nahem zu betrachten. «Schön, dass Sie kommen, Miss Davenport. Sie wissen, wo Walter Mehring ist?»

Miriam erzählte von ihrer Bekanntschaft mit dem Künstler, seinen Pechsträhnen, seinen Ängsten.

Fry zeigte sich sofort einverstanden, ihn am nächsten Tag im

Café Pélican zu treffen. Mehring sei eine der am stärksten gefährdeten Personen, Joseph Goebbels, der Minister für Volksaufklärung und Propaganda, habe ihm persönlich Rache gedroht! «Wissen Sie, Mehring hat mutige Songs verfasst gegen den Terror, in Berlin und später in Wien haben diese Texte viele Leute in ihrer Antipathie gegen Hitler bestärkt.»

«Der Mut hat Herrn Mehring leider inzwischen verlassen», meinte die Davenport.

Fry schüttelte bedauernd den Kopf. «Ach, hätte er sich nur früher gemeldet, sofort nach seiner Ankunft in Marseille. Hertha Pauli konnte ich ein Notvisum für die USA und eine Schiffspassage verschaffen, wenn alles gutgeht, ist sie mit einigen meiner ersten Schützlinge schon in Sicherheit. Die Ausreise aus Frankreich wird täglich schwieriger, der Druck der Vichy-Regierung auf amtliche Stellen nimmt zu. Wer Frankreich verlassen will, braucht eine Ausreisebewilligung, der Ausländern nur ausnahmsweise gewährt wird, wenn alle Papiere *en règle* sind. Doch Flüchtlinge haben keine Papiere, und wenn, sind sie unbrauchbar, weil ihre Eigentümer gefährdet sind und sie ihre Identität wechseln müssen. Von Marseille aus fahren keine Schiffe mehr. Und für Lissabon, dem nächsten Hafen für Überseelinien, sind Transitpässe für Spanien und Portugal nötig.»

Fry hatte sich in Eifer geredet, die Bekümmerung war ihm jetzt anzusehen, trotz der halb geschlossenen Augen hinter der Hornbrille.

Miriam teilte seine verzweifelte Sicht der Lage. «Sie haben sicher recht. Ich mache mir ebenfalls Sorgen um die vielen Flüchtlinge, für die Marseille die letzte Zuflucht war. Nun sind sie mit letzter Kraft hier angekommen und stehen hilflos mit dem Rücken zur Wand.»

«Mit dem Rücken zum Meer», verbesserte Fry ein bisschen lehrerhaft. «Wissen Sie, das Meer, auf dem man aus dieser Misere herauskam, ist jetzt vermint und wird scharf überwacht.»

Eine Weile lang schwiegen sie. Die lähmende Wärme der Abendsonne wurde im engen Raum spürbar. Schließlich wandte sich Fry wieder seinen Blättern zu.

«Hier», er wies auf eine der Listen, «sind gefährdete Menschen notiert, von denen ich keine Ahnung habe, wo sie sich aufhalten. Sind sie verhaftet worden? In Lagern verschwunden? Ein paar wenige können sich wohl aus dieser Lage befreien, so wie Lion Feuchtwanger, ein Autor, den ich schon lange verehre. Sein Bild hinter dem Stacheldraht von Les Milles ging um die halbe Welt. Wissen Sie, in Harvard habe ich Sprachen und Literatur studiert. Wenn andere Baseball spielten, habe ich gelesen. Ich bin deswegen oft belächelt worden. Ich war der verträumte Introvertierte.» Ein Lächeln umspielte Frys Lippen, und in seine Augen trat ein leises Funkeln.

«Es fällt Ihnen also vom Schicksal zu, Ihre Lieblingsautoren zu retten?», fragte Miriam ein bisschen spöttisch.

Er nickte. «Auch bildende Künstler wie Marc Chagall und Philosophen wie Walter Benjamin ... Doch wie soll ich sie retten, wenn sie sich versteckt halten? Das Emergency Rescue Committee in New York konnte mir keine Ratschläge geben. Ich gelte hier bei den französischen Ämtern als naiver Amerikaner, zu recht, Miss Davenport. Meine Aufgabe erscheint mir in der Tat monströs!»

«Bekommen Sie Hilfe von den amerikanischen Behörden?»

«Misses Roosevelt steht hinter unserem Auftrag, eine echte Philantropin. Doch andere Politiker sind den Immigranten gegenüber skeptisch, fürchten eine Überschwemmung der USA von linken und jüdischen Elementen!» Er blickte einen Moment zum Fenster hinüber, wo sich die hohen Baumkronen der Chaussee im Mistral wiegten. Fuhr dann fort: «Die Linke in den USA hat sich kooperativer gezeigt, ein gewisser Mister Bohn ist von der American Federation of Labor nach Marseille gesandt worden. Seine Aufgabe ist es, sich um die Rettung der sozialistischen, von Hitler verfolgten Politiker zu kümmern. Wir arbeiten in getrennten Büros, denn ich bin ja vollauf damit beschäftigt, meine bedrohten Künstler und Denker aufzuspüren.»

«Sie werden auftauchen», tröstete Miriam. «In der Gefahr haben sie wohl da und dort Schutz gesucht.»

Fry nickte. «Gerade vorhin wurde mir zugetragen, Feuchtwanger befinde sich zusammen mit Golo, dem Sohn von Thomas Mann, in Sicherheit in Marseille. Der Ort und die Umstände sind noch geheim. Aber da sind ja noch viele andere, über deren Verbleib ich nichts weiß oder die ihre Situation komplett ignorieren. Zum Beispiel ist Heinrich Mann in Nizza nicht mehr erreichbar. Oder Walter Hasenclever, auch Chagall. In seinem Atelier auf dem Land ahnt er nicht, in welcher Gefahr er schwebt. Als ich ihm sagte, er müsse sich in Sicherheit bringen, nach Amerika, gab er zur Antwort: ‹Ach, Monsieur Fry, gibt es denn in Amerika auch Gras und Kühe?›»

Miriam lachte. Nun fiel ihr das Bild von Chagall über Frys Schreibtisch auf: ein schwebendes Liebespaar mit einer blauen Ziege. «Wartet zu Hause Ihre Familie auf Sie, Mister Fry?»

«Eine Frau wartet, noch keine Familie.» Er lehnte sich zurück, seufzte leise. «Meine Frau Eileen erwartet mich schon nach einem Monat zurück, doch mein Einsatz hier wird länger dauern. In Vichy-Frankreich funktioniert alles langsam, alles ist unübersichtlich. Wo finde ich meine Künstlervögel, zum Beispiel den unersetzlichen Franz Werfel?»

«Da kann ich vielleicht helfen», sagte Miriam. «Den Werfels bin ich in Toulouse begegnet. Und Mehring, der mit ihnen befreundet ist, hat sie auf der Flucht in Lourdes getroffen. Sie sollen erschöpft gewirkt haben. Einem Gerücht zufolge haben sie es aber in den letzten Tagen bis nach Marseille geschafft. Sie werden sehen, Mister Fry, Ihre Schützlinge sind hier irgendwo in der Stadt oder werden sich hierher durchschlagen.»

«Schön, dass Sie mir Mut machen.» Er blickte sie offen an. Sein Gesicht war jetzt nicht mehr so unbeweglich, sondern von innerer Anteilnahme erhellt. «Könnten Sie hier in Marseille einen Job brauchen, Miriam?»

«Einen Job? Oh, das könnte ich wohl!»

«Unser Komitee, es heißt hier Centre Américain de Secours – das klingt mehr nach Wohlfahrt als nach Politik, nicht wahr? –, braucht mehr Mitarbeiter. Ich habe zwar schon ein paar tüchtige Leute. Meine polnische Sekretärin, Lena Fishman, beherrscht sechs Sprachen in Wort und Schrift. Und mit den französischen Amtsstellen verhandelt Albert Hermant.» Fry zeigte durch die halbgeöffnete Tür auf einen dunkelhaarigen Mann, der eben im Flur auf einen der letzten Wartenden zuging. «Dann ist noch da Franzi von Hildebrand, ein freundlicher österreichischer Royalist, er nimmt wie Hermant den ersten Kontakt zu den Flüchtlingen auf. Doch von Tag zu Tag sitzen mehr Bittsteller im Flur, es fehlen Interviewer für die ersten Gespräche. Sie, Miriam, sprechen neben Englisch auch fließend Französisch und Deutsch. Kann ich mit Ihrer Hilfe rechnen? Wir bezahlen nicht gerade großzügig, aber immerhin anständig.»

Miriam strahlte. «Ein finanzieller Zustupf kommt mir gelegen», sagte sie. «Wir Amerikaner sind ja nicht alle Millionäre, wie man hier in Frankreich glaubt! Sehr gern möchte ich den Menschen helfen. Da ist nur noch … ein Problem …»

«Ich bitte Sie, sprechen Sie ungeniert.»

«Ich kümmere mich um einen fünfzehnjährigen Jungen aus Danzig. Er spricht Deutsch, fließend Französisch und auch ein bisschen Englisch. Hier in Marseille schleppt er am Bahnhof Koffer, ist aber ein schmächtiger Kerl.»

«Das ist doch ein gutes Zeichen – es zeigt, dass er bereit ist zuzupacken.»

«Ja. Er ist hilfsbereit, intelligent und verschwiegen.»

«Bringen Sie ihn einfach her. Wir können einen Laufjungen brauchen. Besonders in unserem neuen Büro, in das wir bald einziehen, beim alten Hafen an der Rue Grignan.»

Am nächsten Morgen erwachte Miriam früh. Wie immer erreichte sie die Brandung der morgendlichen Geräusche, das Rattern der Militärcamions, das Gurren der Tauben, die Schiffshupen vom Hafen her. Und doch war da ein neues Lebensgefühl: Ich beginne heute meine Arbeit im Centre américain de secours!

Unwillkürlich dachte sie an Rösy Näf in La Hille. Ich muss meiner Schweizer Zwillingsschwester von meinem Engagement erzählen! Inzwischen wird das alte Schloss wohl seinen Telefonanschluss bekommen haben?

Beim Frühstück im schäbigen Speisesaal des Hotels war Justus, den sie gestern Abend noch eingeweiht hatte, ziemlich aufgeregt. Für seinen Auftritt im *Splendide* hatte er noch gestern Nacht im improvisierten Wasserbecken vor der Dachkammer sein einziges Hemd gewaschen. Durch das Waschen mit sandiger Kriegsseife war es grau geworden und wirkte arg zerknittert. Zum Ausgleich hatte er seine rötlichblonden Haare mit Gelatine zu glätten versucht.

Im Hotel Splendide vertiefte sich Justus in den Mechanismus der Drehtür, bevor er sich hinter Miriam von nachfolgenden Gästen in die Hotelhalle schieben ließ. Neugierig blickte er sich um. Zu dieser Zeit waren nur wenige der Sofas besetzt, die Besucher steckten ihre Köpfe in die Morgenzeitung mit den neuesten Nachrichten von der Front. Als der Junge an einem der Tische Deutsch sprechen hörte, zuckte er zusammen, er entspannte sich erst wieder im Fahrstuhl.

Im vierten Stock wurden die Neulinge von Albert Hermant empfangen. «Varian lässt sich entschuldigen, er musste rasch zum Telegraphenamt. In der Zwischenzeit zeige ich Ihnen gerne unsere Arbeitsplätze. Hier», er stieß eine angelehnte Tür auf, «werden Sie die Emigranten begrüßen und nach einem bestimmten Fragekatalog ein Profil der Bittsteller erstellen. Weiter hinten, in Varians Zimmer, das Sie gestern gesehen haben, arbeiten abwechselnd Franzi von Hildebrand und ich. Der zweite Schreibtisch ist eigentlich eine Frisierkommode, deren Spiegel wir abgeschraubt haben. Wenn die Sekretärin meinen Platz braucht, arbeite ich auf dem Rand der Badewanne. Nun, an der Rue Grignan werden die Platzverhältnisse besser sein, hoffen wir.»

Hermant blickte sich jetzt nach Justus um, der höflich ein paar Schritte entfernt im Flur wartete. «Ah, Sie haben gleich unseren Kurier mitgebracht! Wie heißt der Junge?»

«Justus Rosenberg.»

Hermant erschrak sichtlich. Nach einem Moment des Schweigens sagte er: «Miriam, Sie wissen doch, dass der Name ihn gefährdet? Hat er keinen andern?»

«Doch, ich nenne ihn Gussie. Auf Englisch klingt dieser Spitzname ganz lustig.»

Hermant winkte den Jungen herbei. «Willkommen, Gussie! Ich arbeite wie du jetzt auch in diesem seltsamen Betrieb und heiße Albert Hermant.»

«Guten Tag», sagte Justus-Charlie-Gussie etwas beklommen.

Der dunkelhaarige Mann mit den verschmitzten Augen versuchte dem Jungen Mut zu machen. «Schau, Gussie, hier habe ich wie du einen Spitznamen. Varian nennt mich Beamish. Alle Mitarbeiter dürfen mich auch Beamish nennen.»

«Eigentlich schade», meinte Miriam. «Albert Hermant klingt doch auch nicht schlecht. Hieß nicht ein französischer Romantiker so?»

«Toll, dass Sie als Amerikanerin das wissen!» Der junge Mann nickte anerkennend. «Nun, da Sie ab heute zu unserem engsten Team gehören, werden Sie bald mitbekommen, dass auch Hermant nur ein Deckname ist. Mein echter Name ist in diesen Zeiten nicht ganz ungefährlich.»

Justus war dem Gespräch mit großen Augen gefolgt. Albert Hermant sah es, wandte sich nun dem Jungen zu und fuhr, auch zu Miriams Überraschung, in deutscher Sprache fort: «Erschrick nicht, Justus, mein wirklicher Name ist ein deutscher Name wie deiner. Ich heiße Hirschmann. Wir beide müssen unsere echten, unsere kostbaren Namen geheimhalten, bis dieser Nazispuk vorbei ist. Hast du auf den Weinbergmäuerchen außerhalb der Stadt die Eidechsen beobachtet?»

Justus nickte. Mit Miriam hatte er am Sonntag mit dem Fahrrad einen Ausflug über Land gemacht.

«Also, Justus oder Gussie, wir müssen es wie die Eidechsen machen. Sie lassen bei Gefahr den Schwanz fallen. Wir lassen einen Teil unserer Identität fallen, wer wir genau sind, woher wir kommen. Und genau wie bei den Eidechsen wird dieser Teil von uns nachwachsen, eines Tages, möge er nicht allzu fern sein.»

In diesem Moment erschien Fry. Er schüttelte erst Miriam, dann dem Jungen die Hand. «Großartig, da ist ja unser Kurier! Wie heißt du?»

«Gussie.»

«Gut so, Gussie.»

5

Justus-Charlie-Gussie

Justus erhielt in den ersten Tagen als Kurier eine neue Kleidung und betrachtete sich bei Varian im Badezimmerspiegel. Das bin ich also, dachte er. Justus alias Charlie alias Gussie!

«Die Kleidung steht dir ausgezeichnet!», rief Varian von der Tür her. Er kam herein, griff hinter den Spiegel und holte mehrere Papiere heraus, die dort versteckt waren. Anschließend sah er Gussie an, der verstand, dass er gerade einen Vertrauensbeweis erhalten hatte.

Dann war Gussie wieder allein. Erneut betrachtete er im Spiegel seine Erscheinung: die hellbraunen Augen. Innen ein Funken Helligkeit. Schon als Kind hatte er diese Sterne in seinen Augen entdeckt, und es beruhigte ihn jetzt, sie wiederzufinden: Du bist also noch da. Egal, wie viele Namen du noch aufgeklebt bekommst.

Nun trat Miriam mit einem Dossier unter dem Arm ins Badezimmer. «Wow, das Beige der Jacke passt zu deinem rötlichen Haar, Gussie!», rief sie aus. «Pass auf, die Mädchen auf der Canebière werden sich nach dir umdrehen!»

Würde mir so passen, dachte er, als er auf den Flur hinaustrat. Doch da hörte er die Sekretärin in ihrem winzigen Büro zu Miriam sagen: «Der Junge sieht sehr germanisch aus.»

Diese Bemerkung blieb in ihm hängen und machte ihm Angst. Germanisch? Da geh ich auf der Canebière in meinem hübschen neuen Anzug, und die Naziagenten sehen mir meine Herkunft an! Man verhört mich und schält mich aus den Zwiebelschalen meiner falschen Namen! Was bleibt? Justus, ein kleines Zwiebelherz.

Doch Hermant, dem Gussie seine Ängste anvertraute, lachte. «Ach was, du siehst ganz wie ein Nordfranzose aus. Ein Normanne.»

Doch später, im Büro, rügte Hermant die Fishman: «Du hast ihn erschreckt.»

«Warum? Germanisch aussehen kann doch sehr hübsch sein.»

«Du weißt genau, dass germanisch aussehen im Moment etwas anderes bedeutet.»

«Nur nicht übertreiben», sagte sie. Das war eine ihrer Lieblingssprüche. Rasch fügte sie hinzu: «Zum Glück weiß er es nicht: Er hat ein Gesicht wie ein Cherub.»

Doch Gussie verfing sich, wenn er nicht beschäftigt war, in seinen Gedanken. Mein Name, meine Familie, meine Zukunft – alles ausgelöscht. Ich bin in Teile zerrissen, und jeder Teil geht eigene Wege.

Durch Hermants Begrüßung am ersten Arbeitstag war Gussie sehr konkret bewusst geworden, dass er sein Schicksal nicht allein trug, und er war begierig, von Hermants Leben mehr zu erfahren.

«Varian, seit wann kennst du Hermant?»

Varian trank gerade eine Tasse Kaffee. Er sprach nicht ungern über Hermant. Kurz überlegte er und sagte: «Gleich nach der Ankunft in Marseille habe ich ihn kennengelernt, den fünfundzwanzigjährigen politischen Flüchtling aus Deutschland. Ich habe seine integere politische Haltung gespürt, seine Intelligenz. So habe ich ihn gleich eingebunden in mein Rettungsprogramm.»

«Warum nennst du ihn Beamish?»

«Nun, meist sieht sein Gesicht nachdenklich, fast finster aus. Aber dann entdeckt er etwas, das ihm Spaß macht, und zwischen den Wolken blitzt die Sonne durch. Er hat einen ausgesprochenen Sinn für Humor, sein Lachen ist ansteckend. Das hat mir bei Schwierigkeiten oft geholfen! Beamish, das heißt Strahlemann, weißt du.»

Doch eines Abends, nach der Teamsitzung, erzählte Hermant in Gussies Anwesenheit selbst von seinen Kriegserfahrungen.

«Ich habe auf der Seite der Republikaner in Spanien gekämpft. Nach Francos Sieg wechselte ich in die französische Armee. Doch auch hier schienen wieder die Feinde zu gewinnen. Mein Kommandant sah die Eroberung Frankreichs durch die Deutschen voraus: ‹Ihr ausländischen Soldaten seid in Gefahr! Fallt ihr den Nazis oder den Italienern in die Hände, werdet ihr als Verräter erschossen.› Er riet uns, die Identität zu wechseln: neuer Name, anderer Geburtsort, neues Geburtsdatum. Ich wählte den Namen des Romantikers Hermant und erfand einen neuen Lebenslauf: Meine französischen Eltern hatten mich in Philadelphia in die Welt gesetzt. Der Kommandant stellte darauf ein Soldbuch mit den geänderten Angaben aus und versah es mit Stempeln. ‹Macht euch schleunigst aus dem Staub›, sagte er. ‹Die Wehrmacht ist im Anmarsch!› Ich vergrub meine richtigen Papiere in einer Büchse hinten im Kasernenhof. Floh dann mit dem Fahrrad nach Marseille, an den Camions der Wehrmacht vorbei.»

«Wie Gussie!», rief Miriam aus. «Der Junge ist ebenfalls im Kugelregen der Nazis auf dem Fahrrad geflohen.»

Beamish nickte. Er hatte schon bei der ersten Begegnung intuitiv die Ähnlichkeit zwischen sich und Gussie erkannt, da entstand ohne große Worte eine Verbindung.

Hermant, das erfuhr Gussie erst später, wurde dank seiner vielfältigen Erfahrungen für Varian zum Spezialisten für Illegalität.

Dem illegalen System war nur mit illegalen Mitteln beizukommen. Für die Flucht ihrer Schützlinge brauchte das Komitee Geld, doch zum offiziellen Dollarkurs erhielten sie nur einen Bruchteil dessen, was auf dem schwarzen Markt zu bekommen war. Hermant schloss deshalb Kontakte mit der Marseiller Unterwelt. Er ersann auch vielfältige Wege, um für seine Flüchtlinge zu falschen Papieren zu kommen.

In der ersten Zeit war Vladimir Vochoc, ehemals Leiter des tschechischen Außenministeriums und Professor an der Prager Universität, Frys Versorgungsboot. Seit dem Überfall der Nazis auf die Tschechoslowakei lebte er in Marseille mit einem Koffer voll leerer tschechischer Pässe. Er war bereit, staatenlosen Flüchtlingen, die nicht unter ihrem eigenen Namen reisen konnten, einen tschechischen Pass auszustellen.

Am Nachmittag ihres ersten Arbeitstages bat Fry um Miriams Teilnahme am Treffen mit Walter Mehring. «Nimm auch Gussie mit, es wirkt dann nach außen eher wie ein Familientreffen, weniger wie ein Komplott. Zudem seid ihr ja auch schon mit Mehrings Eigenarten vertraut.»

Das Café Pélican war beinahe leer. An einem der hinteren Tische legte die wasserstoffblonde Angestellte des amerikanischen Konsulats neues Ozeanblau auf die Lider. Sie war aufgestanden und hatte sich zum Gehen gewandt, als sie Fry bemerkte.

«Hallo, Mister Fry!» Sie winkte ihm zu, klimperte mit den blauen Augenlidern.

«Mittagszeit beendet?», fragte er.

«Oh ja. Schlangen vor dem Schalter. Alle wollen Visa haben, wir könnten die verkaufen wie Brötchen.»

Fry wartete ab, bis sich die Türe des Cafés hinter ihr geschlossen hatte. Erst dann hielt er Ausschau nach Mehring.

Zerknittert und zusammengesunken saß der Dichter hinter seiner Tasse Ersatzkaffee. Die drei gingen zu seinem Tisch, und Fry versuchte nach dem Händeschütteln, indem er von erfolgreichen Ausreisen berichtete, die Ängste des Flüchtlings zu dämpfen. «Herr Mehring, Sie erhalten einen tschechischen Pass mit einem neuen Namen.»

«Oh», rief der Emigrant, und seine Stecknadelknopfaugen rundeten sich. «Und wenn ich mit falschen Papieren verhaftet werde?»

«Das wird schon nicht passieren. Und in den USA habe ich gestern um ein Notvisum nachgesucht.»

«Für den echten Mehring?»

«Diesmal auf Ihren echten Namen, ja. Wenn Sie erst mal auf dem Schiff sind, können Sie die falschen Papiere vergessen, Herr Mehring. Doch erst müssen wir dafür sorgen, dass Sie unbeschadet über die spanische Grenze kommen. Glauben Sie mir, das ist schon vielen gelungen. Eben erhielt ich Nachricht, dass Konrad Heiden, Sie wissen doch, der diese Hitler-Biographie geschrieben hat, glücklich drüben angekommen ist. In der Zwischenzeit werden Miriam und Gussie mit Ihnen in Kontakt bleiben, und ich besorge die Papiere und überlege mir das Vorgehen. Wo wohnen Sie eigentlich?»

«Im *Mistral*. Eine Bar mit Pensionsbetrieb. Etwas außerhalb, auf der Corniche du Prado.»

«Gut. Bleiben Sie in nächster Zeit besser auf Ihrem Zimmer oder im Umkreis der Pension, damit Sie uns nicht wieder abhandenkommen. Schreiben Sie nur tüchtig, wir warten auf Neues. Sie wissen doch, dass ich Ihre Lieder und Kabaretttexte sehr schätze?»

Er schreibe nun einen Bericht über seine Flucht, antwortete Mehring, den das Lob sichtlich aufrichtete.

Der Dichter ließ sich nun von Fry zu einem Calvados einladen. Das Getränk schien eine beruhigende Wirkung zu haben, als sie sich verabschiedeten, wirkte Mehring entspannt.

Auf dem Weg zurück zum Hotel Splendide, schon in der Nähe des Konsularbüros, sah Miriam eine großgewachsene blonde Frau mit einem kleinen Hund, der gerade am Stamm einer Platane sein Bein hob.

Erfreut blieb Miriam stehen. «Ach, Mary Jane Gold. Meine Amerikanerin aus Toulouse!»

«Sie kommen wie gerufen, Miriam!», rief die Gold. «Eben wollte ich zum amerikanischen Konsulat, um Ihre Adresse zu erfahren. Wir müssen uns unbedingt sprechen! Kann ich Sie morgen zu einem Nachtessen einladen? Um acht im *Basso* beim alten Hafen?»

Das *Basso* galt als eines der edelsten Restaurants in Marseille, nie wäre es Miriam eingefallen, dort zu essen. «Sehr gern. Aber ich habe einen jungen Schützling, fünfzehn Jahre alt und immer hungrig. Darf ich ihn mitbringen?»

«Selbstverständlich. Ich freue mich.»

Miriam holte schnell Varian Fry und Gussie ein, die, ins Gespräch vertieft, weitergegangen waren. «Entschuldige, Varian, dass ich meine Bekannte nicht vorgestellt habe. Eine großzügige Amerikanerin, die dem Büro eines Tages nützlich sein könnte. Die Golds sind eine prominente amerikanische Eisenbahnerdynastie. Mary Jane hat ein eigenes Flugzeug geflogen, ein *monoplane*. Sie hat es bei Kriegsausbruch der französischen Armee vermacht.»

Fry schien das alles nicht sonderlich zu imponieren. Er hatte eben mit Gussie über ihre gemeinsame Begeisterung für Fahrräder gesprochen, und sie waren übereingekommen, an einem der kommenden Sonntage einen Ausflug in die Gegend der Sümpfe zu machen. «Ich nehme dann mein Fernglas mit zur Beobachtung der Vögel. Für dich, Gussie, versuche ich, eine Fischerrute aufzutreiben.»

Als sie im vierten Stock des *Splendide* ankamen, waren alle Stühle im Flur besetzt, weitere Wartende standen entlang der Wände.

Frau Fishman, die Varians Stimme hörte, eilte mit einem

Zettel aus ihrem Büro. «Mister Fry! Ein Anruf aus einem der vornehmsten Hotels der Stadt! Ein Schriftsteller, der Deutsch spricht, möchte Sie dringend sprechen.»

«Wie heißt er denn?»

Frau Fishman las den Namen ab. «Franz Werfel.»

Varian war beeindruckt. Der Prager Dichter Werfel, lange in Wien wohnhaft, war nicht nur einer seiner Lieblingsautoren. Er stand auch auf der Liste der gefährdeten Künstler ganz oben.

«Was für ein Glück, dass sich einer mal von selbst meldet, dazu noch von ganz aus der Nähe», murmelte er. Das Hotel, das Frau Fishman auf ihrem Zettel notiert hatte, befand sich an der Canebière.

Fry nahm sich vor, gegen Abend hinzugehen.

6

Alma Mahler und Franz Werfel

Im vornehmen Hotel du Louvre et de la Paix, wo Fry an der Rezeption den Namen Werfel nannte, tat man geheimnisvoll. Erst nach längerer Diskussion bequemte man sich dazu, die Gäste in ihrer Suite zu benachrichtigen. Fry hatte am Abend in seinem Büro nochmals in seine Notizen geschaut: Franz Werfel, geboren 1890 in Prag, im Haus eines wohlhabenden jüdischen Handschuhfabrikanten. Auf die ersten Gedichte, die Aufsehen erregten, folgten Prosawerke. In Wien Heirat mit Alma Mahler, der Witwe des Komponisten. Eins seiner jüngsten Werke, *Die vierzig Tage des Musa Dagh*, über den Genozid an den Armeniern, hatte 1934 bei den Nazis Unwillen erregt und stand auf der Liste der verbotenen Bücher.

Die Werfels freuten sich über Frys Besuch. Franz Werfel, korpulent und herzkrank, berichtete von der Flucht. Er erzählte farbig, mit vielen Atempausen. «In Lourdes schließlich fanden wir eine menschenwürdige Unterkunft. Wir hielten uns da ein paar Wochen auf, so konnte ich mich in den Archiven in die Geschichte der kleinen Bernadette Soubirous vertiefen und der Erscheinung in der Grotte. Wenn wir wirklich gerettet werden – das heißt, wenn wir heil in Amerika ankommen –, habe ich versprochen, einen Roman zu schreiben mit dem Titel *Das Lied von Bernadette*.»

«Ein jüdischer Autor und die Erscheinung der Jungfrau Maria – das wird die Welt in Erstaunen versetzen», meinte Fry.

«Es gibt Phänomene, die gehören allen Religionen», antwortete Werfel.

Unterdessen hatte seine Frau süßen Bénédictine in Zahnputzgläser gefüllt.

Werfel griff nach seinem Likör. «So lasst uns denn auf eine Rettung anstoßen!»

Er leerte das Glas in einem Zug, ließ sich dann erneut über die Unbill der Flucht aus, es klang wie die Zusammenfassung eines neuen Buches.

Fry versuchte ihn aufzumuntern. «Zum Glück sind Sie jetzt in Marseille. Und Ihre Unterkunft – sie erscheint mir nicht gerade schäbig.»

«In diesen Räumen atmen wir auf», gab Werfel zu. «Doch die Schikanen der Vichy-Regierung dauern an – wie sollen wir je in die USA gelangen?»

Die schöne Frau Alma Werfel löste nun ihren Mann ab. «Ach, wissen Sie, wir hätten vor zwei Jahren ausreisen sollen!»

«Wohnten Sie nicht zuletzt in Sanary-sur-Mer, wie viele andere Künstler?», fragte Fry.

Sie nickte. «Unser schöner Fluchtort an der Riviera schien uns für immer Schutz zu bieten. Bis dann unser Nachbar Lion Feuchtwanger und andere Künstler abgeholt wurden und in das Lager Les Milles kamen.» Die Erinnerung daran ließ sie verstummen.

Fry betrachtete sie aufmerksam. Aus ihrem sorgfältig frisierten Haar hatte sich eine Strähne gelöst, sie strich sie aus dem Gesicht, und Fry bewunderte die Art, wie sie jetzt ihre ausdrucksvollen Augen auf ihn richtete. Sie muss an die sechzig sein, überlegte er. Eine matronenhafte, doch immer noch attraktive und würdevolle Erscheinung. Damals, in ihrer Jugend, galt sie als das schönste Mädchen von Wien. Später wurde sie Ehefrau von bedeutenden Künstlern: von Gustav Mahler, vom Bauhaus-Architekten Walter Gropius, und dann von Franz Werfel … Dazwischen Liebschaften. Über die Liaison mit dem exzentrischen Maler Oskar Kokoschka war in ganz Wien getratscht worden. Als sie ihrem Kokoschka den Laufpass gab, ließ er eine Fetischpuppe anfertigen, in den genauen Proportionen von Almas Körpermaßen.

«Wir beide könnten längst über dem Ozean sein, nicht wahr, Franzi?», sagte sie nun zu ihrem Mann.

Werfel nickte. «Wissen Sie, Mister Fry, wir sorgten uns auch um den Rest der Familie. Nicht nur die Eltern sind bedroht. Meine Schwester Marianne und ihr Gatte Ferdinand Rieser sind aus der Schweiz emigriert. Sie haben zusammen das Schauspielhaus Zürich gegründet und aufgebaut, zwölf Jahre lang war die Führung dieser privaten Kulturstätte ganz in ihren Händen. Das einzige noch freie deutschsprachige Theater! Sie haben kritische Stücke ausgewählt und wurden zunehmend angefeindet. Brechts *Dreigroschenoper* zum Beispiel wurde von wütenden Nazifreunden sabotiert.»

«Und das in Zürich, in der neutralen Schweiz?»

«Ja, auch da gibt es leider Nazi-Sympathisanten, sie nennen sich dort Frontisten.»

Alma sprach nun über den Freiheitsgedanken in der Stückewahl am Schauspielhaus in Zürich. «Werfels Schwester Marianne war ganz wichtig für die Zusammenstellung des Programms … Vor zwei Jahren haben wir selbst Aufführungen dort erlebt, mit Krawallen und Stinkbomben der Nazis.»

Frau Werfel sprach in einem näselnden, wienerischen Ton, der heimische Singsang schien ihren Mann zu beruhigen. Seine Hände waren von den Armlehnen des Sessels geglitten, er sank tiefer in das Polster, und Fry, der ihm gegenübersaß, bekam jetzt eine genauere Vorstellung von Werfels Beleibtheit. Nun, Werfel ist noch nicht alt, überlegte er, doch mit dieser Statur eines halbgefüllten Mehlsacks kann ich ihn kaum auf Schmugglerpfaden über die Pyrenäen schicken.

Der Dichter hatte unterdessen wieder Atem geschöpft und klagte über die die vielen Naziagenten in Marseille. «Nur noch im Taxi wage ich mich auf die Straße.»

«Ach bitte, Franzl!» Alma zupfte ihren Mann am Ärmel. Flüsterte dann auf Deutsch: «Erzähl ihm nicht so viel, er ist vielleicht auch ein Spitzel.»

Varian beugte sich darauf lächelnd zu ihr und sagte ebenfalls auf Deutsch: «Ich möchte Sie warnen, gnädige Frau, ich verstehe Ihre Sprache ziemlich gut.»

Die Werfels schwiegen überrascht, dann lachten sie beide herzlich.

«Sie haben sich Ihren Sinn für Humor trotz allem bewahrt», stellte Fry fest.

Dann begann er, verschiedene Möglichkeiten zu skizzieren, um aus Frankreich herauszukommen. Es gebe da einen Bergpfad an der französischen Grenze im Dorf Cerbère. «Hinter dem Bahnhof die Friedhofmauer entlang, dann steil bergauf zum spanischen Zollhaus.»

«Oh, das scheint mir schwierig.» Frau Werfel zeigte auf ihren Gatten. «Mein Mann hat ein eher schwaches Herz.»

«Ich dachte schon, dass die Variante Schiff für Sie besser sein dürfte», gab Fry zu. «Nur muss ich um Geduld und strengste Verschwiegenheit bitten. Aber den Rest lassen Sie meine Sorge sein. Wenn es klappt, sehen wir uns bald in New York!»

«Sie machen uns Mut, Mister Fry», sagte Alma und füllte in einem unbewachten Moment das Glas des Gastes nach.

Schon um dem Likör zu entgehen, entschloss sich Fry, die Werfels zum Essen ins *Basso* einzuladen, das konnte nur zur Entspannung der Lage beitragen. Es war ihm klar: Jede Art von Flucht wird bei der Nervosität und körperlichen Verfassung dieses Paars schwierig sein. Bohns Plan mit dem geheimen Schiff kam ihm jetzt vor wie ein letzter Strohhalm.

Frank Bohn, von der American Federation of Labor nach Marseille geschickt zur Rettung gefährdeter Genossen, hatte hinter vorgehaltener Hand von einem Geheimplan gesprochen.

«Ein Schiff?», hatte Varian misstrauisch gefragt.

Bohn hatte ihm darauf väterlich auf die Schulter geklopft. «Nur keine Angst, es wird wunderbar klappen, *old boy*!»

Das Schiff warte in einem Versteck, in einer felsigen Bucht unweit von Marseille. An die dreißig Flüchtlinge werde es an ein sicheres Ufer bringen. Vermutlich Casablanca. Von dort aus sei die Reise nach den USA nur noch ein Kinderspiel.

Für Bohn, ein etwas steifer, breit- und hochgewachsener Mann, schien fast alles ein Kinderspiel. Er betrachtete Frys misstrauisches Gesicht und redete ihm zu: «Wenn etwas schiefgeht, haben wir immer noch unseren Konsul als Rückendeckung.»

«Den Generalkonsul?»

Bohn nickte.

Fry war überrascht. Er hatte diesen Mann, im Gegensatz zu seinem Vizekonsul Hiram Bingham, in einem ersten Gespräch als Leisetreter erlebt. «Fry, ich warne Sie, nur nichts Illegales», hatte er gemahnt. Peinlich. Doch Fry versuchte jetzt, seine Bedenken zu zerstreuen. Allzu gerne griff er in dieser verzwickten Lage nach Bohns Rettungsanker. «Heißt das, lieber Bohn, dass ich meine schwierigsten Schützlinge auf dein Schiff bringen kann, den Mehring, die Werfels, die Manns?»

«Aber sicher, *old boy*.»

Aber auch Bohn hatte seine Sorgenkinder. Nur: seine Schützlinge waren keine Künstler oder Intellektuelle, sondern Politiker. Die gefährdetsten unter ihnen waren Rudolf Breitscheid und Rudolf Hilferding.

Breitscheid war der Chef der Sozialdemokraten im Reichstag gewesen, einer der wichtigsten Politiker Deutschlands. Er hatte sich zusammen mit Hilferding, dem Finanzminister, offen gegen die Nationalsozialisten gestellt, beide hatten die Flucht ergreifen müssen. Seit August 1940 saßen sie in Marseille jeden Morgen im Café Sélect auf dem Boulevard d'Athènes. Während andere ihre wahre Identität versteckten, saßen Hilferding und Breitscheid jeden Tag gut sichtbar am selben Ort, gegenüber den Marmorstufen des Bahnhofs Saint Charles.

Fry wurde von Bohn zu einer Aussprache mit den beiden Politikern mitgenommen. Rudolf Breitscheid, mit einem Streichholz spielend, hörte sich widerwillig an, was Fry an Warnungen vorbrachte und wie er zur Flucht nach Spanien riet. Die beiden Deutschen hatten von Bohn US-Besuchervisa erhalten, durch Fry tschechische Pässe und spanische Transitpapiere mit falschen Namen. Nur ein französisches Ausreisevisum fehlte.

«Danke, Mister Fry», antwortete Breitscheid gedehnt. «Doch wir wollen nichts Illegales machen. Die Gestapo ...»

In diesem Moment fuhr oben im Bahnhof rumpelnd ein Zug ein, für Minuten war nichts anderes zu hören als Zurufe und das Getrappel der Ankommenden auf den Marmorstufen. Als sich der Lärm verzogen hatte, beendete Breitscheid den angefangenen Satz: «Also, die Gestapo wird sich nie getrauen, zwei sehr bekannte deutsche Politiker zu verhaften. Es wäre für uns und unser Amt unwürdig, sich heimlich zu verdrücken.» Während er redete, blickten seine Augen über Frys Kopf hinweg, als sehe er dort auf einer Wolke die Zukunft.

«Ja, wir warten lieber auf die Möglichkeit einer legalen Ausreise», echote Hilferding, der sonst, körperlich die halbe Portion seines schrankgrossen Freundes, meist stumm neben Breitscheid saß, denn er hatte die Ansichten seines Freundes als seine eigenen übernommen.

«Viele deutsche Emigranten empfinden Ihre Haltung als Provokation», sagte Fry vorsichtig. «Es heißt, die beiden benehmen sich, als wären sie immun.»

«Danke, Mister Fry», wiederholte Breitscheid und stand mit verschlossener Miene auf. Hilferding, der respektvoll zu seinem Freund hinaufschaute, erhob sich ebenfalls.

7

Gussie oder das Ende der Kindheit

Miriam und Gussie standen am alten Hafen. Es war noch zu früh für das Abendessen im *Basso*.

Streifen am Abendhimmel, eine rötliche Abendsonne versank hinter dem Fort Saint-Nicolas. Fischernetze lagen ausgebreitet auf dem Pier.

An einer Staffelei zeichnete ein Mann mit einem Kohlestift Schiffe. Miriam ging zu ihm hin, und der Künstler, der in letzter Zeit oft in Frys Büro erschienen war, erkannte sie und grüßte erfreut.

Bill Freier, berühmter und berüchtigter Cartoonist, hatte in den letzten Jahren von Wien aus regelmäßig für die Londoner Zeitung *British Opinion* Karikaturen gezeichnet. Die Leser liebten seinen schnellen Stift, das Erfassen und witzige Eindampfen einer politischen Situation. Fabelhaft verstand er sich auf die Karikatur von Adolf Hitler. In Deutschland erregte das Zorn, noch vor der Annexion versuchte man in Wien die Verhaftung des talentierten Künstlers zu erwirken.

In Frys Büro hatte Freier die Geschichte so erzählt: «In Wien sah ich vom fünften Stock meines Zeitungsgebäudes aus unten die Gestapo eintreten. Ich entschied, besser eine Kaffeepause zu machen, und verschwand … Und jetzt bin ich noch immer in meiner Kaffeepause!»

Freier lebte in einem engen Hotelzimmer zusammen mit seiner schwangeren Verlobten Mina. Mit den kleinen Bildern vom alten Hafen für Touristen versuchte er ein Zubrot zu verdienen.

Doch für Fry versuchte sich der Zeichner in anderer Kunst. Er verstand es, die noch nicht ausgefüllten Identitätskarten, die man in jedem Tabakladen erstehen konnte, mit prachtvollen offiziellen Stempeln samt Unterschrift des Kommissars zu versehen. Solche Ausweise waren für Franzosen zur Identifikation notwendig, doch die Staatenlosen hatten darauf kein Anrecht. So waren Frys Schützlinge auf das Talent Freiers angewiesen.

«Ich habe wieder etwas bereit», sagte der Künstler schmunzelnd. «Kann jemand das Paket bei mir draußen abholen?»

«Gussie ist unser Laufbursche.» Miriam stellte den Jungen vor. «Er kennt Marseille bald wie seine Hosentasche.»

Im *Basso* bekam man als Gast noch volle Fleischtöpfe zu sehen, eine Seltenheit im Marseille des Jahres 1940.

Mary Jane forderte ihre Gäste auf zuzulangen: «Gussie, du musst tüchtig essen. Fünfzehn bist du und wirkst wie dreizehn.»

Gussie füllte den Teller nach und lächelte. «Morgen, wenn es mir nicht mehr so gut schmeckt, esse ich weniger.»

«Du sollst aber wachsen!»

«Will aber nicht», schmollte er. «Wenigstens nicht, solange Krieg ist.»

«Ich kann ihn verstehen», sagte Miriam und dachte an La Hille.

Und Mary Jayne fragte: «Eine Zeit, in der man lieber nicht erwachsen werden will, um nicht zur verrückten Welt der Erwachsenen zu gehören – ist das nicht eine elende Zeit? Schade für das einst so freiheitsliebende Frankreich. Es heißt, General Pétain, dieser Verräter, komme im Spätherbst nach Marseille und lasse sich feiern.»

«Er wird mit den Nazis Champagner trinken», ergänzte Miriam. «Und seine Polizei wird Razzien organisieren. In diesen Tagen geht man am besten irgendwo aufs Land.»

Gussie hörte wieder mit diesem ernsthaften, gequälten Ausdruck zu. Miriam zog ihn sanft am Arm. «Gussie, ich habe dich als Clown kennengelernt in Toulouse. Und nun muss ich dafür sorgen, dass du in Marseille nicht zu ernst wirst.»

«Ja, dafür wollen wir sorgen», stimmte Mary Jayne heiter bei. «Magst du noch vom Huhn? Und, erzähl, wie kamst du auf die Idee, Clown zu spielen?»

«Ach, das liegt schon eine Weile zurück.» Das Gesicht des Jungen erhellte sich. «Mein Papa besuchte in Paris die Weltausstellung, so um 1936 war das, etwa drei Jahre vor Ausbruch des Kriegs. Er brachte mir ein wunderbares Geschenk nach Hause: einen kleinen Filmapparat mit einem einzigen Film. Es waren Szenen von diesem Clown, der gerade auch in Europa groß im Kommen war, Charlie Chaplin. Papa lehrte mich, den Film einzuspannen, und an meinem Geburtstag, vor meinen Klassenkameraden, zauberte ich auf ein aufgespanntes Leintuch Bilder, die laufen konnten: Charlie schwingt sein Stöckchen, Charlie watschelt davon auf kurzen Beinen und in übergroßen Schuhen, Charlie lüftet im Zirkus den Hut vor dem Löwen! Im Halbdunkel meines Kinderzimmers saßen sie alle, der Nachbarjunge Fred und die anderen Freunde aus der Klasse, der Wunderapparat ruckelte, spulte mit einem Schnurrgeräusch die laufenden Bilder ab, alle jauchzten und staunten, keiner von ihnen hatte bis dahin einen Film gesehen. Dann, Jahre später, als wir auf der Flucht waren, dachten Fred und ich uns Charlie-Szenen aus. Auf dem Fahrrad. Sie lenkten uns ab von der Angst, im Bombenregen unserer eigenen Landsleute umzukommen. Sie lenkten ab vom Schmerz des Hungers, wenn der Magen richtig wehtat.»

Nach Gussies Bericht war es am Tisch mit den gut gefüllten Tellern still geworden.

Bis Justus hinzufügte: «Ja, der Clown Charlie hat uns wohl zwischen Paris und Toulouse das Leben gerettet.»

«Und uns schließlich auf dem Markt zusammengebracht, am Brotstand, nicht wahr?», bemerkte Miriam nachdenklich.

Plötzlich ging die Tür des *Basso* auf, Leute drängten herein. Miriam, die zum Eingang starrte, flüsterte: «Eben ist Varian hereingekommen mit den Werfels! Vielleicht ist es ist ihm lieber, nicht erkannt zu werden.»

Den neuen Gästen wurde ein etwas abseits gelegener Tisch im Nebenraum zugewiesen, nur Mary Jane konnte von ihrem Platz aus Fry beobachten. «Siehst du ihn? Ist er nicht wunderbar? Ein Glück, dass ich schon vergeben bin», zwitscherte Miriam.

«Nicht mein Typ Mann», lachte Mary Jane. «Er wirkt mir zu seriös, er könnte der Chef eines dieser Hotels für christliche junge Männer sein!»

Miriam kämpfte mit einem Lachanfall. «Nun, er gehört wirklich zum internationalen Komitee dieser Organisation. Es sind ja gerade seine Seriosität und Geradlinigkeit, die mir imponieren.»

«Ich halte es hingegen mit den Abenteurern und Schlitzohren!» Mary Jane hatte eben einen aus der Fremdenlegion desertierten jungen Mann, den sie Killer nannte, kennengelernt. Im Hinblick auf den Jungen wollte sie aber mit dieser Liebesgeschichte nicht deutlicher werden.

«Gussie, jetzt kommt die Süßspeise.» Sie deutete mit dem Kinn auf den Kellner, der eben mit einem übervollen Tablett heranwankte. «Du wirst doch wenigstens heute Abend nicht darauf beharren, klein zu bleiben? Greif zu!»

Er tat ihr den Gefallen. Schaufelte vier von diesen karamellisierten Reisküchlein auf seinen Teller, verzehrte sie mit hörbarem Behagen. Seine Bewunderung für Mary Jayne aß mit. Es waren weniger ihre wippenden blonden Locken als ihre Großzügigkeit, das heitere, volle Mondgesicht: Aufruhr erreicht den Mond nicht, er bleibt sich selbst.

Und Mary Jayne, als hätte sie Gussies Gedanken erraten: «Ich halte eure Arbeit im amerikanischen Hilfswerk für sehr wichtig. Ihr braucht doch sicher Geld – ich habe genug davon und möchte damit etwas Nützliches tun, sagt das eurem Mister Fry!»

Justus überließ jetzt den Frauen das weitere Gespräch. Erinnerungen an Danzig überkamen und bedrückten ihn, doch davon sollte hier kein Wort über seine Lippen kommen.

Der Alltag der Schüler hatte sich damals verdüstert, da halfen abends zur Aufheiterung nur die Charlie-Szenen. Einer der Lehrer, der in gewichsten Stiefeln und einer Hakenkreuzbinde am Arm vorne am Katheder stand, stichelte und piesackte: «Unsere Schule ist zu gut für Juden!»

Justus kniff die Augen zu, zauberte mit Charlies Stöckchen. «Knüppel aus dem Sack!» hieß der Befehl, und der Knüppel gehorchte und tanzte wild auf dem Buckel des SA-Lehrers Dieterling. Und der stand wieder am Katheder und schoss zurück: «Juden werden aus den höheren Schulen ausgeschlossen!» Justus zauberte erneut, diesmal trat sein Charlie dem Lehrer Dieterling mit dem großen Schuh in den Hintern. «Unser gutes Geld ist zu schade für die Ausbildung der Juden!» Da packte Charlie den Hakenkreuz-Dieterling am Schlafittchen und wirbelte ihn im Kreis herum.

«Rosenberg, träumst du?»

Eines Abends kam Vater bedrückt von seinem Geschäft. Er zeigte einen amtlichen Befehl: Er habe sich am nächsten Morgen am Bahnhof einzufinden für den Abtransport ins Lager.

«Fährst du mit dem Auto, Papa?»

«Nein, man muss zu Fuß hingehen. Es ist ja nicht weit. Man darf ohnehin nur das Nötigste in einer Tasche mittragen.»

«Ich begleite dich mit dem Fahrrad.»

«Nein, man soll allein kommen.»

Er hatte Justus also verwehrt, mit ihm zu gehen. Schloss überdies oben in seinem Zimmer die Fensterläden. «Damit du deinen Charlie-Film sehen kannst.» Er will nur, dass ich ihm nicht nachschauen kann, dachte damals Justus. Und als der Vater ihn zum Abschied umarmte, fürchtete er, seinen Vater zum letzten Mal zu sehen, es gingen ja schon Gerüchte um über die Art dieser Lager.

Ein paar Minuten später sah er durch die Fensterritzen seines Kinderzimmers den Vater langsam die Straße hinuntergehen. Er war in letzter Zeit fettleibig geworden, sei es aus Kummer über den Tod der Mutter oder durch die reiche böhmische Küche der Tante. Das Gewicht der Ledertasche zog im Gehen an seinem Arm. Und so sah er ihn mit seinem langsamen, watschelnden Gang die Ziegelmauer der Fabrik entlanggehen und dann, hinter den Platanen des Schulhofs, verschwinden.

In diesem Moment, dachte Justus, hörte meine Kindheit auf.

8

Das Schiff, *old boy*!

In der folgenden Woche wurde Frys Hilfswerk beinahe ein frühes Ende bereitet.

Der Schreck kündigte sich an, als am frühen Abend so heftig an die Tür des American Rescue Committee gehämmert wurde, dass Fry sofort an die Polizei dachte und eiligst die am stärksten kompromittierenden Papiere, auch den Plan der Fluchtroute über Cerbère, hinter dem Spiegel des Badezimmers verschwinden ließ.

Es war nicht die Polizei, es war Bohn. Rot im Gesicht schrie er: «*Old boy*, es ist aufgeflogen!»

«Was?»

«Das Schiff!» Aufgeregt gestikulierend sprach er weiter. Die letzten Wartenden im Korridor starrten Bohn erschrocken an. Fry machte ein Zeichen, leiser zu sprechen, öffnete die Tür zu seinem Büro und zog Bohn hinein. Stöhnend ließ sich der schwere Mann auf Frys Bettkante fallen. Erst nach und nach begriff Fry den Hergang: Der Kapitän hatte versucht, für dreißig Leute und eine Woche Wasser und Verpflegung auf das Schiff zu bringen. Diese Betriebsamkeit war aufgefallen. Das Schiff, das hinter einem Küstenvorsprung vor Anker lag, wurde entdeckt und von der Hafenpolizei besetzt, die schon an Bord gebrachten Lebensmittel konfisziert.

Aus der Traum von der rettenden Arche! Schlimmer noch, es bestand die Gefahr, dass Bohns Agentur und Frys Büro nun von der Polizei geschlossen, die Mitarbeiter des Landes verwiesen würden, während noch Hunderte auf Rettung warteten.

Jetzt war Freitagabend. Nachdem die letzten Bittsteller von Miriam und Franzi interviewt worden waren, hängte Fry eine Tafel an die Tür des Büros: *Closed.*

«Für länger?» Miriam blickte ihn erschrocken an, erst jetzt fiel ihr auf, dass Varian geweint hatte. Seine Gesichtszüge waren schon wieder unter Kontrolle, doch er hatte die Brille von den zwinkernden Augen genommen und rieb die Gläser trocken mit seinem allgegenwärtigen, sauber geplätteten Taschentuch.

«Nein, nur bis Montag. Falls dann das Leben normal weitergeht.» Er berichtete ihr in groben Zügen, was vorgefallen war.

Miriam versuchte, ihren Schrecken zu verbergen, und sprach ihm zu: «Du solltest morgen hinaus aus der Stadt, Bäume und Gras sehen …»

Varian nickte. «Gussie und ich wollten doch mit den Fahrrädern zu den Sümpfen? Sag dem Jungen, wenn er noch Lust dazu hat, soll er sich morgen in der Früh bereithalten.»

Für Gussie wurde dieser Septembertag zu einer lichtvollen Oase.

Hinter Varian radelte er durch farbige Buchenwälder. Der Mistral war abgeflaut, er bewegte nur sanft die Kronen, es segelten Blätter wie kleine Briefe durch die Luft. Botschaften, dachte Gussie, meine Eltern denken an mich. An einem stillen Weiher stiegen sie von den Rädern, und Varian drückte dem Jungen eine Angelrute in die Hand. In Gussies Augen kam Glanz.

«Woher hast du sie?»

«Franzi von Hildebrand hat sie mir ausgeliehen. Du darfst sie vorläufig behalten.»

Varian entfernte sich, er stand jetzt unter den Buchenstämmen und beobachtete durch sein Fernglas die Vögel.

Gussie stand am Wasser, die Angelrute in der Hand, er ließ aber Varian nicht aus den Augen und beobachtete, wie er auf einen der unteren Äste kletterte.

«He, Gussie, komm herüber!» Er winkte. «Schau, Eichelhäher!»

Er bot ihm das Fernglas hinunter. «Guck genau hin, sie haben blaugestreifte Flügelfederchen! Die Vögel, weißt du, sind meine geheime Leidenschaft. Schon in Harvard, wenn etwas schiefgegangen ist, habe ich mich bei meinen gefiederten Freunden erholt. Ihre Fähigkeit, sich mit einem Flügelschlag über alles hinwegzuheben, imponiert mir, sie sind frei.»

«Du heißt ja auch *frei*, Varian. Und hilfst den Leuten, die bei uns im Flur sitzen, in die Freiheit, vielleicht auch bald Herrn Mehring.»

Gussie wusste, dass Varian ein Kummer plagte. Miriam hatte es ihm am Morgen mit ein paar Andeutungen zu verstehen gegeben, als sie seinen alten Kameraden, das Pariser Fahrrad, aus dem gut verschlossenen Kellerabteil des Hotels du Paradis holten. «Er muss sich dringend erholen», hatte Miriam beigefügt, und Gussie fühlte sich jetzt ein bisschen verantwortlich. Von Zeit zu Zeit prüfte er Varians Gesicht – ob er sich schon ein bisschen entspannt hatte?

Als sie zusammen im Gras Brotzeit hielten, erzählte Gussie von Fred und den in Toulouse gespielten Charlie-Szenen. Er beschrieb genau, wie Fred und er die Szenen aufgebaut hatten.

Varian ergötzte sich daran. «Ach!», rief er. «Ich liebe Chaplin-Filme über alles! Vor meinem Abflug nach Europa konnte ich in New York Bilder aus Chaplins neuem Hitler-Film ansehen: Eine Vorschau bloß, doch umwerfend komisch! Hitler, der im Film Hynkel heißt, führt wutentbrannte Reden in einem improvisierten Sauerkraut-Deutsch. Einmal, total in Rage, klettert er sogar an einem Vorhang hoch!»

«Oh, das sehe ich vor mir! Das möchte ich gleich spielen, Varian.» Und Justus sprang auf, zog eine Haarsträhne in die Stirn, legte, um ein Schnauzbärtchen zu imitieren, den Zeigfinger unter die Nase und tobte mit erhobener Faust: «Sapristisalosaujudsauerkraut!» Rannte dann wie ein Berserker zum Baumstamm, machte zwei, drei Klimmzüge.

Gussie blickte zurück zu Varian, der immer noch im Gras saß, er sah ihn zum ersten Mal richtig lachen, aus vollem Hals und nicht nur mit dem Zucken der Mundwinkel.

Ja, an diesem Tag durften sich Varian und Gussie über den Diktator, der 1940 daran ging, die ganze Welt zu verwüsten, noch lustig machen.

Wenigstens in Gesellschaft der Bäume, der Fische und der Vögel.

Varian konnte am folgenden Montag im *Splendide* den Betrieb ohne Störung aufnehmen. War es nur eine trügerische Windstille? So oder so, die Rettung der Flüchtlinge musste trotz der sich mehrenden Schwierigkeiten vorangetrieben werden.

Für Mehring etwa lief die Aufenthaltserlaubnis in Frankreich ab, für eine Ausreise also höchste Zeit! Der einst so kühne Poet war durch den harschen politischen Gegenwind mutlos geworden, wohl setzte ihm auch der Verlust seiner Geliebten zu. Er schien auch äußerlich geschrumpft, unscheinbar und klein, ganz unter sich nannten ihn Varians Leute «das Baby». Er war ja auch das Sorgenkind des Komitees, niemand beanspruchte so viel Zeit und Zuwendung. Varian hatte ihm für die Reise durch Spanien einen tschechischen Pass besorgt, ausgestellt auf einen Phantasienamen, und für den zweiten Teil der Reise ein amerikanisches Notvisum und ein sogenanntes Affidavit in lieu of passport.

Alles war geplant und vorbereitet. Der Schützling bestand ausdrücklich darauf, allein zu reisen.

9

Mehrings Odyssee

Auf der Fahrt zur spanischen Grenze hatte Mehring in Perpignan umzusteigen. Gegen seine Befürchtungen fand am Bahnhof keine Passkontrolle statt.

Erlöst atmete er auf, und da der nächste Zug erst vier Stunden später fuhr, setzte er sich zur Feier seiner bevorstehenden Rettung in ein Café.

Fünf Minuten später, er hatte noch nicht einmal seinen Calvados serviert bekommen, wurde er verhaftet.

Mehring hatte in seinen abgeschabten Kleidern so heruntergekommen gewirkt, dass der Polizist in Zivil ihn für den Landstreicher hielt, dem die ganzen Taschendiebstähle in der Gegend zugeschrieben wurden.

Auf der Polizeiwache entpuppte sich der große Fang jedoch als Irrtum, da war nur ein Ausländer, der ohne *sauf-conduit*, den für Fremde erforderlichen Passierschein reiste. Doch man erinnerte sich an die neuesten Bestimmungen der Fremdenpolizei und verschickte ihn in das nahe gelegene Internierungslager Saint-Cyprien.

Auf der kurzen Zugfahrt nach Saint-Cyprien bat Mehring seine Bewacher, austreten zu dürfen. Auf der Toilette zerriss er den schönen tschechischen Pass mit dem von Varian Fry persönlich beantragten amerikanischen Visum und mit den Transitvisen für Spanien und Portugal. Er spülte alles durch das Toilettenrohr, und die Fetzen der kostbaren Ausweise landeten auf dem Boden des von der Vichy-Regierung verratenen Frankreichs.

Als Fry in Marseille von Mehrings Internierung hörte, geriet er in große Sorge, denn Saint-Cyprien galt als «die Pestbeule Frankreichs». Er wandte sich sofort an einen Anwalt, Maître Murzi, einen redegewaltigen, untersetzten Korsen, der wiederum einen Kollegen in Perpignan anrief.

Die Tage in Saint-Cyprien am Fuß der Pyrenäen waren für Mehring die Hölle. Der Mistral wirbelte Sand um die Baracken, im dumpfen Innern teilte man sich die Enge: Ein sozialdemokratischer Justizminister der Weimarer Republik, der Volksbühnen-Schauspieler Ernst Busch, ein Rabbi, ein homophiler Damencoiffeur und viele Typhuskranke. Mehring wurde dem Kommandanten mit dem Verdacht auf Typhus vorgeführt, seine Baracke war in der Nähe des Schilderhäuschens, am Eingang des Lagers. Unter dem Vorwand, seine Notdurft zu verrichten, trat Mehring aus. Die Schildwache machte gerade Brotzeit. Mehring trat zu ihnen und tat so, als käme er von außen.

«Was wollen Sie?»

«Ich möchte einen Internierten besuchen.»

«Wen?»

«Meinen Bruder.»

«Sein Name?»

«Walter Mehring.»

«*Ah, non!* Zum Teufel mit dir!»

So wurde Mehring mit einem Fußtritt in die Freiheit gestoßen.

Die Freiheit bekam ihm anfänglich schlecht. Von Hunger und Fieber geschwächt, stakste er über die Felder, stolperte über die Wurzel eines Olivenbaums und blieb erschöpft liegen. Ein Bauer mit einem Ochsenkarren lud ihn auf, nahm ihn mit bis nach Elmes, dort kroch Mehring in einen Güterwagen, Destination Marseille.

Völlig verdreckt landete der verlorene Sohn wieder im Hotel Splendide bei Varian.

So lautete jedenfalls Mehrings Version der Rettungsgeschichte aus Saint-Cyprien, die er später in einem Buch festhielt.

Die Pechsträhne von Perpignan machte Mehring noch ängstlicher. In der Zwischenzeit war sein Permis de séjour abgelaufen, ein für Ausländer im jetzigen Frankreich unerlässliches Papier. Wer es verlor oder vergaß, es rechtzeitig zu erneuern, wurde in ein Lager interniert.

Maître Murzi sann auf Abhilfe. Er verschaffte Varian Fry in Marseille den Kontakt mit dem Chef des Ausländeramts, einem Mann namens Barellet. Als Fry in dessen Büro trat, war der Beamte eben in großer Wut über die Gestapo-Agenten. Sie hatten in seiner Abwesenheit alle Akten durchsucht und seine Untergebenen ausgefragt über die Gesinnung ihres Patrons. Das half, ihn für die Seite der Flüchtlinge günstig zu stimmen: Er wolle ja helfen, sagte er zu Fry, doch der Druck der Sieger auf die französischen Beamten sei groß. Zudem seien die Emigranten zu unvorsichtig, er bitte Fry, Breitscheid und Hilferding zu warnen! Sie zeigten sich auf provokante Weise täglich am selben Ort in der Öffentlichkeit.

Was Mehring betreffe, benötige er nur ein ärztliches Attest, um zu beweisen, dass der Flüchtling zu krank gewesen sei, um der Verlängerung der Aufenthaltserlaubnis nachzukommen. Für dieses Zeugnis empfahl er einen bestimmten Arzt.

Mehring, mit seiner Phobie vor Uniformen, wollte jetzt seinen amerikanischen Helfern nicht mehr von der Seite weichen. «Ich will nicht mehr zurück in meine Pension, ich möchte unter ihrem Schutz im *Splendide* schlafen, Mister Fry.»

Varian lächelte. Was wie die Worte eines jungen Liebhabers klang, kam tatsächlich von einem andauernd gehetzten, von Angst zerfressenen Menschen.

Also mietete er das Nachbarzimmer seines Büros. Neben Mehrings Krankenlager wurde noch ein Feldbett hineingestellt, in dem Gussie schlafen sollte. Damit blieb der Kranke unter Kontrolle, zudem konnte man hier nachts kompromittierende Unterlagen aus Frys Büro aufbewahren.

Der Arzt kam und schrieb nach kurzer Visite ein eindrückliches Attest mit der Feststellung, Mehring sei nicht in der Lage, sein Bett vor Mitte November zu verlassen. Barellet wiederum verlängerte den Aufenthaltsschein gnädig um zwei Monate anstelle der üblichen zwei Wochen.

Gussie hatte zuerst Angst, in Mehrings Nähe zu schlafen.

Wenn der kleine Mann im Bett lag, die Decke hochgezogen, war nicht viel mehr von ihm zu sehen als die spitze gelbe Nase. Beim Erwachen fürchtete sich Gussie, Mehring könnte tot in seinem Bett liegen, und er sollte ihm doch um sieben eine Tasse Ersatzkaffee, eine Scheibe Brot und Margarine bringen! Auf Zehenspitzen, das Tablett in den Händen, trippelte Gussie furchtsam näher. Mehrings Nase ragte wie ein Miniatursegel aus den Tüchern.

«Herr Mehring ...»

Da zuckten die gelben Augenlider, zogen sich langsam auf wie Rollläden, Gussie starrte in zwei dunkle Löcher.

«Wer ist da?»

«Nur ich bin es, Gussie.»

Das wirkte beruhigend. Mehring setzte sich auf, schien ziemlich lebendig und machte sich über das bescheidene Frühstück her.

Doch mit Mehring nahm nichts, einfach nichts seinen normalen Lauf.

Der Zufall wollte es, dass ein verletzter deutscher Offizier für kurze Zeit in das nächstliegende Zimmer einquartiert wurde, nachts wurde im Gang eine Wache postiert.

Als Mehring durch die halb geöffnete Tür den Soldaten sah,

überfiel ihn wieder sein «metaphysisches Grauen» vor einer deutschen Uniform.

Nun wurde er tatsächlich krank, sein Herz schmerzte, er verweigerte das Essen und redete von Selbstmord.

Gussie machten diese Drohungen Angst. In der folgenden Nacht träumte er, Mehring hänge mit den Füßen an der Vorhangstange, sein Kopf baumle über Varians Ordner mit den geheimen Dokumenten. Der junge Träumer schrie auf.

Mehring erwachte. «Was träumt dir, Bursche?»

«Ich träumte, Sie seien tot, Herr Mehring.»

Mehring lachte trocken, es tönte wie Husten. «Ach, ich lasse noch jemanden träumen? Schlaf lieber, Junge, du hast morgen wieder zu tun.»

«Ich kann nach dem schrecklichen Traum nicht mehr einschlafen.»

«Kennst du mein Lied vom Schlaf?»

«Ich glaube, Sie haben es einmal im Bett leise gesungen. Es gefiel mir.»

Da begann Mehring zu summen, rezitierte dann, da es leichter ging, das Gedicht. Es war Hertha Paulis Lieblingslied gewesen, auf der Flucht hatte er sie damit in den Schlaf gesungen:

Was dich an Menschenhass und Schmerzen traf,
das wird für einen Kinderschlaf sich lindern!
Schlafe! Ach! Schlafen dürfen
sei deiner Mutter Geschenk!
… Tauche hinunter! Kein Kummer
folgt in die Tiefen dir nach!
Fliehe für einen Schlummer,
tägliches Ungemach!
… Schlafe! Ach! Schlafen dürfen:
sei deiner Mutter Geschenk!

«Nun», fragte Mehring aus seinen Betttüchern heraus, «hat es dir gefallen, Gussie?»

Doch Gussie war eingeschlafen.

Als der deutsche Offizier und sein Wachsoldat das Hotel verließen, begann es Mehring besser zu gehen.

Nach drei Wochen hielt er es nicht mehr aus im Bett, er zog eine Hose über seinen Pyjama, schlüpfte in die Schuhe und setzte sich im Flur als Berater unter die Bittsteller. Er mischte sich auch unter Frys Mitarbeiter, spielte im Büro den Interviewer, half mit deutschen oder französischen Wörtern, wenn jemand nicht weiterwusste.

Varian ließ ihn gewähren. Nahte der Arzt, oder wollte ein Stubenmädchen das Zimmer machen, verschwand Mehring blitzschnell in sein Bett, nur die Schuhe schauten unten aus den Decken heraus, die Putzmädchen kicherten.

10

Feuchtwanger oder James Wetcheek

Seit Frank Bohns Plan mit dem Schiff aufgeflogen war, machte sich Ratlosigkeit breit. Fry erinnerte sich an den mutigen Vizekonsul Hiram Bingham. Im Gegensatz zum Generalkonsul bewies Bingham Mut zu unkonventionellem Denken, es wurde sogar gemunkelt, er halte Feuchtwanger in seinem Haus versteckt.

Bingham erfasste schon am Telefon mit feinem Gespür, dass Fry und Bohn etwas zugestoßen war, für eine Aussprache schien ihm ein geschützter Rahmen nötig. So lud er die beiden Helfer in sein Haus zum Abendessen ein.

Der Vizekonsul wohnte außerhalb der Stadt, an der Rue du Commandant Rollin, hinter der Corniche. Mit der Straßenbahn, von der Canebière aus, war das Haus bequem zu erreichen. Als die beiden Besucher die Gartentür öffneten, begann es zu dämmern, auf dem Kiesweg, der zum Haus führte, lagen die Schatten der riesigen Zedern.

«Ein ländliches Paradies», murmelte Bohn. Er zeigte auf die kleinen Fischteiche hinter dem Nutzgarten.

Aus einem dieser Gewässer stieg nun etwas an Land, das einem Neptun glich, sich jedoch am Ufer in einen kleinwüchsigen Mann verwandelte, der in einen Bademantel schlüpfte und über eine Terrasse im Haus verschwand.

«Es ist Feuchtwanger», flüsterte Bohn. «Seine Frau Marta ist sehr sportlich und verlangt, dass sich der Dichter mit Gymnastik und Schwimmen fit hält.»

«Ein ausdauernder Arbeiter», stimmte Varian bei. «Noch im

Exil hat er sich als international gehandelter Bestsellerautor halten können. Du kennst ihn wohl aus Amerika?»

Bohn nickte. Der Erfolg des Romans *Jud Süss* habe dem Autor im Januar 1933 eine Einladung in die USA eingebracht. Bei einem Lunch mit Charlie Chaplin sei er, Bohn, als Vertreter des Syndikats dabei gewesen. Chaplin schlug damals vor, den *Jud Süss* zu verfilmen, und Feuchtwanger, der Chaplin nur als Clown kannte, hatte entsetzt abgelehnt. Anschließend wurde über die Möglichkeit diskutiert, einen Hitler-Film zu drehen. Feuchtwanger verwarf die Idee als unbrauchbar, denn er fand, Hitler sei *over*. Ein Satz, den er dann beim Dinner mit Mrs. Roosevelt in New York fallen ließ und der von den Zeitungen kolportiert wurde. Doch am nächsten Tag, dem 30. Januar 1933, musste Feuchtwanger beim Mittagessen auf dem deutschen Konsulat hören, Hitler sei eben Reichskanzler geworden! Und seine Frau Marta höhnte in einem Telegramm: «Du hast dich schön blamiert mit deinem *Hitler is over*!»

«Und heute», rief Bohn abschließend aus, «macht Chaplin Furore mit seinem tollkühnen Hitlerfilm *Der große Diktator*! Wir werden den Film wohl bald in Amerika sehen können, *old boy*.»

Bei Tisch erschien Feuchtwanger ordentlich gekleidet, mit noch feuchtem Haar.

«Mein Pseudonym ist schließlich James Wetcheek», witzelte der Autor bei der Begrüßung. Feuchtwanger, der älteste und lebhafteste Teilnehmer an der kleinen Tafelrunde, zeigte sich an diesem Abend voller Energie und sprühte nur so vor Ideen.

Varian befragte ihn über sein Exil in Sanary-sur-Mer.

«Ach ja, wir haben Glück gehabt», meinte Feuchtwanger. «Unser Sanary, ein paradiesisches Exil! Mittelmeerlandschaft, ein kleiner Privatstrand, eine einsame Villa. Nur die ständigen Besucher brachten Unruhe: Bertolt Brecht, Arnold Zweig, Heinrich Mann und andere. Viele machten es uns nach und blieben an der Küste zwischen Bandol und Sanary hängen, Thomas und Katia Mann, Ludwig Marcuse, René Schickele, Aldous Huxley. Franz Werfel und Alma Mahler haben unweit von uns einen alten Turm bezogen. Nur Heinrich Mann und seine Gefährtin Nelly Kröger haben Nizza bevorzugt.»

Fry unterbrach ihn: «Ich habe übrigens die beiden in einem Telegramm gebeten, nach Marseille zu kommen. Sie sind gefährdet.»

«Gefährdet?» Feuchtwanger lachte zynisch. «Wer ist denn nicht gefährdet?»

Bohn erzählte nun etwas geniert, mit viel Bedauern, vom Auffliegen seines Schiffplans. Feuchtwanger, der in der Villa der Binghams seit Wochen auf dieses Schiff gewartet hatte, nahm die Nachricht erstaunlich gelassen hin. Nun habe er Zeit, seine besten Weine auszutrinken, die ihm seine Frau aus Sanary nach Marseille geschickt habe, meinte er mit Galgenhumor.

«Wir sind gerade dabei, einen dieser Weine zu trinken», sagte Harry Bingham und hob sein Glas.

Dann kam die Rede auf Feuchtwangers Flucht. Bei seiner ersten Internierung in der Ziegelei Les Milles wurde von dem berühmten Autor eine Aufnahme hinter Stacheldraht gemacht, die rund um die Welt ging. Seine nächste Haft war in Saint Nicolas bei Nîmes. Marta Feuchtwanger, die aus dem Lager Gurs hatte fliehen können, nahm Kontakt auf zu dem amerikanischen Konsulat in Marseille. Harry Bingham und sein Mitarbeiter Miles Standish, entsetzt über Martas Bericht, entwarfen einen Fluchtplan für Lion. Sie hatten in Erfahrung gebracht, dass die Häftlinge, nachlässig bewacht, in der Nähe des Lagers nachmittags im Fluss baden durften.

Miles Standish parkte an einem heißen Nachmittag den Wagen mit dem Diplomatenschild in der Nähe des Flüsschens. Eine Bekannte pirschte sich an die Badenden und überreichte Lion einen Zettel: «TU WAS MAN DIR SAGT». Darauf schlüpfte Lion am Ufer in seine armseligen Klamotten, ein altes Hemd, eine dünne Sommerhose und Gummisandalen. Er folgte der Bekannten und ließ sich wie bei einer Entführung in den Wagen mit dem Diplomatenschild stoßen. Standish reichte dem Flüchtling sofort einen dünnen Mantel mit einem englischen Abzeichen, eine dunkle Brille und einen bunten Schal. So glich er mit seinem etwas verhutzelten Gesicht, wie Fry ihn später beschreibt, einer alten Dame. Der Wagen wurde auf der Fahrt nach Marseille zweimal kontrolliert, Standish gab die alte Dame hinten als seine Schwiegermutter aus.

Eine filmreife Szene, dachte Fry.

Doch sein Lachen blieb aus, denn er stellte sich die Gefahr vor, in der sich die Teilnehmer befunden hatten. Den andern ging es offensichtlich ähnlich, es wurde ruhig am Tisch.

Da zitierte Feuchtwanger in die Stille hinein einen Spruch über Schicksalsschläge aus dem Talmud, den er schon als Knabe gelernt habe: «Auch das zum Guten.» Er habe immer Glück gehabt in den entscheidenden Dingen und müsse Ungemach im Kleinen ertragen.

Im Salon, bei Kaffee und Cognac, schöpfte Fry aus der eben gehörten Szene Mut. Vielen Flüchtlingen sei die Fahrt durch Spanien ohne französisches Ausreisevisum gelungen, er schlage vor, dass Feuchtwanger und seine Frau Marta es wagen sollten. «Schließlich», so versuchte er zu überzeugen, «hat Marta ein Affidavit auf ihren richtigen Namen, und Sie, Lion, haben doch ein amerikanisches Affidavit in lieu of passport auf Ihr Pseudonym James Wetcheek.»

«Ja. Gut. Vorausgesetzt, dass Sie mich bis Lissabon begleiten», sagte Feuchtwanger.

Fry willigte ein. Für sich rechtfertigte er die Zusage damit, dass es vielleicht das letzte Mal sein würde, dass er diese Fahrt machen konnte, denn Bingham hatte angedeutet, das amerikanische Konsulat in Marseille und die Zuständigen in den USA würden Frys Rückkehr fordern mit der Begründung, seine Tätigkeit stehe im Widerspruch zu den Gesetzen des Gastlandes. Also wollte er diese Fahrt zu einem Alles-oder-Nichts-Unternehmen machen und überlegte, auch die Werfels mitzunehmen, ebenfalls Heinrich Mann mit Nelly Kröger. Schließlich kam auf Manns Bitte hin noch sein Neffe, der junge Golo, dazu.

Da hatte er denn seine prominentesten Schützlinge zusammen und riskierte auch, mit diesem tollkühnen Unternehmen alle zu verlieren.

Am Vorabend der Flucht erreichte Frys Nervosität den Höhepunkt. Wie immer hatte sein Team nach Feierabend noch eine Sitzung. Man beriet über die Auswahl der Flüchtlinge, denen mit gefälschten Papieren zu einer Ausreise in die USA verholfen werden könnte. Die anderen wies man an die Quäker, an die Unitarier und andere Institutionen, die materielle Hilfe in Form von Geld und Essensmarken anboten. Wie immer war man in Varians Zimmer versammelt, todmüde nach dem langen, nur von einer kurzen Mittagspause unterbrochenen Arbeitstag. Miriam reichte belegte Brote und Tee, Varian und Franzi tranken einen edlen Cognac, den Varian als Aufmunterung für besondere Anlässe an einem nicht allzu geheimen Ort im Büro aufbewahrte. Hermant war noch nicht zurückgekommen von seinem Termin mit der Fremdenpolizei.

Die abendliche Wärme staute sich in dem kleinen Zimmer, und Fry, der sonst immer tadellos gekleidet war, hatte sein Jackett, seine Krawatte und die Schuhe ausgezogen. Da endlich kam Hermant zurück. Er brachte eine schlimme Nachricht: Die Spanier lassen ab sofort keine *apatrides*, keine Staatenlosen mehr durchreisen.

Für den morgigen Fluchttag hatte dies Konsequenzen. Franz Werfel hatte einen tschechischen Pass, seine Frau Alma war gebürtige Österreicherin. Die Manns, ursprünglich Deutsche, deren Staatsbürgerschaft von Hitler aberkannt wurde, hatten das tschechische Ehrenbürgerrecht erhalten. Doch die Feuchtwangers, ebenfalls ausgebürgerte Deutsche, besaßen keine andere Staatszugehörigkeit. Fry konnte das Risiko, sie in Cerbère der Polizei zu überlassen, nicht eingehen. So entschloss er sich, mit den Manns und den Werfels die Grenze zu überqueren und sich dabei zu erkundigen, wie die spanischen Bestimmungen genau lauteten. Waren sie für Staatenlose nicht so streng, konnte er den Feuchtwangers ein Telegramm schicken.

Er musste also Bingham anrufen. Durch ihn die Aktion für die schon reisebereiten Feuchtwangers abblasen. Das war ärgerlich.

Nach dem Telefonat, das ihm reichlich Herzklopfen verursachte, griff Fry wieder zu seinem Cognac.

Dann diskutierte man weiter über die Bittsteller vom Nachmittag, wie immer waren es schwerwiegende Entscheide. Es konnte einfach nicht allen geholfen werden, und jedes Mal litt man für Menschen, die zurückgestellt werden mussten. Es ging schon gegen Mitternacht, und Miriam, die neben Fry saß, spürte plötzlich seinen Kopf schwer an ihre Schulter sinken.

«Ah, schaut, der Chef schläft ein!», flüsterte Hermant. «Die Nacht wird für ihn kaum lange dauern.» Er schüttelte Fry ein bisschen. «Hallo, Varian, wann trefft ihr euch am Bahnhof?»

Varian riss die Augen auf und murmelte schlaftrunken: «Heute früh um sechs.»

11

In den Pyrenäen:
Die Alles-oder-Nichts-Aktion

Frühmorgens versammelte sich die Gruppe im Bahnhof Saint Charles.

Ein Amerikaner aus Montana, Leon oder Dick Ball, der in Frankreich eine Schmalzfabrik betrieben hatte und das Land wie seine Westentasche kannte, nahm an dem Unternehmen teil. Er war, wie Fry bemerkte, «ein Ritter im Overall» und hatte mit seiner besonnenen Art, in kniffligen Situationen pragmatische Lösungen vorzuschlagen, schon einige Flüchtlinge über die Grenze begleitet.

Die übrigen Teilnehmer gaben sich Mühe, ihre Nervosität zu verbergen. Alma Werfel blickte angespannt auf die monumentale Treppe hinunter, wo sich zwei Träger mit ihrem ebenfalls monumentalen Gepäck abquälten. Als alle Koffer der Werfels schließlich oben standen, zählte Fry durch: Es waren zwölf Stück.

«Wollen Sie wirklich alles mitnehmen?», fragte er Alma, und sie antwortete mit einem strengen Blick: «Unbedingt!»

«Ihre Garderobe, Madame?»

«Nein», sagte sie eisig. «Ich verwalte ein geistiges Vermächtnis: die Partituren meines ersten Gatten Gustav Mahler, die Architekturentwürfe des zweiten Gatten Walter Gropius, den Romanentwurf meines dritten Gatten Franz für *Das Lied von Bernadette*. Schließlich die Originalaufzeichnung von Anton Bruckners *Dritter Symphonie* und Porträts meines Malerfreundes Oskar Kokoschka. Ein europäisches Kulturerbe also, Mister

Fry. Selbstverständlich auch ein paar Kleider, ja. Für die Galaanlässe in Amerika.»

Nun drückte sich die Gruppe samt Gepäck in ein muffiges Zugabteil, es folgten zwölf Stunden holprige Fahrt. Erst bei Sonnenuntergang näherte man sich dem Grenzort Cerbère. Auf dem ruhigen Meer spielten rötliche Lichter, die kleinen Häuser, zwischen die Klippen der Küste verstreut, wirkten sauber und frisch gestrichen. Doch die Reisenden hatten kaum ein Auge für die Schönheit der Gegend. Sie waren von der Fahrt erschöpft und konnten nur hoffen, alles verlaufe wie geplant: Nach kurzem Aufenthalt in Cerbère sollte die Fahrt weitergehen, durch das schwarze Loch des nächsten Tunnels hinein nach Spanien, nach Portbou.

Doch erst mussten alle in Cerbère aussteigen und die Fahrkarten an der Sperre abgeben. Fry nahm an, damit sei die Sache erledigt. Da bemerkte er eine Schranke vor dem Ausgang des Bahnhofs. Und hörte dann die Durchsage aus dem Lautsprecher: Reisende hätten vor dem Büro der Grenzpolizei ihre Papiere vorzuzeigen! Fry sah, wie sich schon eine Schlange gebildet hatte, und geriet in panische Angst. Nur er selbst war *en règle*, nur er besaß ein Ausreisevisum und somit das Recht zu reisen.

Dick Ball behielt auch jetzt einen kühlen Kopf. Er sammelte die Pässe der Gruppe ein und ging damit ins Büro der Grenzpolizei. Die andern standen auf dem Perron und versuchten einander zu beruhigen.

Als Ball zurückkehrte, war sein Gesichtsausdruck wenig entspannt, doch er bemühte sich weiterhin um Optimismus. «Wir können in den Ort gehen, Hotelzimmer nehmen und morgen wiederkommen. Die Grenzpolizei behält unsere Pässe, und sie will morgen entscheiden, ob wir weiterfahren dürfen. Keine Sorge, jeder Tag ist hier ein anderer, die Bestimmungen wechseln ständig!»

Der nächste Tag tat sein bestes, eine tiefblaue Kuppel wölbte sich über Meer und Siedlung, es war schon am frühen Morgen heiß.

Frys Grüppchen machte sich auf zum Bahnhof und trank im Büffet den Morgenkaffee, unterdessen verhandelte Ball mit dem Kommissar. Bald kam er mit den Pässen zurück und brachte Fry den negativen Entscheid. «Der Kommissar hat die Weisung, niemanden ohne ein Ausreisevisum durchzulassen. Er sei heute nicht allein, ein Aufsichtsbeamter tue mit ihm Dienst. Er könne nichts wagen.»

«Wird es morgen anders sein?», überlegte Fry.

«Das ist ungewiss. Am Ende können wir tagelang warten, und nichts ändert sich. Der Kommissar rät uns, über die Berge zu gehen. Wir haben einen alten Mann und einen Herzpatienten dabei, habe ich ihm gesagt. Er hat uns aber geraten, es trotzdem zu versuchen. Es könne sein, dass morgen ein neuer Befehl aus Vichy komme und er uns alle verhaften muss. Er ging sogar mit mir vor den Bahnhof, um mir den besten Weg zu zeigen.»

Fry schaute zum Berg hinauf. Er war ziemlich hoch, und der Tag drohte sehr heiß zu werden.

«Mensch, Ball», murmelte Fry. «Ich glaube nicht, dass Werfel das schafft. Er ist zu dick, und Heinrich Mann ist zu alt.»

Fry und Ball schritten nun langsam zur Gruppe zurück und gaben Bescheid.

«Nun, wie wollt ihr euch entscheiden?», fragte Fry.

«Wir gehen über die Berge», sagte Alma Werfel mit einem entschiedenen Löwengesicht.

Ihr Mann schaute verängstigt: «Bitte nicht – nicht heute! Es ist ein Unglückstag.»

«Warum das?»

«Es ist Freitag, der Dreizehnte!»

«Das ist doch blanker Unsinn, Franz!»

Doch auch die zarte Nelly Mann zeigte sich beunruhigt. «Dieser Fry ist ein netter Kerl», flüsterte sie ihrem Mann zu. «Bestimmt will er uns helfen. Aber was wissen wir wirklich über ihn? Vielleicht arbeitet er ja doch für die andere Seite und lockt uns in eine Falle?»

Fry hatte es mitgehört. «Verzeihung, Frau Mann», sagte er in seinem besten Deutsch. «Sie wissen vielleicht nicht, dass ich Deutsch verstehe? Aber ich kann Sie beruhigen. Alma Werfel hatte genau dieselbe Sorge wie Sie, und sie war unbegründet.»

Frau Mann lief rot an und sagte nichts.

«Ich meine, wir müssen es wagen», entschied Heinrich Mann. «Ich bin mit meinen siebzig Jahren der Älteste von uns, ich sage: Lasst uns gehen. Schließlich haben wir ja noch Golo dabei; mein Neffe ist jung und kräftig.»

Der junge Golo stand etwas abseits und erinnerte Fry daran, dass sie noch Zigaretten bräuchten zur Bestechung der spanischen Zollbeamten.

Fry nickte, ihn quälte etwas anderes. Er dachte darüber nach, dass die Manns tschechische Pässe hatten mit ihren wirklichen Namen. Doch in den amerikanischen Papieren stand der Name Heinrich Ludwig. Es schien Fry zu riskant, die Manns mit ihren echten Namen durch das reaktionäre, mit den Deutschen sympathisierende Spanien reisen zu lassen. Die Manns mussten also Fry ihre Pässe abgeben und aus ihren Taschen alles entfernen, was auf den Namen Mann deutete: Adressbücher, Visitenkarten, Briefe.

«Zeigen Sie Ihren Hut, Heinrich», sagte Fry schließlich.

Er untersuchte das Innere, und richtig: auf dem Lederband waren die Initialen H.M. aufgedruckt. Fry nahm sein Taschenmesser und schabte die Buchstaben weg.

Heinrich Manns Gesicht zeigte einen verstörten Ausdruck. «Wir müssen uns ja wie richtige Verbrecher benehmen», stellte er fest.

Golo lehnte dieses Spielchen mit dem Namen entschieden ab. Er gehe als Golo Mann, basta.

Frau Werfel verweigerte sich auf andere Art, sie trug nur Sandalen mit schmalen Riemchen.

«Haben Sie noch andere, robustere Schuhe?»

Nein, hatte sie nicht. Auch ihr weißes, ziemlich divenhaftes Kleid schien Fry ungünstig für eine Wanderung im Verborgenen. Doch daran war nun, trotz der zwölf Koffer, die an der Rezeption des Hotels warteten, nichts mehr zu ändern.

Fry begleitete die Gruppe aus dem Bahnhof, betrat noch einen Laden, um ein Dutzend Päckchen Gauloises und Gitanes zu kaufen, und verteilte sie. Es war verabredet, dass er im Hotel die Koffer holen und versuchen sollte, mit dem Gepäck im Zug die Grenze zu passieren. In Portbou würde er auf die Wanderer treffen, die Dick Ball bis zur Passhöhe begleiten sollte.

Fry stand bei der Friedhofmauer, die er gut von dem Croquis hinter seinem Badezimmerspiegel kannte, und nahm Abschied von der Gruppe. Wünschte allen und sich selbst Glück. Dabei begann sein Herz heftig zu klopfen, als müsse auch er selbst in der stechenden Sonne den Abhang bezwingen. In der Beklemmung zündete er sich eine seiner Gitanes an. Versuchte, im blauen Dunst die makabren Grabsteine hinter der Mauer zu ignorieren. Fünf Minuten verfolgte er mit schmerzenden Augen seine Schützlinge am Hang.

Für die ungeübten Wanderer war der steile Aufstieg eine Herausforderung. Eine weglose Halde, glitschige Steinplatten. Dort Heinrich Mann mit seinem Hut, die Füße des humpelnden alten Mannes suchten unsicher Halt. Golo sprang hinzu und stützte seinen Arm, auf der anderen Seite half seine Frau. Werfel im weißen Hemd war seines sperrigen Formats wegen nicht zu übersehen. Oft blieb er, die Hand auf das Herz gepresst, keuchend stehen. In einer Passage mit spitzem Geröll stürzte er, ging weiter auf allen Vieren, sich am Ginster und anderem Gezweig festhaltend. Alma versuchte, ihren schweren Mann von hinten zu schieben. Sie selbst kletterte mit ihrem leichten Schuhwerk recht behende, musste aber, da die Kolonne oft stockte, warten. Beim Weitergehen tauchte ihr Kleid da und dort hinter Felsen und Gesträuch auf als helles Schlusslicht.

Frys Augen brannten. Für eine Weile verschwand die Gruppe hinter den Zweigen eines Olivenbaums. Sie erholen sich im Baumschatten. Wenn nur alles klappt. Dann wandte er sich um und ging den Häusern von Cerbère zu.

Sein Zug fuhr erst am Nachmittag, doch er musste noch im Hotel die Koffer holen und fragte sich, wie er es schaffen solle, als einzelner Reisender mit siebzehn Gepäckstücken außer Land zu kommen.

Doch diesmal hatte er Glück. Der Grenzbeamte begutachtete seinen Pass und machte sich über die Vielfalt des Gepäcks offenbar keine Gedanken. Vier der siebzehn Gepäckstücke ließ er öffnen und starrte schweigend auf die Frauenkleider.

«Stimmt es, dass keine Staatenlosen mehr durchkommen?», versuchte Fry ihn abzulenken.

Der Grenzbeamte knurrte, davon habe er nichts gehört.

Er hieß Fry die Koffer wieder schließen, winkte dann seinem Kollegen, den verrückten Amerikaner mit seinem Gepäck passieren zu lassen.

In der Zugtoilette hatte Fry davor alle kompromittierenden Papiere verbrannt, darunter die tschechischen Pässe der Manns. Es hatte sich ein beißender Rauch entwickelt, er hatte die Tür jedoch nicht zu öffnen gewagt und sich, um besser atmen zu können, auf den Boden gelegt.

Als er in Portbou ankam, schien zumindest dieser Teil des Plans geglückt.

Im spanischen Bahnhof hielt Fry Ausschau nach der Gruppe. Seiner Berechnung zufolge hätte sie längst hier sein müssen, doch da war keine Spur von seinen Leuten, weder im Büffet noch in der Halle. Das versetzte Fry erneut in Panik. Waren sie festgenommen worden? Er wagte es, einen jungen Beamten zu fragen, ob heute in Portbou jemand verhaftet worden sei.

«Nein, erstaunlich, heute nicht», war die Antwort.

So mussten sie also noch auf dem Berg sein?

Mit wachsender Unruhe verließ Fry schließlich den Bahnhof. Fing an, in dieser immer noch brennenden Nachmittagssonne den Berg hoch zu steigen. Gelegentlich bemerkte er ein Stechen in der Brust, das ihn zum Innehalten zwang. Er dachte an den herzkranken Werfel – und daran, dass auch er selbst sein Gewicht besser unter Kontrolle halten sollte. Doch Frankreich ist nicht das Land der Askese, und er wusste, dass seine Schwäche für die wunderbaren Weine ihm im Wege stand – etwas muss man sich schließlich gönnen.

«Mit deinem Herz stimmt etwas nicht», hatte Eileen nach dem ersten Ehejahr gesagt. «Lass dich untersuchen.» Doch dazu hat er keine Zeit gehabt, damals nicht und jetzt erst recht nicht.

Fry weiß jetzt nur, dass er diesen Berg hinaufmuss. *«À tout prix»*, wie seine Sekretärin Fishman bei jeder zweiten Gelegenheit zu sagen pflegt. «Nur nicht übertreiben.»

Endlich hat Fry ihn erreicht, den spanischen Grenzposten.

Zwei stoppelbärtige, unordentlich gekleidete Männer sitzen auf Hockern im Schatten. Starren auf den Schlagbaum, als könnte er von einem Wanderer gestohlen werden. Sie rauchen. Seine Gitanes?

«Bitte», erkundigt sich Fry, «sind hier fünf Wanderer vorbeigekommen? Ein dicker Mann und eine kräftige Frau, ein älterer Mann, der gebückt geht und leicht humpelt, eine blonde Frau mittleren Alters und ein junger Mann mit schwarzem Haar?»

Die Hüter, alles Katalanen, blickten Fry verständnislos an.

Er gibt ihnen Zigaretten, doch auch diese Sprache wollen sie nicht verstehen. Stattdessen drängen sie Fry in das Kabäuschen, er soll warten. Er wartet und raucht, raucht und wartet, immer in Angst, er sei nun verhaftet. Doch nach einer bangen Viertelstunde kehrt einer der Wachtsoldaten zurück. «Ich habe nach unten telefoniert. Ihre Freunde sind im Bahnhof. Sie haben eben den Zoll passiert.»

«Ich glaube nicht, dass mich im Leben jemals etwas so erleichtert hat wie diese wenigen Worte», wird Fry später erzählen.

Am Bahnhof Portbou schließt Fry jeden seiner Schützlinge, als habe er sie monatelang nicht gesehen, vor Rührung in die Arme. Die ungeübten Wanderer, von den Anstrengungen und Emotionen erschöpft, bleiben befangen. Erst im Speisesaal im Hotel tauen sie aus der Angststarre auf. Fry lässt zu dem einfachen Essen spanische Weine servieren und danach eine Runde Brandy. Nun wird es langsam allen bewusst: Die Gefahr ist vorbei. Man ist über den Berg.

Varian soll nun erfahren, was da oben an der Grenze alles passiert ist, und man vergisst beim Erzählen, dass die Manns nicht beim Namen genannt werden dürfen.

«Nicht wahr, Herr Mann, das war spannend, oben auf dem Pass! Plötzlich zwei französische Soldaten mit ihren Gewehren, wie aus dem Nichts aufgetaucht!» Das war Almas zittriger Sopran. Heinrich Manns tiefe Stimme fuhr fort: «Und dann habe ich gedacht: Wollen die uns in ein Lager bringen? Oder uns erschießen?»

«Ein schlaksiger junger Kerl», ergänzt Frau Mann, «hat dann gefragt: ‹Möchten Sie nach Spanien?› Und wir natürlich: ‹Oh, ja.› – ‹Dann gehen Sie diesen Weg etwas zurück, nehmen die Abzweigung nach links. Rechts kommen Sie nämlich zum französischen Grenzposten. Ohne Permis de sortie müssen wir Sie dort verhaften.› Unglaublich, nicht?»

«Ein wunderbarer Abschied von Frankreich», sagt Varian

nachdenklich und bekommt Stunden nach dem Ereignis noch eine Gänsehaut.

Da ergreift Alma nochmals das Wort: «Bitte, Golo, erzählen Sie Varian die Geschichte vom spanischen Zoll!»

«Man hat am spanischen Grenzübergang alle Pässe oberflächlich angeschaut, nur an meinem bleibt der Beamte hängen», berichtete Golo. «Er hat sogar mein amerikanisches Affidavit studiert. ‹Da steht, dass Sie Ihren Vater in Princeton besuchen. Sind Sie der Sohn von Thomas Mann?›, sagt der doch glatt. Ich nicke. Und denke an die Gestapo. Mein Schicksal ist wohl besiegelt. Schließlich will ich die Sache aber heldenmütig beenden und frage zurück: ‹Missfällt Ihnen das?› – ‹Oh im Gegenteil. Es ist mir eine Ehre, den Sohn eines so bedeutenden Mannes kennenzulernen.› Sagt's, schüttelt mir die Hand, und entlässt uns alle mit einem Lächeln.»

Varian macht diese Geschichte sprachlos. Langsam steigt ihm das Glück zu Kopf. Er lässt nochmals eine Runde spanischen Brandy kommen.

Plötzlich bemerkt Fry am Nebentisch den britischen Konsul von Portbou, den er auf seiner vorherigen Reise kennengelernt hat.

Der Konsul steht auf und schüttelt Varian die Hand. «Kann ich Sie kurz sprechen, mein Freund?»

Varian steht auf und geht mit ihm in den Flur.

«Der alte Knabe, den Sie bei sich haben, ist doch Heinrich Mann?»

Fry nickt.

«Haben Sie den Mann in Uniform gesehen, hinten im Speisesaal? Das ist zufälligerweise der Chef der spanischen Geheimpolizei dieser Region. Kein angenehmer Typ. Nun, an Ihrer Stelle wäre ich ein bisschen vorsichtiger.»

Varian bedankt sich für die Hilfe. Am Tisch flüstert er Golo die Information zu. Der gibt sie auf Deutsch weiter.

Da wird es mit einem Schlag still am Tisch, man leert die Gläser, steht auf, verschwindet auf die Zimmer.

Einzig Varian und Golo treten unter die Hoteltür. Der Mond segelt wie eine helle Barke am Nachthimmel. Golo schlägt vor, nach den Aufregungen des Tages ein kühles Meerbad zu nehmen.

Die Gassen liegen still, geschwärzt durch die Schatten ruinenhafter Häuser, noch ist der Schutt aus dem spanischen Bürgerkrieg nicht beseitigt. Im Telegrafenbüro neben dem Postamt brennt noch Licht. Varian tritt ein und schickt Bingham ein Telegramm mit der verschlüsselten Botschaft, nun könne er auch die Feuchtwangers losschicken.

Unterhalb der letzten Häuser, vom Dach eines vom Krieg zerstörten Bunkers, springen die beiden jungen Männer ins Wasser.

Das Meer ist wunderbar kühl.

«Freust du dich auf Amerika, Golo?», will Fry wissen, als sie nebeneinander wieder zum Ufer schwimmen.

«Da bin ich mir nicht so sicher. Aber ich freue mich natürlich, die Eltern zu sehen und meinen Bruder Klaus.»

«Klaus ist der Herausgeber einer großartigen Zeitung», sagt Varian.

Golo nickt. «Klaus hofft dazu beizutragen, dass Amerika die Gefahr, die von den Nazis ausgeht, realisiert und Hitler den Krieg erklärt. Wenn es so weit ist, hat Klaus die Absicht, Soldat der US-Armee zu werden und mitzuhelfen, Europa zu befreien.»

In der *New York Times* erschien am 14. Oktober die Notiz:
«Die Schriftsteller, die den Nazis entflohen sind, sind angekommen: Franz Werfel, Heinrich Mann befinden sich unter den fünfzehn geflüchteten Schriftstellern an Bord des griechischen Dampfers Nea Hellas. Das Schiff hat um neun Uhr morgens in Hoboken angelegt.

Zum Empfang erschien Dr. Frank Kingdon, Präsident des Emergency Rescue Committee, das zahllosen Intellektuellen geholfen hat, Europa zu verlassen. … Heinrich Mann, der mit seinem Neffen Golo gereist ist, wurde empfangen von Dr. Thomas Mann.»

12

Die Gold-Liste

Der Herbst mit dem ersten Frost kam, der Mistral wehte. Man schlug auf der Canebière den Mantelkragen hoch. Das half auch dabei, unerkannt zu bleiben, misstrauisch wurden die Passanten gemustert. Die Cafés, warme Oasen hinter windgeschützten Scheiben, füllten sich schnell an diesen Tagen. Im Innern roch es dumpf, man wärmte die Hände am Teeglas. Erkannte den und jenen, der am Morgen in derselben Warteschlange für ein Visum angestanden war. Beklommen nickte einer dem anderen zu. In dem engen Raum erinnerten die grauen Menschen an das Bild von Ratten auf dem sinkenden Schiff – zu viele drängten sich aneinander, wie sollte man da noch entkommen.

Menschen im Transit. Es lohnt sich nicht, Bekanntschaften zu machen. Man hat nur sich und seinen Schatten. Ein Handgepäck in der Absteige. Oft nicht einmal mehr seinen echten Namen. Selten wechselt man an den Tischen ein paar Worte, immer in Angst, Spione könnten mithören.

«Ein Amerikaner in der Stadt, ein Rettungsengel. Schon gehört?»

«Wo?»

Man wagte die Adresse nur zu flüstern.

Der Schriftsteller Hans Sahl hielt später die Stimmung in seinem Buch *Die Wenigen und die Vielen* fest: «Nun also, ein Freund kam an meinen Tisch (in einem Café in Marseille), ein sehr witziger Mensch, und sagte mir leise, ein Mann wäre im Hotel Splendide abgestiegen, ein Amerikaner, mit einem Haufen Dollar und einer Liste von Leuten, die gerettet werden sollten. ‹Ihr

Name steht auch drauf. Rufen Sie sofort an. Er wartet auf Sie!› Ich sagte, mir wäre nicht nach Witzen zumute, aber dann rief ich doch im Hotel an … Als ich zehn Minuten später im Hotel ankam, standen zwei deutsche Offiziere in der Halle. Ich ging an ihnen vorbei zum Fahrstuhl, fuhr hinauf, und als ich die Türe öffnete und eintrat, kam mir ein freundlicher junger Herr in Hemdsärmeln entgegen, legte den Arm um mich, stopfte mir einige Geldscheine in die Tasche, zog mich zum Fenster und wisperte wie ein nicht sehr guter Schauspieler, der eine Verschwörerrolle spielen soll: ‹Wenn Sie mehr brauchen, kommen Sie wieder. Inzwischen werde ich Ihren Namen nach Washington kabeln. Wir werden Sie herausbringen. Es gibt Wege, Sie werden sehen, oh, es gibt Wege …›

Er goss mir ein Glas Whisky ein. ‹Übrigens brauchen Sie einen neuen Anzug. Sie können nicht mehr so herumlaufen. Wir werden Ihnen einen schönen Sommeranzug kaufen.› Ich goss den Whisky hinunter und sagte abwechselnd ‹*Thank you very much, Sir*› und ‹Danke vielmals› und ‹*Merci, Monsieur*›. Sie müssen sich vorstellen, die Grenzen waren gesperrt, man saß in der Falle, jeden Augenblick konnte man von neuem verhaftet werden, das Leben war zu Ende – und nun steht da plötzlich ein junger Amerikaner in Hemdsärmeln, stopft dir die Taschen mit Geld voll, legt den Arm um dich und zischelt: ‹Oh, es gibt Wege, Sie herauszubringen›, während dir, verdammt nochmal, die Tränen über die Backen laufen, und der Kerl, übrigens ein ehemaliger Harvard-Student, nimmt nun auch wirklich sein seidenes Taschentuch aus der Jacke und sagt: ‹Hier, nehmen Sie. Es ist nicht ganz sauber. Sie müssen schon entschuldigen.› Und sehen Sie, seitdem liebe ich Amerika, weil es diese Dinge so nebenbei und doch mit Umsicht und praktischem Verstand tut …»

Der Geheimtipp musste sich herumgesprochen haben, jedenfalls standen im Herbst 1940 in den neuen Räumen der Rue Grignan 60 Tag für Tag ein paar hundert Bittsteller an. Bevor die Büros öffneten, um acht Uhr morgens, drängte sich die Masse im Flur. Fry brauchte einen Ordnungsdiener und fand einen großgewachsenen Amerikaner, der im französischen Militär gedient hatte, Charles Fawcett. Mit seinem sportlichen, strahlenden Aussehen, seiner direkten und jovialen Art besaß der spätere amerikanische Filmstar natürliche Autorität.

Doch es mangelte dem Hilfswerk an Mitarbeitern und an Geld. Viele, die nicht auf den Listen der gefährdeten Künstler und Intellektuellen standen, mussten abgewiesen werden.

«Wir werden den jüngeren, noch wenig bekannten Bittstellern nicht gerecht», mahnte Miriam Davenport. «Wenn wir das Angebot unserer Landsfrau Mary Jayne Gold annehmen würden, könnten wir besser helfen!»

Varian blieb abweisend. «Diesen Superreichen ist nicht zu trauen», knurrte er. «Sie verkehren in gefährlich reaktionären Kreisen, sind nur auf ihren Komfort und ihren eigenen Nutzen erpicht!»

«Du bist ungerecht, Varian. Mary Jayne brennt darauf, mit ihrem Geld Hilfe zu leisten!»

In derselben Woche wollte es der Zufall, dass Miriam und Mary Jayne um die Mittagszeit mit Varian und Hermant zusammentrafen, die draußen im Café Pélican unter der blauweißen Schattenstore einen Aperitif tranken. Varian, wie immer Gentleman, stand auf, um die Frauen zu begrüßen, und lud sie ein zu einem kleinen Lunch.

Mary Jayne bot im Gespräch nochmals Hilfe an. Varian versuchte höflich zu bleiben, lehnte aber ab.

«Aha, hüten Sie sich vor dem Feind, der Ihnen Geschenke bringt!», antwortete seine Landsfrau lachend.

«Timeo danaos et dona ferentes», zitierte Fry und brach in ein homerisches Gelächter aus, so dass man sich an den anderen Tischen nach ihm umsah.

Nun war das Eis gebrochen.

Die Rede kam bald auf die verzweifelte Situation in Vichy-Frankreich, und Varian konnte sich überzeugen, dass die reiche Amerikanerin die Zustände durchschaute. Als sie sich anerbot, nicht nur ihre Dollars, sondern auch ihre Zeit und Sprachkenntnisse zu investieren, bat er sie für den nächsten Morgen an die Rue Grignan.

Unter den ersten drei Personen, die Mary Jayne interviewte, war eine mittellose Lehrerin aus Berlin, die in einem Vorort von Marseille mit ihrer kleinen Tochter ein Dachzimmer bewohnte. Ihr Mann, ein Journalist, hatte schon in den frühen Dreißigerjahren Partei gegen die Nazis ergriffen, er floh nach Frankreich, wurde im Lager Vernet interniert und starb. Für die junge Witwe und ihr Kind wollten Freunde in Amerika bürgen, doch es fehlten ein Visum und Geld. Für einen Fall wie sie hätte das Rescue Committee bis anhin keine Mittel gehabt, doch nun, dank Mary Jayne Gold, gab es für weniger berühmte Menschen eine sogenannte *Gold List*.

Unter den ersten Bittstellern, die von Mary Jayne interviewt wurden, war auch der Schriftsteller Hans Sahl. Die schöne, blonde, hochgewachsene Amerikanerin war für ihn die Verheißung des freiheitlichen Amerika, als «die liebestolle» Miss Gold bezeichnete er sie später.

Wie viele männliche Besucher des Büros war er wohl ein bisschen neidisch auf ihren jungen Liebhaber mit der verwegenen dunklen Sonnenbrille, den desertierten Fremdenlegionär Killer.

Auch Miriam konnte Mary Jaynes Geschmack nicht teilen. «Warum gibst du ihm diesen schaurigen Namen», hatte die Davenport einmal gefragt. «Hat er denn Menschen umgebracht?» Doch Mary Jayne winkte lachend ab. «Der Name kommt daher, dass er so schlecht Englisch spricht. er bringt mit jedem Satz gewissermaßen meine Sprache um, weißt du!»

Der Erfolg in Marseille beschwingte Frys Team, bis tief in die Nacht war man im Einsatz. Doch in New York, im Büro des Emergency Rescue Committee an der 42. Straße, machte man sich offensichtlich keine Vorstellung, wie gefährlich und notwendig zugleich die Arbeit des Centre in Marseille war.

Telegramme bedrängten Fry mit der Frage, wann er endlich gedenke, seine Arbeit jenseits des Ozeans zu beenden.

Deshalb hatte Fry bei einem Aufenthalt in Portugal die Gelegenheit genutzt, ohne Zensurängste nach Amerika zu telegraphieren. «Hunderte müssen noch gerettet werden!», schrieb er. «Man darf das Büro jetzt nicht schließen!» Er bitte auch, den Anfragen für Visa schneller zu entsprechen.

Als Antwort kamen Warnungen: Der amerikanische Konsul in Marseille bezichtige Fry der Übertretung der Gesetze. Er verletze die Regeln des Gastlandes!

Sie haben jenseits des Ozeans keine Ahnung, was in Europa politisch abläuft, wollte Fry zurückschreiben, doch er unterließ es, der Zensur wegen.

Es kränkte ihn, dass die hartnäckigsten Vorwürfe ausgerechnet aus dem amerikanischen Konsulat in Marseille kamen, dessen Draht hinüberreichte nach New York zum ERC und von dort zum State Department.

Doch ein weiterer Schlag folgte nun von ganz anderer Seite.

Feuchtwangers hatten mit der Excalibur, die in New Jersey anlegte, eine Woche vor den Manns und den Werfels die USA erreicht. Ein Heer von Journalisten überfiel das Paar am Hafen.

In der Euphorie ihrer Rettung erzählte der Schriftsteller, wie er als verkleidete alte Frau in einem amerikanischen Auto geflohen sei, Details, welche die Zeitungsschreiber entzückten.

Mikrophone und Notizhefte in der Hand, begehrten sie die Namen der amerikanischen Helfer zu wissen.

Feuchtwanger, erschrocken ob ihrer gierigen Gesichter,

schwieg. Dafür schilderte er den Marsch über die Pyrenäen und sparte nicht mit Einzelheiten.

In der *New York Times*, Freitagsausgabe, die Bingham auf dem Konsulat in Marseille las, schreckte ihn die Schlagzeile auf: *«American ‹kidnapped› him, gave him women's clothes to escape Nazis.»*

Bingham schickte Fry durch einen Eilboten den Artikel zu. Auf dem kurzen Begleitbrief stand: «Was das American Rescue Committee in Frankreich zu verbergen sucht, steht hier für alle Welt Schwarz auf Weiß!»

Die Medien stürzten sich denn auch auf Feuchtwangers Bericht. So hörte man im deutschen Rundfunk von einem Schmugglerring in Spanien, der Menschen über die Pässe aus Frankreich entführe.

In der Folge wurde die spanische Grenze für Emigranten eine Zeitlang wieder geschlossen. Wie Fry befürchtet hatte, wurde der Weg bei der Friedhofmauer von Cerbère nun im Auftrag der deutschen Kundt-Kommission polizeilich überwacht.

Es mussten dringend neue Pfade über die Pyrenäen gefunden werden.

13

Die Route F

Hilfe kam von den Fittkos. Hermant lernte das Ehepaar in Marseille kennen und brachte sie eines Abends in einem kleinen Lokal neben der Canebière mit Fry zusammen.

Lisa Fittko war eine hübsche, südfranzösisch aussehende Frau mit dunklen Haaren und gebräuntem Teint. Doch sie hatte ihre Kindheit in Wien, die Jugendjahre in Berlin verbracht wie ihr Mann Hans. Seit Jahren betätigte sich das Paar als antifaschistische Agitatoren. Nach 1933 hatten sie in der Tschechoslowakei, in der Schweiz und in Holland gewirkt, hatten gefährdeten Menschen aus Deutschland zur Flucht verholfen und Anti-Nazi-Literatur über die deutsche Grenze geschmuggelt. Bei Kriegsausbruch selbst in Gefahr, retteten sie sich nach Frankreich, wo sie bei der deutschen Besetzung von Paris als Unerwünschte ins Internierungslager gebracht wurden. Lisa konnte sich schließlich aus Gurs befreien, auch ihr Mann floh beim Vormarsch der Deutschen, das Paar fand wieder zusammen und erreichte die unbesetzte Zone. Zuletzt wohnten sie in Banyuls-sur-Mer an der spanischen Grenze.

Monsieur Azéma, Bürgermeister des Orts, Sozialist und Vichy-Gegner, machte ihnen eine Skizze von einem sicheren alten Schmugglerweg über die Berge, den er die Route Lister nannte. nach einem republikanischen General im spanischen Bürgerkrieg.

Als ersten führten die Fittkos im September 1940 den Philosophen Walter Benjamin über diesen Pfad. Ein mühsamer Gang für den herzkranken Gelehrten, der darauf bestand, eine Mappe mit seinem jüngsten Werk mitzutragen. Als er mit großer Anstrengung Portbou erreichte, hieß es, eine neue Verfügung aus Madrid sei in Kraft, Flüchtlinge ohne Exitvisum müssten zurückgeschickt werden. Benjamin war sich sicher, diesen Gang kein zweites Mal zu schaffen. In seinem Hotel in Portbou brachte sich der Gelehrte in jener Nacht mit einer Dosis Kokain um.

Fry kam in Marseille im Gespräch mit den Fittkos sofort zur Sache. Er brauche Hilfe, um seine Flüchtlinge auf neuen, der Polizei noch nicht bekannten Wegen zu führen.

Die Fittkos hatten zu diesem Zeitpunkt vorgehabt, ihre eigene Flucht nach Südamerika fortzusetzen. Doch sie sahen ein, dass ihre Hilfe nötig war, um vielen das Leben zu retten.

Als sich der Kellner entfernte, begann Hermant Deutsch zu sprechen und thematisierte die finanzielle Seite des Unternehmens. Das Büro verfüge über Mittel, um eine Art Basisstation für die Hilfesuchenden in Banyuls zu mieten und den Unterhalt der Flüchtlinge zu finanzieren. Fry glaubte, es gehe ums Verhandeln und erkundigte sich nach dem Preis der Rettungsaktion. Die Fittkos reagierten mit verächtlichem Protest. Für die Aktionen gegen Hitler hätten sie noch nie Geld genommen. «Wissen Sie, was ein Antifaschist ist? Verstehen Sie das Wort ‹Überzeugung›?»

Sieben Monate lang ließen sich die Fittkos in der Folge einspannen für eine sorgfältig geplante Rettungsaktion. Das Centre in Marseille hatte die Route Lister in Route F umbenannt. Auf Azémas Rat hin mischte man sich in der Morgenfrühe am besten unter die Weinbergarbeiter, die Flüchtlinge durften nichts dabei haben als einen Brotbeutel, die sogenannte Musette, vor allem keine Rucksäcke, die für Deutsche charakteristisch waren. Oben in der Nähe der Grenze schützten überhängende Felsen die Wanderer vor dem Blick der patrouillierenden Wächter.

Dank der Gewissenhaftigkeit und Vorsicht der Fittkos waren die Grenzübergänge erfolgreich. Vielen Menschen retteten sie das Leben.

Fry erkannte bald, wie sehr Mary Jayne Gold sich nicht nur finanziell, sondern mit Zeit und ihren Fähigkeiten für das Centre einsetzte, ihr verdankte er bald neue wertvolle Mitarbeiter.

Ende Oktober erhielten Miriam und Mary Jayne im *Splendide* Besuch von Freunden, aus Toulouse von Charles Wolff, dem Journalisten und Musikkritiker, und von Danny Bénédite aus Paris.

Wolff hatte für die Fahrt von Dubois an der Rue du Taur ein paar Liter Benzin bekommen und kam mit einem Rotkreuzsignet durch alle Kontrollen bis Marseille. Doch den röchelnden alten Wagen wollte er nicht neben die Karossen der Nazis vor das *Splendide* stellen und parkte in einer der Nebenstraßen. Bénédite war allein, seine Frau Theo, die in Paris bei IBM gearbeitet hatte, komme mit dem dreijährigen Pierre nach.

Mary Jayne war entzückt über den Besuch. Seit sie als Studentin in Paris bei der Familie Bénédite gewohnt hatte, war Danny immer so etwas wie ihr französischer Bruder gewesen.

Doch Bénédite und Wolff brachten schlechte Nachrichten. Beide hatten ihre Jobs verloren. Danny wurde gezwungen, nach seinen Kriegserfahrungen in Dünkirchen seinen Posten auf der Préfécture von Paris aufzugeben, Charles Wolff wurde seit dem *Statut des Juifs* Anfang Oktober, das Juden alle Tätigkeiten in Militär, Erziehung, Presse, Rundfunk und Theater verbot, die Mitarbeit an seiner Zeitung verwehrt.

«Brauchen wir nicht dringend Mitarbeiter?», sagte Miriam zu ihrem Chef, als sie die Freunde vorstellte. «Frau Fishman, Franzi Hildebrand und wahrscheinlich auch Hermant werden uns bald Richtung Amerika verlassen, auch ich fahre ja demnächst zu meinem *fiancé*. Hier also sind zwei neue Männer mit großen Fähigkeiten!»

Fry zögerte erst, den hohen Polizeibeamten Danny Bénédite in sein Büro aufzunehmen, er hatte sich schon zur Genüge mit Angehörigen dieses Berufs herumgeschlagen. Doch Mary Jayne überzeugte ihn, dass Danny Bénédite in Paris gerade durch sein Verständnis und seine Hilfe für Flüchtlinge bei seinen Vorgesetzten in Verruf gekommen war.

Varian stellte beide an und wurde für den Mut belohnt. Die Neuen erwiesen sich als treue und findige Mitarbeiter, bald waren sie aus dem Team nicht mehr wegzudenken. Wolff, ein Mann um die fünfzig, mit einem scharfgeschnittenen Gesicht und dunklen Haaren, hatte ein gutes Gespür für die Eigenarten und die Bedürfnisse der Künstler, seine Beziehungen zum Roten Kreuz und anderen Institutionen kamen dem Büro zunutze.

Danny, von hagerer Eleganz, mit einem schmalen Schnurrbart, hatte eine elsässische Mutter und von ihr kühles Blut geerbt. Er ließ sich durch nichts erschüttern, pochte manchmal starrsinnig auf seine Ansichten, blieb aber liebenswürdig. Er führte bei Varian bald einen neuen Mitarbeiter ein, seinen Kriegskameraden Jean Gemähling, ein wortkarger, flachsblonder junger Mann aus Straßburg, der bald pflichtbewusst und mutig an die Arbeit ging.

14

Nie Angst gehabt, Varian?

Dass die beiden Ikonen der Immunität, Breitscheid und Hilferding, von der Gestapo geschnappt wurden, und dies am helllichten Tag, aus ihrer Kaffeestunde heraus, bedeutete für viele Emigranten den Anfang vom Ende.

Die prominenten Politiker wurden nach Arles transportiert, wo sie in einem kleinen Hotel in sogenanntem Hausarrest auf weitere Weisung warten mussten.

Am selben Tag, Varian Fry weilte in Nizza, sollte auch Mehring weggebracht werden. Drei französische Polizisten stürmten in den vierten Stock des *Splendide* und erkundigten sich nach Mehrings Zimmer. Da schoss die kleine Frau Fishman aus ihrem Kabäuschen, wehrte sich mit allen Mitteln und schrie: «Einen alten todkranken Mann holen! Nur nicht übertreiben, Messieurs!»

Mehring, der wieder einmal zu einem kleinen Gedankenaustausch am Arbeitstisch der Davenport saß, bekam Wind von dem Überfall, floh in sein Zimmer und kroch samt Schuhen unter die Decke. Wenig später sah die Polizei von der Tür des Krankenzimmers aus nichts als seine weiße, fein zugespitzte Nase.

Lena Fishman war hinter den Männern hergeeilt, sie wedelte mit einem ärztlichen Zeugnis und zeterte: «Er braucht äußerste Ruhe! *À tout prix!* Er kann nicht transportiert werden!» Unterdessen hatte die Davenport am Telefon Bingham erreicht und dringend um Hilfe gebeten. Es dauerte nicht lange, bis der stattliche, weißhaarige Vizekonsul in Mehrings Zimmer trat.

Die Polizisten sahen sich nun Bingham, der Fishman, der Davenport gegenüber, die alle nicht lockerließen, schließlich gaben sie auf und machten kehrt.

Mehring war wieder einmal davongekommen.

Doch Hermant, der Mann mit besten Beziehungen in die Marseiller Unterwelt, sorgte sich vor allem um Varian Fry. Fry, der nun an der Rue Grignan beim alten Hafen arbeitete, schlief weiterhin im *Splendide*.

Hermant warnte: «Du darfst nicht unbegleitet durch die dunklen Straßen nach Hause gehen! Deine Gewohnheit, gegen Mitternacht auf dem Postamt noch Telegramme nach Amerika aufzugeben, wird von der Gestapo beobachtet! Jede Nacht verschwinden Menschen, pass auf!»

Varian nickte und lächelte. Änderte trotz der vielen Verbrechen in Marseille, die Hermant kenntnisreich zu schildern wusste, seine Gewohnheiten nicht. Doch seine Nerven lagen blank.

«Hast du denn nie Angst gehabt?», wird man Fry später fragen.

«Doch. Ich habe immer Angst gehabt», wird er zugeben.

Es gibt einen seltsamen Zustand, in dem man nicht weiß, ob man nun überwacht wird, oder ob man in einer Parallelwelt lebt.

«Du bist ein Träumer», hatte ihm Eileen gesagt, wenn er in Harvard lieber Vögel beobachtete als Baseball zu spielen.

Auf seine Art, mit geschlossenem Mund, hatte er dazu gelächelt. Schließlich zugegeben: «Ich bin gern draußen in der Natur. Ich kann dann, an einen Baumstamm gelehnt, die Vögel hören und im Kopf an meinen Artikeln schreiben.»

In Harvard lobte man die von ihm und seinem Mitschüler Lincoln Kirstein gegründete und redigierte Studentenzeitung mit dem eigenwilligen, von Ezra Pound inspirierten Namen *Hound & Horn*.

Kirsteins Vater, ein jüdischer Geschäftsmann aus Boston, finanzierte das Blatt, Varian gab Ton und Stil des Inhalts an. Es war alles andere als *schoolboyish*, brachte keine Sportnachrichten, war stattdessen hochkarätig literarisch. Die Herausgeber versuchten neue Literatur und Kunst einzuführen: Joyce, Eliot, Picasso, Gertrude Stein.

«Das Gedicht *The Waste Land* von T. S. Eliot war in dieser Zeit unser Brevier», berichtet später Kirstein.

Fry galt als introvertierter Rebell. Einerseits spielte er Klavier und hatte altmodisch korrekte Manieren, andererseits hatte er einen Hang zu wilden Trink- und Essgelagen. Berühmt waren Varians Mitternachtsdinners, die er von einem Lieferservice auftischen ließ. Großzügig lud er seine Freunde dazu ein, sein ganzes Geld zerrann an einem einzigen Abend. Der Vater, dessen Einkommen um diese Zeit nur mäßig war, griff für die Grandezza des Sohns in die Tasche. Der begabte Schüler war sein einziger Lichtblick gewesen, denn die Ehefrau mit ihren nervösen Zusammenbrüchen und den vielen Sanatoriumsaufenthalten belasteten Gemüt und Börse.

Immer wieder stand der betriebsame Student auf Kriegsfuß mit den Autoritäten. Als er damals die Tafel *For Sale* aus einem Garten geklaut und vor der Villa des Harvard-Präsidenten Lowell eingepflanzt hatte, war es zu viel gewesen, die Universität hatte mit Hinauswurf gedroht. Ein Professor und eine junge Professorin verteidigten den Studenten mit dem Hinweis auf die familiäre Belastung und die kranke Mutter. Der Ausschluss aus der Fakultät wurde auf wenige Monate begrenzt.

Die junge Fürsprecherin, Eileen Avery Hughes, sechs Jahre älter als Varian, verliebte sich in den Studenten. Sie hatte nicht nur angefangen, mit dem gutaussehenden, vielversprechenden jungen Journalisten auszugehen, sondern auch, ihn zu bemuttern. Varian ertrug, dass sie an ihm herumbosselte, und liebte sie ebenfalls. Sofort nach seinem Examen, 1931, wurde geheiratet.

Während der ersten Ehejahre unterrichtete Fry Englisch und Latein. Eileen, auch sie Lehrerin, fuhr fort, an ihrem jungen Mann herumzukommandieren, doch sie hatten es nicht schlecht miteinander. Mehr und mehr widmete sich Fry journalistischen Aufgaben und wurde schließlich Chefredakteur der Zeitschrift *The Living Age*. In dieser Eigenschaft befasste er sich mit ausländischen Ereignissen. 1935 wurde er für drei Monate nach Deutschland geschickt, um die Zustände unter nationalsozialistischer Herrschaft zu beobachten.

Von nun an schrieb er über die Brutalität der Nazis – mit der Absicht, Amerika aus seiner Lethargie aufzuwecken. Man solle sich in diesem Land bewusst werden, welche Gefahren Intellektuellen, Pazifisten und Juden drohten! Das Paar zog nach New York an den Irving Place. Bei den Nachbarn galt der junge Ehemann, der im nahen Gramercy Park Vögel beobachtete und auf der Parkbank Klassiker las, als scheu und zurückgezogen.

Zwei Jahre vor Ausbruch des Kriegs, 1937, gab er ein Buch heraus über Krieg und Diktatur, es sollte nötige politische Aufklärung für junge Leute liefern.

Nun, in Marseille, saß er gleichsam im Wespennest dieser damals nur theoretisch abgehandelten Probleme. Ursprünglich war die Rettungsaktion des American Rescue Committees nur für einen Monat geplant gewesen. Dass sich der Aufenthalt in Marseille derart ausdehnte, wollte weder das Committee in New York verstehen noch seine Ehefrau Eileen. War es am Ende wieder so ein Ausflippen wie in der Studentenzeit? Er schrieb, er könne die Aufgabe hier unmöglich aufgeben, Tausende von Verzweifelten bräuchten ihn. Der Zensur wegen musste er sich über seine Rettungsaufgabe gewunden auslassen. Mehrmals schlug er vor, Eileen möge nach Marseille kommen, da er sie vermisse. Es sei hart, ohne Frau, ohne Eileen zu leben.

In Marseille sprach man überall über *la chose*, vor allem Hermant war bei all seinen Qualitäten ein unbelehrbarer Frauenheld.

Dabei, fand Fry, war Hermants Geschmack nicht über alle Zweifel erhaben. In Paris hatte er eine Freundin gehabt, sie, oder eben *la chose*, fehlte ihm in Marseille. So suchte er auf seinen Erkundungsfahrten für falsche Pässe auch nach einer echten Freundin. Ging dann ein paar Wochen lang mit der Sekretärin vom amerikanischen Konsulat aus, einer überdrehten jungen Witwe mit ozeanblauen, immer klimpernden Augenlidern.

«Aber doch nicht die, Hermant!»

«Warum nicht? Mir fehlt einfach die Chose. Und dir, Varian?»

«Hmm, ich bin ja durch meine Arbeit abgelenkt. Nur manchmal, so nach Mitternacht, überkommt es mich …»

Hermant drängte ihn, mit ihm in ein Bordell zu kommen.

Eine tragisch-komische Angelegenheit. Varian, im Chambre séparée, bekleidet nur mit seinen Boxershorts einer amerikanischen Edelmarke, sah weniger die Reize als die Traurigkeit der kleinen, mageren Hure. Fand sie in diesem Bordell anständige Bedingungen? Er begann über die menschliche Würde zu sprechen, die auch in einem Bordell nicht anzutasten sei. Sie begann zu weinen, er tröstete sie. Es endete mit ein paar Umarmungen, einem väterlichen Kuss und der Zusicherung, beim Besitzer des Bordells etwas für sie zu tun.

«Also, wie war es, Varian?»

«Hmm. Eher eine soziale als eine Bettgeschichte.»

«Das sieht dir ähnlich.» Hermant lachte.

Frys gerettete Kunden hinterbrachten dem Rescue Committee an der 42. Straße in New York nicht nur Lobeshymnen, sondern auch Klatschgeschichten.

«Es scheint ja unserem Fry in Marseille sehr zu gefallen, er will nicht mehr zurückkehren. Hat er eine *Love Affair*? Mit der schönen Miss Gold?»

«Ach nein», lachten die Befragten. «Die hat einen jungen Lover aus der Untergrundszene.»

«Und Fry?»

«Hat wohl eher einen Hang für Männer. Da sind seine gutaussehenden Mitarbeiter: Hermant-Beamish und ‹sein› Danny.» Obwohl jeder wusste, dass Beamish wild hinter Frauen her war und Danny Bénédite an Frau und Kind hing.

Eileen, der die Verdächtigung zu Ohren kam, schrieb an Varian, sie hätte ihm eher eine junge hübsche Frau verziehen. In New York habe sie eben den Film *Tod in Venedig* gesehen, und bei den Gefühlen von Aschenbach an Varian gedacht …

Varian schrieb zurück: «Ich schlafe immer allein *and DON'T like it*. Ich heiße weder Aschenbach noch von Aschenbach, und Marseille ist nicht Venedig.»

Warum erhielt die Sache mit der möglichen homoerotischen Neigung so viel Gewicht? Fry, verbissen in seine Rettungsmission, zog es wie die meisten seiner Generation vor, mit Männern zusammenzuarbeiten. Möglich, dass er den Frauen weniger zutraute, möglich auch, dass er sie den Gefahren und Risiken des Unternehmens nicht aussetzen wollte. Nach der Abreise Hermants wurde Bénédite sein engster Mitarbeiter: Sie dachten ähnlich, schauten in dieselbe Richtung. Möglich, dass ihm damals in der Studentenzeit männliche Kollegen ebenso gut gefielen wie weibliche, doch ausgelebt hat er solche Neigungen wohl kaum. Als Student war er immerhin so frei, eine junge Frau zu schwängern. Aus Marseille zurück in Amerika, wird er sich einer Psychoanalyse unterziehen und dann die konventionelle Lösung ergreifen: erneut heiraten, drei Kinder zeugen. Doch wie die Ehe mit Eileen wurde auch die zweite Ehe getrennt.

Der Freund, dem er in seiner Frankreichzeit am meisten vertraute, war Stéphane Hessel, dreiundzwanzig, verheiratet. Als

Varian Phasen der Schwermut durchmachte, reisten sie zusammen durch Südfrankreich. Sie dachten ähnlich über politischen Widerstand, teilten das Interesse für romanische Kirchen, für Essen in Landgasthöfen und guten Wein. Nach Eileens Brief über von Aschenbach in *Tod in Venedig* scheute sich Fry, Stéphane in seinen Botschaften an die Ehefrau zu erwähnen.

Jahre später über die Art seiner Freundschaft mit Fry befragt, spricht Hessel über seelische und kumpelhafte Nähe, Sexualität habe keine Rolle gespielt. Erforschen – wozu? Ist es nötig, in der nicht unkomplizierten Psyche des Retters zu wühlen? Hätte eine gelebte Homosexualität seine Verdienste um die rund zweitausend geretteten Menschen geschmälert?

15

Gussie, der Kurier

Hermant, stets auf der Suche nach Frauen, hatte ein Auge auf Miriam geworfen, doch zu seinem Bedauern interessierte sie sich nur für ihren Rudolf, von dem sie allerdings nur sporadisch ein paar flaue Zeilen erhielt. Sie schrieb das nicht seinen abgekühlten Gefühlen zu, sondern der Zensur.

«Ach, Miriam mit ihrem Phantombräutigam!», seufzte Hermant.

Der einzige, der Miriams volle Zuwendung erhielt, war ihr «Adoptivsohn» Gussie. Doch Gussie, erpicht auf seine Unabhängigkeit, ärgerte sich über mütterliche Mahnungen – «Tu dies», «Tu jenes nicht.»

Hatte er nicht auf dem Fahrrad zwischen Paris und Toulouse dem Tod ins Auge geschaut? War er nicht durch die Gefahren und Härten der Flucht selbständig geworden?

Als er von der Nachtwache bei Herrn Mehring erlöst wurde, bat ihn Varian, aus Sicherheitsgründen nachts im Büro an der Rue Grignan zu schlafen und bei Störungen sofort Alarm zu schlagen. Gussie empfand diese Aufgabe als ehrenvoll und übernahm den nächtlichen Dienst mit Stolz.

Noch immer war er klein für sein Alter, sein jungenhaftes Aussehen diente ihm als Schutz und Tarnung.

In der Gestalt eines Dreizehnjährigen hatte er die Träume eines Siebzehnjährigen: Justus, Mitglied der Résistance. Nach dem Vorbild Hermants. Dass auch Bénédite, Wolff und Gemähling Mitglieder der Résistance waren, erfuhr er erst später.

Mit fünfzehn war er für eine Geheimorganisation zu jung,

stattdessen absolvierte er Mutproben. Saß an der Canebière im Café hinter einer fadgrünen Limonade. Spitzte die Ohren, denn im hintersten Winkel wurde oft Deutsch gesprochen, geflüstert, gemauschelt. Die Ecken, umwabert von Geheimnissen. Zuerst schielten die Leute nach dem kleinen Ausläufer mit seiner Limonade, dann hielten sie ihn für harmlos, und ihre Gespräche wurden sorgloser. So erfuhr Gussie, dass ein deutsches Unterseebot im alten Hafen auf Grund gelaufen war. Er hörte, wo es illegal geschlachtetes Fleisch gab. Und von Adressen, wo falsche Ausweise zu haben waren.

Einmal saß am Nebentisch der berüchtigte Monsieur Frédéric Drach. Gussie wurde Zeuge, wie er einer Emigrantin einen Pass übergab, ein feines, in Leinen gebundenes Falsifikat.

«Ganz schön teuer», sagte die junge Frau, als er den Preis nannte.

«Ach», bemerkte er höhnisch, «wo bekommt man das denn billiger?»

«Beim Centre Américain de Secours, bei Mister Fry.»

«Macht er es selbst?»

«Nein, er hat einen geschickten Fälscher beauftragt, einen Österreicher.»

«Sie meinen Bill Freier?»

«Heißt er so? Er hat eine niedliche kleine Frau, die ein Kind erwartet.»

«Aber das Handwerk hat er von mir gelernt!» Drach lachte.

Drach parkte am nächsten Morgen sein missfarbenes Auto, es war wohl einmal dunkelrot gewesen und später violett überstrichen worden, vor dem *Splendide*. Ohne anzuklopfen betrat er Varians Büro. Mary Jayne war um diese Zeit allein und überprüfte die Notizen ihres letzten Interviews. Drach stellte sich neben sie, strich über ihre Locken. Grinste, als sie aufschaute.

«Sie sind Frédéric Drach?», fragte sie, um Zeit zu gewinnen.

Er nickte. Lobte sich und sein von der französischen Justiz sanktioniertes Unternehmen. Rühmte seine Zuverlässigkeit im Unzulässigen. Als er den Koffer mit den falschen Pässen öffnete, rief sie nach Hermant.

Hermant beugte sich sachkundig über den Inhalt mit der gefälschten Ware und rief nach Varian. Varian griff einen Pass heraus, lobte das gediegene Aussehen des untadelig gemachten litauischen Passes.

Drach grinste. Verstärkte das Lob durch den Hinweis, wie solide die Fälschungen seien, auf der Fahrt nach Amerika würden ein paar Meerspritzer sie nicht beschädigen! Varian fand, er müsse erst nachschauen, wie viele solche Pässe er brauche. Morgen, wenn er wiederkomme, wisse er es.

Doch Drach wich nicht von der Stelle. Sein breiter Karpfenmund blieb in Bewegung, produzierte Wortblasen, während die Augen, jedes selbständig, zu wandern begannen, Tische und Gestelle abtasteten. *Louche* nannten die Franzosen eine verschlagene, schielende Person. Fry fand Drach abstoßend, doch er musste seine Fähigkeiten nutzen, denn das Centre war in Bedrängnis gekommen mit den gefälschten tschechischen Pässen, die ihrer Häufigkeit wegen aufgefallen waren.

Gussie bekam von Varian den Auftrag, beim Zeichner Bill Freier ein Paket abzuholen.

Er wohnte in einem einfachen Hotel mit dem Namen de l'Esperance in der Rue du Musée. In diesem Haus belegte der Künstler mit seiner schwangeren Frau ein einziges Zimmer.

An seinem Arbeitspult, an das Fenster gerückt, arbeitete Bill.

Seine Frau Mina freute sich über Gussies Besuch. Mit ihren runden Formen und den rötlichen Löckchen, die wie eine Mütze am Kopf klebten, sah sie niedlich aus.

«Trink doch eine Tasse Tee mit uns!», rief sie. «Bill braucht gerade eine Pause!»

Ein hübsches junges Mädchen erschien mit der Teekanne.

«Unsere Julita», stellte Frau Freier vor. «Seit ich etwas schwerfällig geworden bin, hilft sie uns, auch im Hotel spannt man das tüchtige Mädchen als Zimmermädchen ein. Julitas Eltern haben in Spanien gegen Franco gekämpft, nun ist sie Vollwaise. Sie gehört jetzt ein bisschen zu uns, wenn das Kind kommt, sind wir eine kleine Familie!»

Gussie setzte sich gern an den Teetisch. Die junge Spanierin gefiel ihm auf Anhieb: Ihr wacher Blick aus schwarzen Augen, in denen gleichzeitig Ernsthaftigkeit und Schalk lagen. Die helle Gesichtshaut im Kontrast zu den dunklen Haaren, die in Wellen ihre Schultern berührten.

Mina hatte mit Gussie Deutsch gesprochen, mit Julita aber Französisch, so wandte sich Gussie ebenfalls auf Französisch an sie: «Wie alt bist du, Julita?»

«Fünfzehn.»

«Du siehst aber aus wie siebzehn.»

«Und du?»

«Auch fünfzehn», sagte Gussie.

«Du siehst aber aus wie dreizehn.»

Sie lachten einander an, das spanische Mädchen zeigte eine Reihe kleiner weißer Zähne, wie Reiskörner.

Dann wurde Gussie plötzlich ernst. «Wir lachen jetzt», sagte er, «aber wir haben eine traurige Ähnlichkeit: Du bist ein Überbleibsel. Ich bin ein Überbleibsel.»

Mina sah ihn erschrocken an. «Sind denn auch deine Eltern tot, Gussie?»

Gussie nickte. «Die Mutter habe ich nur als kleines Kind gekannt, und mein Vater ist in einem dieser Lager für Juden, von dem es heißt, da kommt keiner mehr lebend zurück.»

«Gib die Hoffnung nicht auf, Gussie.»

«Ich heiße Justus.»

«Gut. Justus.»

Bill Freier, auch er hatte einen Decknamen und hieß eigentlich Will Spira, benutzte das letzte Licht des Tages für eine Zeichnung und ließ sich von Mina nicht an den Teetisch locken. Plötzlich drehte er sich um. «Gussie, komm her, ich will dir etwas zeigen!»

Aus dem Schrank holte er eine Metallbüchse, entnahm ihr ein Gläschen und bestrich den Rand, der genau die Masse eines offiziellen Stempels hatte, mit Tinte. Drückte dann den Glasrand mit einer minimalen Drehung auf eine dieser Karten, die man in Tabakläden kaufen konnte. Mit einem Haarpinsel verpasste er dem Stempel die nötigen filigranen Buchstaben und Zahlen. Die Unterschrift des Bürokraten war das einfachste. Der Ursprungsort musste nur irgendwo tief in der besetzten Zone liegen, in Metz zum Beispiel oder Straßburg, so dass auf die Entfernung eine Nachprüfung fast unmöglich war.

«Nun sieht aber unser Ausweis zu sauber und neu aus», lachte Freier. «Doch dem können wir abhelfen!» Er warf das kleine Werk mit ein paar anderen neuen Karten zu Boden, rutschte vom Stuhl und machte auf den Ausweisen ein paar Tanzschritte.

«Tanz mit, Julita!», rief er.

Zu Gussies Freude sprang Julita auf, begann zu klatschen und ein Lied zu singen, dabei begann ihr schlanker Körper sich im Rhythmus der Melodie zu wiegen.

Nach dieser hübschen Darbietung klaubte Freier die Karten vom Boden auf. «Nun sehen sie etwas schmutzig und gebraucht aus, wie seit Monaten herumgetragen, nicht wahr?» Er lachte, trank jetzt auch eine Tasse Tee, machte dann eine Mappe mit Falsifikaten bereit für Fry. «Pass auf, Gussie, dass die Mappe nicht in falsche Hände gerät! Und pass auf dich selber auf! Die Vichy-Franzosen üben sich seit neuestem in Antisemitismus. Es wird immer unheimlicher in Marseille!»

Gussie hoffte auf weitere Botengänge zum Hotel de l'Espérance.

Einmal begegnete er Julita gegen Abend auf der Canebière, sie hatte eben einen Botengang für Bill Freier machen müssen.

«Komm Julita, wir trinken etwas!»

In dem kleinen Lokal, wo man Gussie kannte, wollte er für sie beide eine dieser grünen Limonaden bestellen.

«Lieber ein kleines Glas Rotwein», sagte Julita. In meiner Heimat sagt man, das ist gesünder.»

Gussie bestellte zwei Gläser Rotwein.

Doch der Kellner brachte nur ein einziges Glas. «Für Mademoiselle! Und für dich, mein Junge, wie immer deine Limonade. Kindern dürfen wir keinen Wein bringen!»

Da beschloss Gussie endgültig, zu wachsen – koste es, was es wolle.

Im Büro an der Rue Grignan fragte er Varian: «Gibt es nichts zu besorgen bei den Freiers?»

Erst auf Varians fragenden Blick hin erzählte er von Julita.

Fry schaute in Gussies wie verwandeltes Gesicht und lächelte. «Ja, die Freiers sind Menschen mit Herz, Julita wird dort eine Familie finden. Bill ist auch tüchtig, unter seinem echten Namen Will Spira ist er einer der begehrtesten europäischen Cartoonisten.»

Zum Glück hatte Fry schon eine Woche später einen Auftrag für Freier. Wie letztes Mal durfte Gussie im Hotel zur Hoffnung am Tisch mit Julita Tee trinken und erfuhr mehr aus ihrem Leben. Ihr Vater war im spanischen Bürgerkrieg gefallen, nach Francos Sieg wurde Julita mit der Mutter in Gurs interniert. Die Mutter, noch von den Entbehrungen der Kriegszeit geschwächt, starb an der Ruhr. Daraufhin brachte das Schweizerische Rote Kreuz für kriegsgeschädigte Kinder in Toulouse das Mädchen aus dem trostlosen Gurs weg in die Kolonie La Hille.

«Ich gehörte dort zu der Gruppe der ältesten Mädchen, nach

einem halben Jahr suchte die Leiterin für mich einen Platz in Marseille.»

«La Hille? Oh, ich kenne das Schloss!», rief Gussie erfreut aus. «Mein Freund Fred Kamlet, ist er noch dort?»

«Fred? Oh ja, ein herrlicher Unterhalter! Oft hat er Chaplin gespielt.»

«Mit Hütchen und einer roten Nase?»

Julita nickte.

«Stell dir vor, es sind mein Hütchen und meine Clownnase.»

«Die Welt ist klein!», rief Julita überrascht, rückte auf dem Kanapee ein Stück näher und umarmte Gussie.

Sie umarmt mich wie eine ältere Schwester, dachte er.

Das nächste Mal, als er zu Freiers ging, war es ein windiger Tag Ende November. Er musste sich gegen den Mistral stemmen, am Himmel zogen sich fahrige Wolkenbänder hin, blassrot und fransig wie das Gefieder der Flamingos.

Mina wartete auf Julita und ihren Tee. Die kleine schwangere Frau schien seltsam nervös, immer wieder blieb sie vor dem einzigen Fenster stehen und spähte auf die Straße hinunter, auf die Dächer der geparkten Autos segelten die welken Blätter der Rosskastanien. Bill hatte seine Arbeit für heute gemacht, sein Arbeitspult war aufgeräumt, er wartete ebenfalls auf den Tee.

Da kam Julita ins Zimmer gerannt. Sie hatte weder eine Teekanne noch Augen für Gussie, sie flüsterte nur: «Die Polizei! Unten im Flur! Gussie, schnell, unter das Kanapee!»

Gussie tat, was sie befohlen hatte. Als er unter das Möbel gekrochen war, senkte sich oben die Sitzfläche, Mina und Bill Freier hatten sich, Hand in Hand, nebeneinander niedergelassen, es schien, als hätten sie diese Inszenierung eingeübt.

Zwei Männer in Uniform betraten das Zimmer. «Bill Freier? Der Fälscher?»

Freier wollte etwas entgegnen, da polterte der erste: «Wir

wissen alles. Im Kasten ist Ihre Metallbüchse mit den Werkzeugen! Wir müssen Sie verhaften!»

«Meine Frau ist schwanger», sagte er.

«Sie wird auch ohne Sie das Kind zur Welt bringen! Oben im schön gelegenen Camp Bompart sind andere Frauen von Inhaftierten, dort ist sie in bester Gesellschaft.»

Bill wurde abgeführt, die beiden Frauen lagen sich in den Armen und weinten. Gussie kroch aus dem Versteck und blickte voll Zorn auf die Straße hinunter, wo die Polizisten Freier in einen Wagen zerrten. Unten stand, hinter den Polizeiautos, Gussie hatte es vermutet, das hässliche Vehikel von Frédéric Drach.

Bill Freiers Verhaftung war ein weiterer Tiefschlag in den vergangenen Wochen für das Centre Américain de Secours.

Frys Nachforschungen ergaben, dass Bill in Le Vernet interniert worden war. Man stufte den Fall also als schwerwiegend ein. Immer noch schmachteten Menschen, die auf seinen Listen standen, in den Konzentrationslagern: Gurs, Drancy, Le Vernet, Saint Cyprien und wie sie alle hießen. Danny Bénédite schlug vor, einige dieser Lager, vor allem Gurs, zu visitieren und einen Report zu schreiben, der die Zuständigen in Vichy aufrütteln sollte.

16

Der Garten der kleinen Aube

Den Freundinnen Mary Jayne und Miriam war im Spätherbst eine Entdeckung zu verdanken, die das Leben des Komitees verändern sollte. An einem Sonntag auf einer Fahrradtour hatten die beiden Frauen im Marseiller Außenviertel La Pomme eine leerstehende Villa entdeckt. Sie trug den Namen Air Bel.

Der Besitzer, Dr. Thumin, Ornithologe, ein von Rheuma und Alter gebeugter Mann, vermietete erst nach langem Feilschen das Haus. Das Geld für die Miete brachte Mary Jayne Gold auf, nach einigem Zögern war sie einverstanden, dass auch Fry mit seinem ganzen Team die Villa beziehen durfte.

Varian Fry schritt mit wachsender Begeisterung durch die Räume: Die Einrichtung war unverfälschtes 19. Jahrhundert, Parkettböden mit zweifarbigem Sternmuster, dunkle Empiremöbel, weitläufige Zimmer mit Bettgestellen aus Mahagoni.

Alles atmete Zeit, Ruhe.

Beinahe Tag und Nacht war Varian im Hotel Splendide durch zudringliche Bittsteller gestört worden, hier konnte er endlich unter Miriams alter Schafwolldecke ausschlafen.

Die milden Novembertage tauchen den Garten nochmals in Goldfarbe, für die Mahlzeiten und für die Sitzungen setzt man sich draussen unter die Bäume. Besucher kommen von weither: Der Dada-Künstler Victor Serge, auch André Breton mit seiner schönen Frau Jacqueline und dem Töchterchen Aube.

Aube bedeutet Morgenrot. Das lebhafte blonde Mädchen ist sofort von der Villa und dem Park mit den Fischteichen begeistert. Wunderbar, dass Papa hier nicht mehr so viel an den bösen Krieg denkt. Dass er scherzt und malt und seine Bilder mit Reißzwecken an den Baumstämmen aufhängt! Die Mama, die früher in Paris in einem Nachtlokal getanzt hat, zieht ihre großen Ohrringe in Form von Mondsicheln an und lässt die Haare in Wellen legen.

Klick, klick, jemand fotografiert.

Auch die Tante Mary Jayne ist schön.

Doch ihren Freund, den sie Killer nennen, mag Aube nicht leiden. Er trägt eine dunkle Sonnenbrille wie ein Gangster und fühlt sich verpflichtet, seinem üblen Ruf Ehre zu machen, indem er das Haushaltsgeld aus der Küchenschublade klaut. Der strenge Onkel Varian Fry duldet ihn nicht mehr in der Villa, weil er mit einem Gangster-Freund Mary Jaynes Schmuck gestohlen und in Marseille verkauft hat. Varian Fry, der stets ein Gesicht macht, als halte sein Mund Stecknadeln fest, kann hier auch richtig lachen. Vor allem sonntags, wenn Aubes Papa mit seinen Surrealisten Auktionen macht und Malwettbewerbe. Es kommen Leute von weither und kaufen. Aube mag am liebsten Gäste, die Kuchen mitbringen, ein Stück Speck oder zwei Eier. Es gibt wenig zu essen, alles ist rationiert, und die Stände auf dem Markt sind leer. Tante Peggy Guggenheim hat Aube sogar eine Schachtel Pralinen mitgebracht. Mama sagt, dort, wo die Peggy wohnt, in Amerika, hat sie viel Geld. Wie viel? Ach, eine Million Dollar, das ist ein ganzer Strumpf voller Geldscheine! Aube ist froh, dass der Geldstrumpf nicht unter der Matratze in der Villa steckt, denn Killer schleicht ja trotz des Verbots durch alle Zimmer.

Gegen Abend klettert Onkel Varian mit dem Fernglas auf einen der großen Bäume und beobachtet Vögel.

Aubes Mama sieht es und lacht. Tuschelt mit Papa: Seit Max Ernst im Haus ist, richtet Varian Fry das Glas auch auf Peggy Guggenheims Zimmer!

Der Maler Max Ernst, der gleichsam als Schlusslicht erschienen ist, verzaubert die Bewohnerinnen. Er trägt einen weißen Schafspelz, und die Frauen mögen seine stille Art und seine Augen. Vergissmeinnichtaugen von tiefem Blau, gibt auch Mary Jayne zu. Eine Begeisterung, die die amerikanische Kunstmäzenin Peggy Guggenheim teilt, die ein paar Wochen lang in der Villa Air Bel residiert. Ihr Museum in Grenoble hat sie liquidiert und kauft nun Ernsts versponnene Werke für das New Yorker Museum of Modern Art. Sie spendet reichlich für das Centre Américain de Secour. Finanziert auch Max Ernsts Schiffspassage nach Übersee, in Amerika wird das Paar sogar eine kurze Ehe eingehen.

Weniger glamourös das Schicksal der ehemaligen Ehefrau Ernsts, Louise Straus. Sie hat sich geweigert auszureisen und wird verhaftet, später in Auschwitz ermordet.

Doch der Krieg ist nur für die kleine Aube weit weg.

Die Maler denken ans Auswandern, warten auf die nötigen Papiere. Einer der Witzbolde hat an der Mauer ein Schild befestigt: Villa Espervisa – Villa Hoffnung auf Visa!

Fry blühte auf. Künstler taten ihm gut, er war ein Liebhaber ihrer Bilder, er fand ihre Gespräche spannend.

«Die ganze Deux-Magots-Meute kam an», berichtete er an Eileen.

Um diese Zeit kam Fry auch in engen Kontakt mit der kulturbeflissenen Flüchtlingsfamilie Hessel. Vater Franz Hessel hatte, zusammen mit Walter Benjamin, Proust ins Deutsche übersetzt und war schon 1933 emigriert, erst nach Paris, dann nach Sanary. Er und sein behinderter Sohn Uli wurden ins Internierungslager Les Milles gebracht, an den Folgen der Entbehrungen starb Franz Hessel im Januar 1941. Helene lebte darauf mit ihren Söhnen ein paar Wochen in Marseille. Ihr begabter zweiter Sohn Stéphane, dreiundzwanzig Jahre alt, hatte als Offizier im französischen Militär gedient. Zwischen Varian und Stéphane entstand eine besondere Freundschaft. Wenn der schon Verheiratete Zeit erübrigen konnte, machten die beiden jungen Männer an Wochenenden Ausflüge. Stéphane wusste um Frys depressive Stimmungen und diskutierte mit ihm über die Ursachen: mangelndes Verständnis bei amerikanischen und französischen Behörden für die Rettungsarbeit, zu wenig Geld, zu wenige Visa. Stéphane, geistreich und feinfühlig, half dem Freund, über Lösungen nachzudenken, es war da eine Energie in ihm, ein Glaube an den Sieg der guten Sache, die mitriss. Eine Kraft, die ihn 1941 in London in der Résistance begleitete, später zwei Konzentrationslager überleben ließ. Nach dem Zweiten Weltkrieg wird er sich als UNO-Mitarbeiter den Menschenrechten widmen, und im Jahr 2010, mit dreiundneunzig Jahren, mit seinem Buch *Empört euch!* mehr als eine Million Menschen aufrütteln.

Durch Gussie wusste Fry um die Not der kleinen Julita, die durch die Verhaftung Bill Freiers ihre Ersatzfamilie verloren hatte. Er fand für das junge Mädchen einen Platz in der Villa Air Bel als Gehilfin der Haushälterin, die mit dem wachsenden Kreis der Hausgäste zunehmend überfordert war.

Die kleine Spanierin liebte den neuen Wirkungskreis. Von der tüchtigen Köchin lernte sie, aus dem wenigen, was in diesen Zeiten aufzutreiben war, eine schmackhafte Mahlzeit zu bereiten. Julita hatte in Küche und Haushalt alle Hände voll zu tun, Gussie konnte sie nur in ihrer seltenen Freizeit sehen. Manchmal zog sie die Gesellschaft einer ihrer spanischen Freundinnen vor und bat Gussie wie einen jüngeren Bruder, sich zu gedulden.

Und doch lag über der Szenerie der Villa Air Bel ein Herbstnebel der Bedrücktheit: Frys liebste Mitarbeiter nahmen Abschied.

Miriam konnte endlich nach Ljubljana reisen zu ihrem *fiancé* Rudolf Treo. Ungern verließ sie ihr Team. In Marseille hat sie, so sagt sie später, die interessanteste Zeit ihres Lebens verbracht. Die Verbindung mit ihrem Rudolf wurde keine glückliche. Die Eltern Treo fanden die hergelaufene, mittellose Amerikanerin keine gute Partie für ihren Sohn, und später in Amerika, ohne die kritischen Eltern, lebte sich das Ehepaar auseinander.

Auch Lena Fishman, Sekretärin und treue Seele, drängte es Ende November zur Flucht. Doch die kleine Frau, halb Polin, halb Russin, wurde an der spanischen Grenze weggewiesen, so tauchte sie nochmals für ein paar Wochen bei Fry auf.

Am meisten jedoch bedrückte Varian die baldige Abreise Hermants. Niemand hatte so sehr die Beweggründe und die Ziele seiner Arbeit verstanden. Doch die Polizei war hinter die gewagten Einsätze des Rastlosen gekommen. Höchste Zeit also, sein ständig aufgeschobenes Vorhaben, nach Amerika zu reisen, auszuführen.

Sein ehemaliger deutscher Professor, der bereits in den Vereinigten Staaten dozierte, hatte ihm von drüben ein Visum schicken lassen, es lautete jedoch auf seinen richtigen Namen Albert Otto Hirschmann.

Verwirrung im amerikanischen Konsulat. Man verlangte einen Beweis, dass Hermant identisch war mit Hirschmann, doch der Taufschein lag versteckt auf einem gewissen Kasernenhof in der Nähe von Toulouse. So entschloss sich Hermant, eine Reise zu machen, um die Metallbüchse mit dem wichtigen Dokument auszugraben.

Idealer Zeitpunkt für diese Reise: die Tage, an denen Marschall Pétain in Marseille erwartet wurde.

«Wenn ein Diktator seinen Besuch ansagt, geht man besser fort», sagte er zu Fry.

Das Vichy-Regime hatte den Nazis die Auslieferung von ausländischen Juden versprochen. Die Jagd auf mehr als dreißigtausend Menschen sollte sich an Menschenverachtung und Brutalität fortlaufend steigern. Deshalb gingen auch die andern jüdischen Mitarbeiter in Frys Büro dem Maréchal lieber aus dem Weg.

Charles Wolff hatte sich entschlossen, sein altes Auto, das in Marseille unnütz in einer Nebengasse herumstand, mit dem Rest Benzin aus seinem Kanister zu füllen und nach Toulouse zurückzufahren, um es seinem Freund Dubois vom Roten Kreuz zur Verfügung zu stellen. Für Hermant und Bénédite ergab sich dadurch eine Mitfahrgelegenheit.

«Und du darfst nicht allein in Marseille bleiben», sagte Hermant zu Gussie.

«Wo soll ich denn hin?», fragte der Junge.

«Komm mit nach Toulouse, du kennst ja Monsieur Dubois.»

Gussies Gesicht hellte sich auf. «Oh, kann ich dann meinen Freund Fred besuchen in La Hille?»

17

La Hille und Gurs

In jenen hektischen Dezembertagen ließ man Charles Wolff und seine Freunde ungehindert aus der Stadt fahren, während alles, was nach Marseille hineindrängte, um dem Besuch des Marschalls beizuwohnen, streng kontrolliert wurde.

Viele Menschen, denen sie auf der Fahrt über Land begegneten, waren gezeichnet von Sorgen und der immer schlechteren Versorgungslage in Frankreich. Oft war nicht einmal mit Lebensmittelkarten die Grundnahrung zu bekommen. Nur noch auf dem Schwarzmarkt konnte man Fleisch zu horrenden Preisen kaufen, die Preise stiegen dort selbst für einen Sack Kartoffeln.

In Toulouse, wo man immer noch viele Flüchtlinge sah, fuhr Charles Wolff direkt zur Rue du Taur. Maurice Dubois vom Roten Kreuz war vom Kommen der Freunde unterrichtet.

«Ach, ihr bringt auch Charlie!» Er umarmte Justus. «Du hast doch damals mit deinem Freund auf dem Marktplatz den Clown gespielt, nicht wahr?»

Da erinnert sich jemand, der täglich so viele Kinder sieht, an mich, dachte dieser Junge, der nicht wusste, ob er gerade Justus, Charlie oder Gussie war.

Und offensichtlich wusste Monsieur Dubois auch immer noch von Fred in La Hille. «Dein Freund versteht sich gut darauf, im Schloss die Kinder zu unterhalten! Morgen kann ich dich nach La Hille zum Abschiedsfest der Schwester Elsbeth mitnehmen.»

«Tatsächlich?» Gussie strahlte.

Dubois wandte sich an Danny Bénédite. «Übermorgen fahre ich Schwester Elsbeth Kasser nach Gurs, ein Rotkreuz-Mitarbeiter ist mit einem Lieferwagen voll Büchsenmilch dabei. Eine seltene Gelegenheit, Augenschein zu nehmen in einem der schlimmsten Lager.»

«Es geht um ein Protokoll der dortigen Verhältnisse», antwortete Danny Bénédite. «Mein Boss Varian Fry will, dass wir nächstens nach Vichy fahren und die Missstände in den Camps anprangern.»

Gussie genoss die Fahrt nach La Hille.

Immer wenn er in Marseille an seinen Freund gedacht hatte, erschien in seiner Vorstellung das Schloss mit den sanften Hügeln im Hintergrund, mit den Obstbäumen und den hohen Zypressen in der Nähe des alten Gemäuers. Und jetzt tauchten sie in Wirklichkeit auf, die Zinnen und Türme.

Rösy Näf stand schon am Portal, um sie zu empfangen. Sie hatte die Zügel der kleinen Gemeinschaft immer noch fest in der Hand und sagte, nach einem Blick auf ihre Schweizer Armbanduhr: «Ah, die lieben Gäste kommen spät, bitte sofort in die Halle!»

Die Näf hatte für das Fest ihre blonden Haare mit einem Samtbändel zu einem Rossschwanz gebunden, sportlich wirkte auch ihr rotfleckiges Gesicht, frisch und glänzend wie ein Weihnachtsapfel. Jeden Tag, auch bei Frost, pflegte sie draußen im Bach zu baden. Ihre Beine, sonst auch im Winter unbedeckt, steckten zur Feier des Tages in handgestrickten Trachtenstrümpfen mit Zopfmuster. Stämmige Beine, an die Bergtannen im Glarnerland erinnernd. «Schnell zur Abschiedsfeier für Schwester Elsbeth!» Sie ruderte energisch mit den Armen.

Dubois nickte, in der Halle wurde seine kleine Rede erwartet.

Im Saal konnte Justus nur staunen: Seit seinem letzten Besuch hatte sich die Kinderschar verdreifacht, es waren jetzt gegen Hundert, die erwartungsvoll im Halbkreis saßen.

Er hörte ein bisschen zu, wie Monsieur Dubois die Gemeinschaft von La Hille begrüßte: «Schwester Elsbeth Kasser, die uns leider verlässt, hat den Alltag der Kinder so gestaltet, dass das Schloss ein Zuhause geworden ist. Da ist keine engherzige Disziplin nötig. Viele der Großen lernen freiwillig in ihrer Freizeit. Gut so, mit allen Kräften muss man an ein Leben nach diesem Krieg glauben. Davon träumen, dass man bald in einem freien Land leben und arbeiten kann! Im Schloss begegne ich überall Büchern: Geschichte, Philosophie, wissenschaftliche und mathematische Werke. Doch nicht nur das Lesen, auch die Musik ist für viele in La Hille eine Leidenschaft. Da wird eifrig für die kommenden Feste geübt. Meine Frau und ich werden an Weihnachten gerne dabei sein. Doch auf dem heutigen Programm entdecke ich eine Kostprobe aus dem kunstsinnigen Österreich. Also, Platz gemacht für unsere Künstler aus dem Land der Musik!»

Drei Kinder, sie stammten aus Wien, spielten Zither und Geige. Wie hübsch sie aussahen. Rösy Näf hatte ihnen aus Leintüchern weiße Hemden mit Rüschen schneidern lassen. Auch schwarze Samtfräckchen aus altem Möbelstoff. Kleine Mozarte. Und die Musik entfaltete ihre Magie. Während man andächtig, mit geschlossenen Augen zuhörte, trug sie fort aus der Härte dieser Kriegstage in eine unbeschwerte, freundliche Welt.

Gab es sie wirklich noch, diese Anderswelt? Hier in La Hille, bei diesen Erwachsenen, die an die Würde des Menschen glaubten?

Doch weg mit den schweren Gedanken: Es folgte die Clownnummer!

In der Mitte seiner Kameraden stand Fred Kamlet wie in

einer Arena. Toll, seine lächerlich weite Hose. Die rote Nase rund wie eine Tomate mitten ins Gesicht gepflanzt. Auf dem Scheitel das Charlie-Hütchen, in der Hand das Stöckchen.

Justus, hinten im Kreis der Zuschauer, hielt den Atem an: Meine Nase, mein Hütchen, mein Stöckchen! He, Charlie lebt, das Vergangene lebt!

Man wartete still, nur die Jüngsten kicherten vor Spannung. Doch was ist mit dem kleinen Clown? Er blickt geradeaus, starrt. Ruft plötzlich: «Ohoho, Charlie! Ohoho!»

Nun kann sich Justus alias Charlie nicht mehr halten. Er arbeitet sich nach vorne, dringt in den Kreis, und schon liegen sich die beiden Jungen in den Armen.

Man hält die Begegnung für inszeniert, klatscht. Zurufe, es soll endlich losgehen.

«Nimm das Hütchen, das Stöckchen», flüstert Fred.

«Gut. Und du behältst die Nase!»

Sie fangen an, ihr altes Stück zu spielen. Es reißt sie wieder mit, es klappt noch. Nur am Schluss tut sich Justus schwer, durch den Reifen zu springen. «Du bist eben gewachsen», vermutet sein Freund.

«Glaubst du?» Justus fragt es hoffnungsvoll, in Gedanken an Julita.

Beim feierlichen Nachtessen sitzen die alten Freunde nebeneinander. Fred gefällt es in La Hille, er erzählt vom Unterricht in Englisch und Stenographie.

«Und du, Justus?»

«Ich lerne in Marseille mehr Praktisches. Menschenkenntnis und so.»

«Hast du Freunde?»

Er nickt. «Doch alles Erwachsene.»

«Und eine Freundin?»

«Ja. Sie heißt Julita.»

«Mag sie dich sehr?»

«Sie weiß noch nichts davon.»

«Wovon?»

«Eben, dass sie meine Freundin ist.»

In der Frühe des neuen Tages fuhr Schwester Elsbeth Kasser mit Maurice Dubois an die Rue du Taur. Ketterer, der Rotkreuzhelfer, war im Hof noch beim Aufladen der Büchsenmilch.

Elsbeth kannte Ketterer von der Spanienhilfe. Der Tüftler und Erfinder hatte den originellen Lieferwagen selbst entworfen. In leerem Zustand ließen sich Bänke von den Seitenwänden herunterklappen für den Transport von Flüchtlingen. Drei oder vier Exemplare dieses Typs hatte Ketterer zusammengestellt, sie trugen Namen wie Pestalozzi, Dunant, Clara Barton, Wilson.

Heute fuhr die Büchsenmilch im Zeichen des Roten-Kreuz-Gründers Dunant.

Bénédite und Hermant, die in Wolffs kleinem Haus am Stadtrand von Toulouse übernachtet hatten, stiegen zu. «Nein, Gussie, du kommst nicht mit, die weite Reise nach Gurs ist nicht unterhaltsam», hatte Hermant gesagt. In Wirklichkeit fürchtete er, die Zustände im Lager könnten den Jungen zu sehr belasten. «Bleib doch bis übermorgen bei Fred in La Hille. Wer weiß, wann ihr euch wieder sehen könnt.»

Schwester Elsbeth, neben Bénédite auf dem Rücksitz, blickte gedankenverloren durch die Fensterscheibe auf die graue Schraffur des Regens.

«Schneeregen», meinte Dubois. «In der Höhe könnte es heute weiß werden.»

Dann das leise Schnurren des Wagens, die Wärme. Elsbeth Kasser überlässt sich der Ruhe dieser letzten Stunden vor der Begegnung mit dem Konzentrationslager Gurs. Danny Bénédite unterbricht dann und wann die Stille, stellt vorsichtige Fragen, um am Leben dieser außergewöhnlichen Frau teilzunehmen. Im Gegenzug erzählt er von seiner Arbeit in Marseille, von Theodora, seiner Frau, dem kleinen Sohn Peter.

Dieser junge Mann, denkt Elsbeth, könnte mit seinem schmalen Gesicht, dem blonden Schnauzer ein Engländer sein, seine Vornehmheit, die perfekten Manieren nehmen für ihn ein.

«Wo sind Sie geboren, Danny?»

«In Paris. Doch meine Mutter ist Straßburgerin. Und Sie, Schwester Elsbeth?»

Sie lehnt sich zurück. Erzählt. Als lege sie sich selbst, kurz vor der großen Veränderung, Rechenschaft ab.

Eine Hügellandschaft im schweizerischen Kanton Bern. Niederscherli, so heißt das Dorf. Sie sieht das behäbige alte Bauernhaus, in dem sie 1910 geboren ist, sieht sich im Kreis der Geschwister. Später wird Papa Kasser Pfarrer von Amsoldingen. Das stille Kind hängt an seinem Vater, begleitet ihn, wenn er seine Bauern auf den entlegenen Höfen besucht. Elsbeth entgeht schon in jungen Jahren die Not armer Bauern nicht: Verschuldung, zerstrittene Familien, Alkohol. Ihre Mutter kann diese Anteilnahme nicht begreifen, sie, die aus der vornehmen Familie der von Greyerz stammt, klammert die Welt der Bedürftigen aus.

Doch auch die älteste Schwester hat den Draht zum Sozialen, kaum volljährig, unterrichtet sie in einem Kindergarten für Arbeiterkinder. Elsbeth folgt dieser Helferspur, besucht die Krankenpflegeschule in Bern und Thun. Lernt Typhuskranke pflegen. Ihre Mentorin wird Regina Kägi-Fuchsmann, die sich der Kinderhilfe widmet. Auf ihren Rat hin, Elsbeth ist nun sechsundzwanzig, pflegt sie während des spanischen Bürgerkriegs in Katalonien Typhuskranke.

Später kommt ihr Einsatz in La Hille. Und jetzt nochmals ein Wechsel: das berüchtigte Lager Gurs.

Etwas tun für die Ärmsten der Armen. Nun ist sie dreißig Jahre alt, noch fühlt sie Kraft und Energie.

Dubois hielt auf der Fahrt an, um Kaffee zu trinken. In den Gärten des Orts, der auf einem Hochplateau lag, sah man eine dünne Schicht Schnee. Es war empfindlich kalt, Elsbeth hüllte sich auf dem Gang durch die steile Dorfstraße tiefer in ihren Mantelkragen.

Dann von neuem das kätzische Schnurren des Wagens.

Erinnerungen. Die Mutter: «Warum hast du keinen Mantel mit Pelzkragen, Elsbeth?» Sie stand da, zum Ausgang gerüstet, standesgerecht das Hütchen mit den zwei spitzen Federn auf dem Kopf, den breiten Pelz über den Schultern.

«Nein, kein Pelzkragen, Mama. Wir sind nicht bei der Familie de Greyerz. In Frankreich lebe ich mit den Ärmsten der Armen.»

«Bleibe hier im Land, Elsbeth. Der Armeleutegeruch macht dich noch krank. Heirate. Du bist eine schöne junge Frau.»

Die Mutter mit ihren gepuderten Wangen, den spitz zulaufenden, harmonischen Zügen. Elsbeth hat, im Gegensatz zu den anderen Schwestern, dieses hübsche Gesicht geerbt.

«Du willst doch eigene Kinder haben, Elsbeth?»

«Ich kenne so viele Kinder, die überzählig sind, Mama, für die niemand sorgt.»

Dubois verlangsamte jetzt die Fahrt, wandte sich halb nach hinten: «Dort, Schwester Elsbeth, die Kette der Pyrenäen!»

Sie blieben nun in Begleitung dieser imposanten Berge. Fuhren durch eine mondartige kahle Landschaft, Erlengesträuch, Sümpfe. Und plötzlich, so weit das Auge reichte: Hunderte von braunen Baracken!

Dubois kannte die Geschichte des Lagers: Diese Baracken, die bei feuchtem Wetter auf sumpfigem Boden standen, waren ursprünglich in großer Hast aufgestellt worden, zur Aufnahme der flüchtenden Spanienkämpfer. Als die meisten von ihnen wieder aus Frankreich wegfuhren, wurde das Lager mit Frauen gefüllt. Auch sie waren Unerwünschte, Ausländerinnen. Die meisten waren aus ihren Ländern vor Hitler geflohen. Viele von ihnen hatten in den ersten Emigrantenjahren mit ihren Männern in guten Verhältnissen gelebt, in Sanary, Nizza und anderswo. In Gurs nannte man sie die Riviera-Frauen. Im Sommer, beim Vorrücken der deutschen Armee, kamen die meisten frei. Dann, im Herbst 1940, wurden Juden in die Baracken geschickt. Ausgerechnet am Laubhüttenfest hatte man sie weggeholt aus ihrem gewohnten Leben, aus ihren Familien, Geschäften, ihren oft gutbürgerlichen Häusern in der Pfalz, in Baden, im Saarland.

Hermant blieb stumm, die Geschichte, auch seine Geschichte, quälte ihn. Er dachte an seine zwei älteren Brüder, der eine tot, der andere noch in einem Lager. Trauer überfiel ihn.

Eine lastende Stille, die sich jetzt auf alle im Wagen übertrug. Bis Bénédite plötzlich abwehrend seine Hände ausstreckte. «Welche Macht dieser Welt lässt zu, dass man unbescholtene Menschen in Viehwagen durch Europa karrt? In windigen Baracken hungern und frieren lässt? Wozu das? Die Opfer wissen es nicht. Eingesperrt, fern der Heimat, in einem Land, das Freiheit, Gleichheit und Brüderlichkeit auf seine Fahne geschrieben hat!»

Dubois nickte. Murmelte dann: «Nur der natürliche Tod ist befugt, Menschen aus ihrem Alltag zu reißen. Doch der Tod, ein Diener des Lebens, ist einfühlender, sanfter. Was sich hier abspielt, ist Hexenverfolgung, Massenwahn.»

Monsieur Dubois und seine Helfer sind nun am Ziel, die Wachen lassen den Wagen mit dem Aufdruck des Roten Kreuzes durchfahren.

Am Eingang des Lagers die Baracke des Commandant spécial. Die Besucher treten in das Büro. Der Kommandant ist ein etwa vierzigjähriger Mann mit der Physiognomie eines Dorfpolizisten, der dem Wein zugetan ist: rundlicher Kopf, rötliche

Haut, in Fettpolster eingesunkene schmale Augen. Vermutlich sehnt er sich nach einem Posten auf dem Land, mit geregelter Arbeitszeit und gemütlichen Mahlzeiten, doch man hat ihn dazu verdammt, das Kommando zu führen über diese Barackenstadt mit ihren Tausenden von ausgehungerten, verschleppten Fremden.

Der Kommandant steht vor seinem Schreibpult voller Papierstapel, Verordnungen, Listen. Da sieht er Dubois aus dem Lastwagen steigen, er kennt ihn von früheren Besuchen her, begrüßt ihn unter der Tür freundlich, ja aufgeräumt. Das Rote Kreuz, so hat man den Kommandanten unterrichtet, hat seine Verbindungsleute in Vichy. Der Lieferwagen bringt die kostbare Ladung Büchsenmilch. Als Zugabe offensichtlich die hübsche Krankenschwester. Von der er natürlich annimmt, sie helfe nur Milch verteilen und verschwinde am Abend wieder nach Toulouse.

Doch da hat er sich verrechnet. Die Besucher erhalten von der Sekretärin einen Tagespass, und es irritiert den Kommandanten, wie die junge Frau auf den Schein blickt, den Ausweis kopfschüttelnd zurückreicht. In diesem rauhen Französisch der Deutschsprachigen sagt sie freundlich lächelnd: «Herr Kommandant, den Tagespass gebe ich zurück, ich bleibe in Gurs.»

«Niemand kommt freiwillig hierher, Mademoiselle.»

«Ich schon.» Sie versuchte nochmals ein Lächeln.

«Wir haben aber keine Betten», wehrte er mit einer Handbewegung ab.

«Das macht nichts. Zeigen Sie mir eine ruhige Ecke, wo ich meine wenigen Sachen hinstellen kann. Ich schlafe auch auf einem Strohsack.»

Jetzt bemerkte er ihren durchdringenden Blick: Augen von scharfem Glasblau.

Er stupste verlegen an seine Dienstmütze. Sie rutschte nach hinten, gab den Blick frei auf weiße Stoppeln, in denen er sich umständlich hinter dem Ohr kratzte. Mittel- und Zeigfinger bräunlich gefärbt vom Nikotin der täglichen Ration von dreißig Gitanes, notwendig gegen den *cafard*, das Missbehagen. Rief dann bellend nach der Gehilfin: «Die Rotkreuzschwester soll eingewiesen werden in die hinterste Baracke. Die letzte, die leere am Friedhofsweg.» Und zu der Schwester gewandt: «Es hat dort ein eisernes Bettgestell. Wir werden auch einen kleinen Heizofen einrichten.»

Schon in der ersten Stunde wurde die Kasser getroffen von der Woge dieser Ungeheuerlichkeit, eine Ballung von vierhundert hölzernen Baracken, braune Häufchen in der Ebene wie Schorf. In der Mitte eine einzige, zwei Kilometer lange, gepflasterte Straße. Eine Gruppe von fünfundzwanzig Baracken à sechzig Plätzen bildete einen sogenannten *îlot*, um die Vierecke der Unterkünfte waren die Wege nicht festgestampft. Hinter dem Stacheldraht, der allgegenwärtig schien, sah sie jetzt Leute aus den Baracken treten. Mühsam setzten sie Schritt vor Schritt, der Boden war aufgeweicht, Schuhe sanken ein, blieben stecken.

«Gurs – da brauchen Sie gute Stiefel, Schwester, und Eigensinn.» Die Worte eines Pfarrers, der hier Dienst getan hatte.

Mit dem Auto des Kommandanten wurde die Neue zum Ende der Siedlung gefahren. Schwester Elsbeth bemerkte sofort, dass auch die Baracke neben ihrer leer stand.

Zurück dann zum Büro des Commandant spécial. Die drei Männer, die immer noch dastanden, überlegten gerade, wie die Büchsenmilch, die für einen Monat reichen musste, zu verteilen sei. Schwester Elsbeth machte den Vorschlag, in der leerstehenden Baracke am Ende der Straße einen Ort einzurichten für Kinder, wo sie jeden Morgen ihre Milch und Zwieback bekämen, anschließend könnten sie malen und Geschichten hören. Nach den Kindern erfolge dann die Speisung der Alten und Kranken.

Dieser Vorschlag kam für den Kommandanten, der am überladenen Tisch mithörte, überraschend. Doch im Beisein des Roten Kreuzes wollte er ihn nicht, wie es sonst seine Gewohnheit war, unbegründet beiseitewischen. Er wies darauf hin, dass es zu wenig Helfer gebe für ein solches Projekt. Darauf Schwester Elsbeth: «Nach meiner Erfahrung in Spanien werden sich die Mütter gern zur Verfügung stellen, sie sind in den Lagern unterbeschäftigt und verbringen die Tage mit traurigen Gedanken.»

Die Besichtigung einiger der Baracken durch die Besucher fand in Begleitung von zwei Offizieren und einer Aufseherin statt.

Im Windschatten des Kommandanten, der schnarrend die Regeln des Lagers aufsagte, machte die Kasser ihre Beobachtungen. Die Speisung der Frauen war gerade im Gang, die Suppe, eine warme Brühe mit einer Handvoll *pois chiches*, bewertete sie als unverdaulich. Kichererbsen müssten stundenlang gekocht werden, doch es fehlten dazu wohl die Töpfe, nun, hart wie Kieselsteine, mussten die Hungrigen sie ganz schlucken.

«Gibt es oft diese Art Suppe?», fragte Bénédite, der offensichtlich auch an der Nahrung Anstoß nahm.

«Seit wir angekommen sind im Oktober gibt es sie», antwortete eine Frau aus Mannheim.

«Und was dazu?»

«Zwei dünne Scheiben Brot. Sie müssen für den ganzen Tag reichen.»

Den Kommandanten machte dieses Gespräch unruhig. Mit den Händen und dicken Fingern gestikulierend, schilderte er die Unmöglichkeit, die Leute besser zu ernähren. Im Oktober habe man sechstausend Juden aus Süddeutschland hergekarrt, das Personal sei überfordert. Schließlich müssten in den Städten auch die Franzosen, bei ihren knappen Lebensmittelrationen, hungern.

Die neue Schwester beobachtete unterdessen, dass die Frauen auf ihren feuchten Strohsäcken saßen. Die Tür stand halb offen, die Nässe des Regens drang durch die dünnen Holzwände. Ein bisschen abseits lag eine Kranke.

Elsbeth wandte sich ihr zu.

«Die Krankenstation ist überbelegt», antwortete die Aufseherin, die schnell dazugetreten war. «Eine Ruhrepidemie. Sie hat schnell um sich gegriffen.»

Elsbeth hielt die Hand der Kranken. «Hohes Fieber», murmelte sie. «Ist frisches Wasser da?»

«Nur auf der Krankenstation», sagte die Aufseherin und fügte hinzu: «Wir schaffen nicht alles, es gibt Kranke in allen Baracken.»

«Man muss die Kranken sofort in eine leere Baracke legen», sagte die junge Schwester stirnrunzelnd.

Sie beugte sich zu der Frau hinab und versprach, am Abend nochmals nach ihr zu sehen.

Auf dem Weg zur nächsten Baracke stand eine gehbehinderte weinende Frau. Es regnete nicht mehr, aber ihre Stoffschuhe steckten bis zu den Knöcheln im Schlamm. Sie müsse ihre Notdurft verrichten, schaffe es aber nicht die hohe Leiter hinauf.

Die Latrinen standen auf zwei Meter hohen Holzsäulen, die Stufen der Leiter steil, ohne Handgriff. Vor allem nachts war es auch für die Jüngeren ein Abenteuer, im Dunkeln da hinaufzuklettern.

«Und nun zu einem anderen *îlot*, in eine der Männerbaracken. Bitte folgen Sie mir», dirigierte der Kommandant.

Vorne, wo durch eine Ritze im Dach etwas Licht in die Baracke fiel, saß ein junger Mann und zeichnete ein Porträt. Schwester Elsbeth grüßte ihn und vertiefte sich in das Blatt. Sie zeigte sich begeistert von der Art, wie sicher der Zeichner die Striche setzte. «Sie sind ein Künstler.»

Der Mann strahlte. «In Gurs sind viele Talente, nicht nur Maler, auch Musiker, Schauspieler», sagte er.

Sie lächelte, das brachte sie auf eine Idee. «Ich bin eben erst angekommen», sagte sie. «Doch ich denke, wir könnten eine kleine Ausstellung machen und ab und zu eine *soirée culturelle*. Wäre wohl eine Abwechslung, nicht?»

Der Kommandant hatte die auf Deutsch gesprochene Unterhaltung, obwohl er ein paar Wörter dieser Sprache kannte, nicht verstanden, doch der Ausdruck *soirée culturelle* versetzte ihn in Unruhe. «Die Besichtigung ist zu Ende», sagte er.

Unterdessen genoss Justus in La Hille die Tage mit seinem Freund Fred.

Er begleitete ihn zu den Schulstunden. Dort ging es gemütlich zu, wie in einer Wohnstube, und Justus beneidete Fred, dass er in dieser Schutzzone Englisch sprechen und schreiben lernen konnte. Der junge Lehrer, der aus der Schweiz gekommen war, versuchte seine so unterschiedlichen Schüler, die irgendwo in Deutschland oder in Belgien aufgehört hatten zu lernen, je nach dem Stand ihrer Kenntnisse zu fördern. Justus dachte wehmütig an seine noch hinter Schleiern weit entfernte, so unsichere Zukunft: Nach England, zu de Gaulle? Oder nach Amerika? Für beide Ziele war Englisch Voraussetzung, und er nahm sich vor, nicht nur mit Varian ab und zu Englisch zu sprechen, sondern auch Englisch zu schreiben und Bücher zu lesen.

Hier im Schloss La Hille, weitab von Marseille und seinen lauernden Gefahren, schien die Zeit stillzustehen. Die elternlosen Kleinen, betrogen um ihre Kindheit, lebten weder glücklich noch unglücklich. Doch sie fühlten sich geborgen wie unter einer Schutzglocke.

Ihre Directrice Rösy Näf vermittelte dieses Gefühl der Sicherheit, bereits ihre stramme, sportliche Erscheinung weckte Vertrauen. Doch die mutige Frau trotzte nicht nur der Kälte, sie leistete auch den Drohungen der Präfektur in Toulouse Widerstand, mehr noch, sie wehrte sich gegen die Lebensmittelknappheit in diesem harten Winter 1940/41. Persönlich fuhr sie auf ihrem alten Rad zu den Bauern, feilschte um den Preis von Kartoffeln und eines Sacks Mehl. Im Winter, wo kein Gemüse aufzutreiben war, kochte sie Brennnesseln für den Vitaminbedarf.

«Sie fürchtet weder Tod noch Teufel», sagten auch die Größeren, doch in ihrem Alter durchlöcherten schon Geschichten über Verschleppung und Lager das Gefühl der Sicherheit. Die Älteren wussten, dass sie jeden Monat näher an eine Gefahrenzone gerieten, denn gegen die verstreichende Zeit war kein Kraut gewachsen. Mit jedem Tag, der in der ländlichen Idylle vorbeiflügelte, mit Lernen und Arbeiten auf dem Feld verstrich, mit jedem unschuldigen Atemzug näherten sie sich dem Alter, in dem die Deportation drohte.

«Du bist ja enorm gewachsen.» Das wird ohne Arg gesagt, doch ein Sechzehnjähriger in La Hille denkt an die Hexe im Knusperhäuschen, die jeden Monat nachschauen kommt, ob ihr Opfer schon feist genug ist. Szenen, von denen man träumte in den harten Metallbetten unterm Schlossdach.

Das hinterste Bett im Schlafsaal wurde Justus zugeteilt. Die Matratze, mit einer Pferdehaardecke bespannt, war höhlenartig nach innen gebogen, als habe sich da ein Tier, um seine Furcht zu vergessen, eingenistet.

Justus, schon im Halbschlaf, hörte seinen Nachbarn flüstern: «Das Bett, in dem du schläfst, hat Walter Frank gehört. Zusammen mit Schlesinger, dem Mann der österreichischen Köchin, hat ihn die Polizei von Foix geholt.»

«Was war seine Schuld?»

«Pah, er hat einfach gelebt, das Alter erreicht.»

«Wie alt war er denn?»

«Siebzehn.»

«Siebzehn ...», murmelte Justus.

Der Nachbar nickte. «Schon Sechzehnjährige holen sie neuerdings. Nehmen sie mit in das Lager Vernet oder nach Gurs. Und wer weiß, was dann mit ihnen geschieht.»

Abtransport ... Justus sah in bräunlichen Bildern, als stammten sie aus einer alten Zeitung, den heimatlichen Güterbahnhof. Die Baracken zum Aufbewahren der Frachtgüter, die gusseisernen Säulen auf dem Perron, daneben Vater, ein bisschen gebückt, mit der schweren Tasche. Und die Bilder glitten in seinen Traum hinüber.

Noch nie hatte Justus so viel wie hier von seinem Vater geträumt.

Manchmal gellte unter dem Schlossdach von La Hille ein Schrei durch die nächtliche Stille.

18

Der Besuch des Marschalls

Der Besuch des alten Marschalls war in der Presse und im Rundfunk seit langem angekündigt worden. Jedes Kind in Marseille wusste davon, doch Fry hatte sich vorgenommen, diese drei Tage zu ignorieren. Die Villa Air Bel lag nicht am Weg des Staatsbesuchs, und Fry, der Vielbeschäftigte, hatte vor, die ländliche Ruhe zu genießen und Briefe zu diktieren. Nur Mary Jayne, die Haushälterin und seine Sekretärin Lena waren an diesem Morgen in der Villa anwesend.

Der Tag war kalt, im offenen Kamin brannte ein Feuer.

Da fuhr kurz nach elf Uhr morgens ein Auto knirschend über den kiesbedeckten Platz, drei Polizisten sprangen aus dem Wagen und läuteten stürmisch an der Pforte der Villa.

«Was soll das?», fragte Fry unter der Tür.

«Durchsuchungsbefehl. Wir durchsuchen Häuser mit Verdacht auf kommunistische Aktivitäten.»

«Da liegen Sie hier völlig falsch.»

«Wir wurden aber auf das Treiben in dieser Villa aufmerksam gemacht.»

«Wir haben nichts zu verbergen, aber wir werden keine Durchsuchung zulassen. Es sei denn, Sie haben dafür eine schriftliche Genehmigung.»

Der Kommissar zog triumphierend ein Papier aus der Innentasche und gab es Fry zu lesen. Es war der Befehl des Präfekten an den Polizeichef, der zur Untersuchung von Häusern berechtigte, deren Bewohner der kommunistischen Agitation verdächtigt wurden.

Fry wollte gerade zu einer neuen Unschuldsbeteuerung ansetzen, da sah er über die Schultern der Gendarmen zwei Bewohner der Villa auf ihren Fahrrädern ankommen: die surrealistischen Künstler André Breton und Victor Serge.

An der Tür empfing sie einer der Polizisten mit dem Befehl: «Alle Bewohner der Villa haben sich in der Halle zu versammeln.»

Fry erinnerte sich, dass Serge in seiner Jugend ein Anhänger Trotzkis gewesen war, jedoch später wegen Stalin dem Kommunismus abgeschworen hatte. Vermutlich war das kommunistische Etikett an ihm klebengeblieben, so galt die Untersuchung ernst. Die Polizei würde herumschnüffeln, und Fry, der vor dem offenen Kamin in der Halle stand, warf im letzten unbewachten Moment unter Qualen eines seiner wichtigsten Adressbücher ins Feuer, wohl wissend, wie scharf die Polizei auf solche Informationen war.

Der Kommissar, ein massiger Mensch mit weißem Kinnbart, musste zur Bewachung der Bewohner in der Halle bleiben. Er setzte sich an den Tisch vor ein leeres Papier, um ein Protokoll zu führen und vor allem, um die gefundenen Gegenstände zu notieren. Die anderen beiden Polizisten verschwanden mit Breton in seinem Zimmer. Bald erschien ein Gendarm und schwang triumphierend einen Revolver, Breton war Arzt und hatte im medizinischen Corps gedient. Da kam schon der zweite an mit einer Skizze, die im Flur gehangen hatte und aus einem sonntäglichen Malwettbewerb stammte. Auf dem Blatt war ein Gockel zu sehen, unter dem in Handschrift zu lesen stand: *«Le terrible crétin de Pétain»* – der schreckliche Idiot Pétain.

«Revolutionäre Propaganda!», rief der Kommissar, nachdem er das Blatt betrachtet hatte. «Und eine freche Verunglimpfung des Marschalls!»

Doch Breton sagte: «Schauen Sie genau hin. Das heißt hier

nicht Pétain, sondern Putain, Hure! Das bezieht sich auf einen unserer Kollegen. Einen mit üblen Gewohnheiten.»

«Aber der gallische Hahn steht für Frankreich?»

«Mag sein», sagte Breton.

Nun gingen die zwei jungen Polizisten mit Fry nach oben. Der eine sammelte alle Papiere ein, die auf dem Schreibtisch lagen, und stopfte sie in Frys Aktentasche, der andere trug Frys Schreibmaschine nach unten.

«Dokumente in fremder Sprache», gab er dem Kommissar zu notieren.

In diesem Moment kamen Danny, Jean Gemähling und Consuelo, die Frau von Antoine de Saint-Exupéry, dem berühmten Flieger und Dichter, von einem Mittagessen im Viertel zurück. Plötzlich traten zwei Männer in Zivil zwischen den Bäumen hervor und hielten die Heimkehrer fest, sie wehrten sich, es entstand ein Tumult.

Die Ankömmlinge wurden ins Haus geführt und mussten nun ebenfalls ihre Zimmer zeigen.

Unterdessen war die Essenszeit schon vorüber, doch die Haushälterin hatte für die Hausbewohner und die Gendarmen nur Kaffee gekocht, dazu tischte sie trockenes Brot auf.

«Peinlich, ja, entschuldigen Sie, meine Herren. Aber im Haus ist nichts anderes. Der Lebensmittelmarkt in La Pomme hat heute nicht stattgefunden. Wohl wegen Monsieur Pétain», fügte sie achselzuckend hinzu.

«Aha, Pétain, das Problem des Tages.» Fry lächelte.

Der Kommissar stand auf und wirkte jetzt ebenfalls ein bisschen geniert. «Wir müssen nun die ganze Belegschaft der Villa mitnehmen auf die Präfektur, es dauert aber dort nicht lange.»

In Wahrheit dauerte es stundenlang.

Fry und seine Leute brauchten auf der Präfektur nur ein Protokoll zu unterschreiben, in dem die beschlagnahmten Gegenstände vermerkt waren. Dann ließ man sie warten. Da sie noch nichts gegessen hatten, bat Fry einen Zeitungsverkäufer, Brötchen und Wein zu besorgen.

Um neun Uhr abends brachte man sie über einen Hinterhof in einen großen Raum, der voller Menschen war, es musste eine große Razzia im Gange gewesen sein, unter den Wartenden erkannte Fry einige seiner Klienten.

Dann, es war mittlerweile elf Uhr, wurden alle in Gefangenenwagen zum Hafen gefahren. Dort hieß man sie über die Leiter in das Hauptdeck eines Schiffs steigen. Die Frauen wurden in die Dritte-Klasse-Kabinen geleitet, die Männer auf Schlafkojen im Frachtraum.

Die Auswahl der Gefangenen schien sehr willkürlich zu sein, da waren holländische und englische Geschäftsleute, die von einem Essen im Restaurant weg verhaftet worden waren, auch ausländische Journalisten, von denen man während der Dauer des Marschallbesuchs Störungen erwartete, ein Pariser Arzt, dessen Pech es war, in einem Hotelzimmer zu wohnen, dessen Fenster auf den Quai des Belges ging, wo der Marschall vorbeikommen sollte.

Mary Jayne gelang es am dritten Tag der Gefangenschaft, einen Boten zu finden, der für ein Trinkgeld das amerikanische Konsulat benachrichtigte. Gegen Abend erschien Harry Bingham, aufgebracht diskutierte er mit dem Kapitän des Schiffes, man ließ Fry und seine Leute rufen. Der Kapitän wand sich aus der Verantwortung: Die Stadtverwaltung habe das Schiff als Gefängnis gemietet für Ausländer, die den Aufenthalt Marschall Pétains stören könnten, für die Auswahl der Betroffenen sei er nicht zuständig. Es seien etwa siebentausend Menschen in Marseille anlässlich des hohen Besuchs inhaftiert worden, zu ihrer Aufbewahrung habe man Zuchthäuser, Schiffe, Kasernen und Kinos zweckentfremdet.

Bingham hatte versucht, die Präfektur anzurufen, doch alle

höheren Beamten waren mit dem Marschall unterwegs. Erst am vierten Tag wurden Fry und seine Leute freigelassen.

Amerikanische Bürger werden ohne Verhör drei Tage lang gefangengenommen! Fry war empört. Er reichte Klage ein beim amerikanischen Konsulat und erwartete, dass man die Beschwerde sofort nach Vichy weiterleite. Stattdessen benutzte Hugh Fullerton, der Generalkonsul, die Gelegenheit, Fry in den USA anzuschwärzen. Er kabelte an das Außenministerium in Washington mit der Bitte um Weiterleitung an das Emergency Rescue Committee in New York:

FRY UND MISS GOLD IN GEWAHRSAM GENOMMEN WEIL SIE UNTER VERDÄCHTIGEN UMSTÄNDEN UND IN VERRÄTERISCHER UMGEBUNG VERHAFTET WURDEN – Stop – SIE SIND IN GESELLSCHAFT EINER SUSPEKTEN PERSON (ANDEREK LEYYU) UND GEWISSER WEITERER VON DER POLIZEI GESUCHTER INDIVIDUEN – Stop

Kein Mensch kannte diesen Anderek Leyyu – er existierte nicht. Fry, tief betroffen über diese lügenhafte Geschichte, empfand es in diesem Zusammenhang als das Schlimmste, dass man sich nicht gescheut hatte, in New York auch seine Frau Eileen mit dieser Nachricht aufzuschrecken.

Gussie und Hermant befanden sich unterdessen auf dem Rückweg von ihrem durch Marschall Pétain verursachten Betriebsausflug. Sie hatten Glück, einer von Dubois' Mitarbeitern fuhr sie im Dienstwagen des Roten Kreuzes zurück nach Marseille.

Gussie auf dem Hintersitz neben Hermant. Der ehemalige Soldat hielt seine in Toulouse ausgegrabene Botanisierbüchse wie eine Trophäe auf den Knien. Das Blechding hatte außen Rost angesetzt, egal. Das Kostbare steckte im Innern. Der Beweis, dass er war, wer er war: Jude und Deutscher. Und auch noch im diensttauglichen Alter.

Gussie ahnte, welch schwere Gedanken Hermant beschäftigten, er sah es seiner bewölkten Stirn an, den tief in die Unterstände der Brauenknochen zurückgezogenen Augen.

«Hermant oder Hirschmann …», murmelte er plötzlich.

Hermant war aus seiner Nachdenklichkeit aufgeschreckt. «Was denn, Gussie?»

«Ich mag dich. Wenn es möglich wäre, würde ich dich zu meinem älteren Bruder machen.»

«Warum?»

«Nun, du interessierst dich für Menschen, das spürt man an deinem Blick. Weißt du, bei Varian braucht man Zeit, um seine Lebendigkeit zu spüren. Du siehst sein Pokerface, traust ihm keine Teilnahme zu, er ist ganz nach innen gerichtet. Und dabei tut er alles für seine Schützlinge.»

Hermant wiegte nachdenklich den Kopf, sagte dann, jeder habe wohl so seine Technik, durchs Leben zu kommen. «Weißt du, in mir staut sich oft zu viel Gefühl, zu viel Leidenschaft. So muss ich in dieser verrückten Zeit alles unter Verschluss halten: meinen echten Namen, meine echten Gefühle, ja, alles Echte gewissermaßen unter Verschluss. In der Botanisierbüchse, wenn du willst.»

«Und deine Schwäche für Frauen?»

Hermant nickte. «Deshalb wohl manchmal das wilde Bedürfnis, eine Frau an mich zu drücken, um festzustellen: Ich lebe noch. Doch wem sage ich das? Wie alt wirst du denn, Justus?»

«Sechzehn.»

«Nun, auch du hältst deine Eigenart, deine Talente zurück. Wenn dieser Terror vorbei ist, wirst du wie ich alles ausgraben. Komm nach Amerika. Nicht dass ich glaube, dort sei alles besser. Aber da sitzen die Leute nicht so eng beisammen. Mehr Luft, mehr freies Land. Du wirst Zeit und Möglichkeit haben, mit deinen Talenten etwas anzufangen. Nun, manchmal, lache nicht, sehe ich in die Zukunft. Wir werden beide eines Tages unsere Studentinnen und Studenten vor uns haben, Gussie, ja, auch du.»

Gussie blickte ihn erstaunt an. «Du denkst, ich schaffe so einen anspruchsvollen Job? Nach der langen Lernpause in Marseille?»

Hermant, der jetzt wieder Hirschmann war, nickte. «Du bist dann eben nicht mehr der kleine Gussie, der Laufbursche von Fry, sondern du wirst drüben studieren und bist eines Tages Professor Justus Rosenberg. Junge Leute werden an deinen Lippen hängen. Du wirst ihnen viel mitgeben können, nach allem, was du erfahren und erlebt hast.»

«Dann ist es gut, dass wir beide diese dunkle Zeit überleben?»

Hermant nickte. «Noch müssen wir uns verstecken und durchhalten. Was mich betrifft: Ich gehe schon nächste Woche über die Berge mit den Fittkos. Drück mir die Daumen, dass ich durchkomme, Justus.»

«Mach ich. Klar.»

«Unterdessen, Kleiner, pass gut auf Varian auf, er ist in Gefahr.»

«Die Gestapo?»

«Schlimmer: seine eigenen Leute. Auf der amerikanischen Botschaft verweigert man ihm die Verlängerung seines Passes und zwingt ihn, sein Rettungswerk aufzugeben, weil man ihm vorwirft, den Falschen zu helfen.»

«Den Falschen?»

«Ja, den Anti-Nazis. Und uns Juden.»

Gussie lächelte. «Für Varian ist ein Mensch einfach ein Mensch mit seiner Würde, ungeachtet seiner Religion, seiner Herkunft.»

Auf der Weiterfahrt blieb Gussie schweigsam. Der Gedanke, dass Hermant, Albert, so bald schon aus seinem Leben verschwinden sollte, erfüllte ihn mit Unsicherheit und Trauer.

19

Vorboten des Frühlings

Im Februar entdeckte Varian im Garten von Air Bel Zeichen des Frühlings, ein bisschen Trost in der Stimmung des Abschieds. Hirschmann, Mary Jayne und die Fishman waren nach Amerika abgereist, auch die Surrealisten weg, einige der großen Zimmer in der Villa Air Bel zeigten gähnende Leere.

Ich bin sehr einsam, schrieb er in sein Tagebuch.

Varians Lieblingsplatz war nun in den Ästen der hohen Platanen. Er beobachtete Amseln, und die Amseln betrachteten den Vogelbeobachter mit ihren runden, glänzenden Augen. Er wurde im Baum, nahe den Wolken, zu ihresgleichen, in einer Astgabel wippend, Ausschau haltend über die Hügel nach dem Meer.

Consuelo de Saint-Exupéry liebte diese Ausblicke ebenfalls. Oft saß sie stundenlang oben im Blau, in Gedanken an ihren Liebsten. Sie dachte an seine gefährlich gewordenen Flugrouten, an die mannigfachen Fallen des Todes. Sie sah ihren Antoine abgestürzt, in der Wüste neben seiner havarierten Maschine, dem Verdursten nah. Verdurstende werden schwerelos, von farbigen Bildern heimgesucht, hatte er ihr einmal erzählt. In diesem schwerelosen Zustand bekam Antoine im Wüstensand Besuch von einem ulkigen Männchen. Es war der kleine Prinz, dessen Logbuch später auf der ganzen Welt berühmt werden sollte, weil es die Menschen zu Tränen rührte.

Nicht nur Durst, auch Hunger bewirkt dieses schwebende Gefühl, das die Imagination fördert, überlegte Varian. Er hatte an diesem Mittag zu einem halben Liter Wein nur eine dünne

Suppe und etwas Brot gegessen. Die Köchin hatte nichts mehr zu essen gefunden, der Mangel an Lebensmitteln hatte sich drastisch verschärft. Vor den Geschäften bildeten sich Schlangen von hungrigen Menschen, an den Türen der Metzgereien und Bäckereien hing schon gegen Mittag das Schild: Ausverkauft.

Der Hunger machte auch vor den Bewohnern von Air Bel nicht halt. An Regentagen ging Varian mit Danny auf Schneckenjagd. Auch die Goldfische im Teich, die sich aus Futtermangel kaum mehr bewegten und aus Kummer langsam ihr Gold verloren, wie Julita feststellte, landeten auf dem Teller. Besser schmeckte das wenige Brot, doch die Haushälterin schloss abends den Laib ein, und Julita musste am nächsten Morgen jedem seine Ration abwiegen. Gussie schaute ihr beim Schneiden und Wägen zu, er mochte ihre flinken, gut gepolsterten Hände und wünschte sich, sie zu streicheln oder von ihnen gestreichelt zu werden. Aber Julita schien mit allen Sinnen nur bei der Gerechtigkeit ihrer Brotscheiben zu sein.

Doch eines Tages ließ sie am Schluss der Verteilung hinter dem Rücken der Köchin das braune krustige Brotgüpfchen schnell in Gussies Tasche gleiten.

Ein Liebesbeweis! Gussie freute sich.

Das Brot war ihm heilig, er steckte es in die Schublade des Nachttischs, roch und schleckte abends daran, selbst ausgetrocknet blieb es ein Teil von Julita.

In Amerika hatte das Rote Kreuz die Not in Frankreich erkannt. Es schickte Mehl über den Ozean.

Auf dem Ami-Brötchen, das in den Bäckereien gegen Lebensmittelkarten zu kaufen war, steckte ein Fähnchen mit dem Sternenbanner. Eine Hilfsaktion, die bei den Politikern in Vichy böses Blut verursachte. Doch Vichy war nicht nur von den Sternbanner-Brötchen, sondern auch von einem seltsamen Phänomen alarmiert, man nannte es «Die Schlacht um die

Wände». Über Nacht erschien an Hausmauern und Kinoeingängen ein Menetekel: Tausende von roten oder tiefschwarzen V – *Victory*, wiederholte die subversive Stimme des verbotenen Radiosenders BBC.

Vichy verlangte von den Bürgern, sie sollten dem verhassten V ein P hinzufügen: *Vive Pétain*.

Varian erlaubte Gussie, nun auch in der halbleeren Villa zu schlafen.

Julita teilte schon lange im oberen Stock das Zimmer mit der Köchin. In einer lauen Aprilnacht wollte die Sechzehnjährige spazieren gehen und klopfte drüben an Gussies Tür.

«Wer da? Ah du, Julita! Komm herein und schau!»

«Nur für einen Augenblick», sagte Julita.

Gussie öffnete die Schublade seines Nachttischs, und Julita, die sich nur rasch auf seine Bettkante setzen wollte, betrachtete erstaunt das braune Hügelchen aus trockenem Brot. Unglaublich, es roch noch!

«Trockenes Brot ist gut gegen Heimweh und Hunger», wusste Gussie. Er biss mit seinen starken Zähnen ein Stückchen ab und schob es in Julitas Mund.

Sie lachte und riss das Güpfchen an sich, biss ebenfalls ein Stück ab und steckte es ihm zu.

So mümmelten sie wie zwei Greise, nickten einander zu und lachten.

Er zog sie auf sein Bett, roch ein bisschen an ihr, küsste sie. Dann fing er an, sie zu streicheln. Als seine Zärtlichkeiten heftiger und fordernder wurde, befreite sie sich.

«Schluss, Gussie, wir sind noch zu jung!»

Sie erhob sich von seinem Bett, Trauer befiel ihn. Zu jung? Nur alt genug zum Sterben? Und er sah die Kinder von La Hille vor sich und fühlte sich elend.

Ein bisschen später, im nächtlichen Schatten der Platanen,

legte er den Arm um seine kleine Freundin. Doch die Fröhlichkeit von vorhin war wie weggeblasen.

«Du wälzt trübe Gedanken», sagte sie.

Er nickte.

«Was denkst du, sag es mir!»

«Wenn Varian zurück nach Amerika fährt, bin ich hier ohne Schutz und muss fliehen.»

«Sonst?»

«Steckt man mich in ein Lager.»

«Wie Bill Freier?»

«Ja. Du siehst, ich muss über die Pyrenäen. Dann von Portugal aus nach England, in die Résistance, zu de Gaulle.»

Sie war erschrocken. Selbst im Mondlicht erkannte er ihr verändertes, jetzt trotziges Gesicht.

«Was denkst du, Julita?»

«Dass uns keine gemeinsame Zeit bleibt», murmelte sie. «Lohnt es sich noch zu lieben? Die Menschen haben keine Wurzeln mehr, Gussie! Ist das überhaupt dein Name?»

«Nein, ich heiße Justus. Das weißt du doch.» Er versuchte sie nochmals zu küssen.

Doch an der Villa hatte sich jetzt ein Fensterladen geöffnet, die Köchin schaute heraus. Ihr vom Schlaf aufgedunsenes Gesicht blickte ärgerlich, und mit ihrer strengen Stimme rief sie nach Julita.

In diesem Frühjahr 1941 kam erneut Bewegung in Frys Büro.

Man war vom alten Hafen an den Boulevard Garibaldi umgezogen, in die hellen und großzügigen Räume eines ehemaligen Schönheitssalons, und unverhofft erhielten die Dinge eine erfreuliche Wendung. Neuerdings liefen etwa Frachtschiffe regelmäßig mit Kurs auf die französische Kolonie Martinique aus. Einige von ihnen, wie die Winnipeg, konnten eine beschränkte Anzahl Flüchtlinge an Bord nehmen. Von Martinique aus fuhren Schiffe nach New York, nach Casablanca und Oran, nach Kuba, Mexiko und andere lateinamerikanische Häfen. Zwar waren die Kabinen auf den Frachtschiffen dunkel und schlecht belüftet. Dennoch waren die Passagen verständlicherweise heiß begehrt.

Auch Fry versuchte für seine Schützlinge an Schiffskarten zu kommen. Die Bemühung um amerikanische Affidavits wurde deshalb nicht geringer, er hatte nun alle Hände voll zu tun. Auch das Auftreiben von Geld hatte weiterhin hohe Priorität.

Für Februar und März waren die Plätze auf den Frachtschiffen schon ausverkauft, Fry begleitete seine Leute jedes Mal zum Pier und winkte zum Abschied.

Die Fahrt verlief allerdings nicht immer glatt. So wurden Passagiere und Mannschaft des Schiffs Paul Lemerle, zweihundert Personen, darunter die Schriftstellerin Anna Seghers, die Surrealisten Serge, André und Jacqueline Breton mit der kleinen Aube, der Filmkritiker Alfred Kantorowicz und der Anthropologe Claude Lévi-Strauss, auf Martinique vier Wochen lang interniert wegen des Verdachts, bei dem Schiff handle es sich um Kriegsbeute und bei den Passagieren um Nazis. Später waren sie gezwungen, nach San Domingo weiterzureisen, erst am 16. Juni 1941 gelangte man nach New York.

«Das Schiff war ein Konzentrationslager in Transit», urteilte die Seghers, deren Ziel Mexiko war.

Doch die kleine Aube Breton, die mit den Eltern in die USA fuhr, tröstete sich beim Anblick der nächtlich beleuchteten Wolkenkratzer. «Oh schaut her, New York ist ein großer Weihnachtsbaum für die ganze Welt!»

20

Die wunderbare Baracke der Schwester Elsbeth

In der schützenden Begleitung von Maurice Dubois fuhr Bénédite nochmals nach Gurs; diesmal ging es um Witwen und deren Kinder, für die Verwandte in Amerika bürgten. Auf dem Büro in Marseille lagen die Reisepapiere für die USA bereit, nur das Rote Kreuz konnte mit genügend Druck die Entlassung erwirken.

Seit Bénédites erstem Besuch hatte sich im Lager viel verändert. Von Internierten hörte er, das sei Elsbeth Kasser zu verdanken. Die hochgewachsene schöne Frau sei wie ein Engel gerade zur schlimmsten Zeit in Gurs eingetroffen, als der Winterregen die Barackenstadt im Morast versinken ließ.

Elsbeth hatte sich keine Illusionen gemacht, aber der Zustand des Lagers hatte ihre schlimmsten Befürchtungen übertroffen. Es brauchte Zeit, um zu erkennen, was die wichtigsten Bedürfnisse dieser achtzehntausend Menschen waren, um etwas Ordnung und Hoffnung in das Chaos des Lagers zu bringen.

Schlimmer als der Hunger war die Hoffnungslosigkeit. In der kalten Jahreszeit saßen die Insassen ohne Beschäftigung und Trost den ganzen Tag auf ihren feuchten Strohlagern. Lesen und Schreiben war im Dämmerlicht der dumpfen Behausungen schwierig, die Baracken waren für den Sommer gebaut worden, fensterlos, mit offenen Dachluken an der Längsseite. Im Winter und während des niederschlagsreichen Frühjahrs wurden diese einzigen Lichtquellen der Kälte und Feuchtigkeit wegen mit Holzklappen verschlossen. Vor der mit einem Tuch verhängten Barackentür war der Morast knöcheltief, der Gang zu den weit entfernten, auf Hochsitzen angebrachten Latrinen wurde zum Albtraum. In den Winterwochen griffen in Gurs Krankheiten um sich. Den Unterernährten und Resignierten fehlten Abwehrkräfte gegen Typhus, Malaria, Lungenentzündung. Der Tod herrschte im Lager, das Leben wurde wertlos.

Elsbeth erkannte, dass nicht nur ergänzende Nahrung nötig war, den Menschen musste seelisch geholfen werden, um ihren Lebensmut anzufachen. Sie verstand es, die noch rüstigen Internierten zu motivieren. Sie waren nicht nur aufgerufen, im Alltag den Schwachen und Alten zu helfen, es gab auch Werkstätten zu errichten, Kurse in Handarbeiten und Sprachen zu erteilen, die Kinder mit Spielen und Unterricht zu beschäftigen. Einem wunderbaren alten Büchermenschen namens Ryser, der die Landesbibliotheken in Baden-Württemberg geleitet hatte und der als Jude Stelle und Bücher verlor, flößte sie die Idee ein, mit den Büchern der Internierten einen kleinen Verleih zu führen. Ryser blühte auf. Da waren sie wieder, seine Wörter, die er durch diese Hölle retten wollte, die Sprache seiner Mutter, die Trost- und Liebesworte. Nicht das herrische, vereinnahmte Deutsch der Nazis.

Die Menschen im Lager vertrauten ihm die wenigen von zu Hause mitgebrachten Bücher an. Ehrfürchtig nahm er einen Band von Eichendorffs *Taugenichts* entgegen. Auch einen arg mitgenommenen Leinenband mit Gedichten von Goethe, ein Heiligtum, das er nur selten auslieh. Abends prüfte er den Zustand der Seiten und verstärkte das brüchige Papier. Er verstand sich als Hüter der Wörter und reichte sie den Traurigen zum Trost. «Man kann Wörter kauen, die man liebt», sagte der ehemalige Bibliothekar, «sie haben Nährwert.» Und er senkte den Kopf mit dem schlohweißen Haar über die Buchseiten.

Die dreißig oder vierzig zum Teil sehr zerlesenen Bücher fanden Platz in einem verschließbaren Kasten in der Baracke der Schwester Elsbeth.

Die Baracke am Ende der Siedlung war zum Zentrum des Lagers geworden. Schon morgens kamen die Kinder aus ihren Schlupflöchern, froh, den ewig jammernden, ins Leere starrenden Erwachsenen zu entkommen. Sie tranken Kakao aus Büchsenmilch, hielten die henkellosen Tassen mit beiden Händen, leerten sie andächtig. Ihre Zungen leckten nach jedem Tropfen, denn die übrigen Mahlzeiten bestanden aus einer dünnen Suppe mit ein paar abgezählten Kichererbsen. Anschließend, mit dem süßlichen Geschmack der Milch auf der Zunge, wurden französische und deutsche Volkslieder gesungen. Dann folgten zwei Stunden Unterricht.

Die Milchstube der Kasser mit den Plakaten von Alpwiesen, Wasserfällen und Bergbahnen, an die Bretterwände gepinnt, erinnerten sie an eine noch heile Welt, wo der Kakao floss und unbeschwertes Lachen normal war. Wo diese Welt sich heute auch befinden mochte, wichtig war, dass man um ihre Existenz wusste. Und mitten in dieser exterritorialen Oase stand eine junge, weiß gekleidete Frau, die für alle ein gutes Wort hatte. Sie wurde auch für die erwachsenen Internierten zur Hoffnungsträgerin. Um ihre Baracke hatte sie mit einigen der älteren Kinder Blumen gepflanzt, ein kleines Wunder im Morast zwischen den Holzverschlägen. Doch nicht nur die Blumen, sie selbst verbreitete Zuversicht: ihr aufrechter Gang, das kurz geschnittene blonde Haar, das schlanke, schön modellierte Gesicht mit den markanten Wangenknochen und den hellen Augen. Trat sie in eine der Baracken mit der weißen Pflegerinnenschürze, den Knöchelsöckchen, den auch im Winter bloßen Beinen, übersät von roten Bissspuren der allgegenwärtigen Flöhe, scharte man sich um sie mit Bitten und Fragen: «Bitte, Schwester Elsbeth ... Könnten Sie nicht, Schwester Elsbeth ...»

Nicht nur die Literatur, auch die Musik versuchte Elsbeth Kasser als Seelennahrung zu nutzen. Sie spürte brachliegende Talente auf, erreichte beim Lagerchef, dass eine Gruppe von Österreichern Instrumente bauen konnte, Mandolinen und Gitarren. Sonntagmorgens fanden jetzt Konzerte statt. Auch den zahlreichen Malern, deren Kunst sie besonders schätzte, verstand sie Mut zu machen. Kleine Ausstellungen spornten an, denn Schwester Elsbeths Freude über die Kunstwerke war ansteckend. Manchmal schenkte man ihr ein Blatt, oder sie erwarb mit ihrem wenigen Geld eine Zeichnung, versteckte den Schatz unter ihrer Matratze.

Nach dem Krieg sollten diese Aquarelle und Zeichnungen zu einem Dokument über Gurs werden. Sie liegen heute im Kasser-Archiv der Eidgenössischen Technischen Hochschule Zürich. Auf einer improvisierten Bühne wurde Kabarett gespielt, manche der Aufführungen erzählten mit bitterer Ironie und schwarzem Humor vom Lagerleben.

Stunden, in denen man Atem holte, in denen ein Funken Hoffnung glühte, dass der Schrecken doch ein Ende nehmen könnte.

Darüber schrieb Rolf Weinstock als Häftling Nr. 59000: *Noch heute gedenke ich in lebendigem Dank der Schwester Elsbeth Kasser, die die Nahrungsausgabe selber leitete und trotz ihrer anstrengenden Tätigkeit immer noch neue Worte für uns fand. Schwester Elsbeth war eine vielgeliebte Frau. Unbewusst war sie das. Sie war wirklich aufopferungsbereit, und es ist nicht übertrieben zu sagen, dass sie Tausenden das Leben gerettet hat.*

In diesem grausamen Winter 1941 starben jede Nacht ein Dutzend Menschen.

Während Elsbeth in der Milchstube, um die Blicke der Kinder vom Fenster abzulenken, eine Geschichte erzählte, zogen die bewachten Leichenzüge draußen zum Friedhof. Über diesen Ort waren unter den Internierten düstere Gerüchte im Umlauf.

Um sich selbst ein Bild zu machen, ging sie eines Tages den schmalen Weg, sah oben eine große Fläche bedeckt von Erdhügeln. Kleine Brettchen vorn mit Namen und Daten zeigten, dass hier Spanienkämpfer lagen. Dann kamen Gruben aus den vergangenen Wochen, einige der Särge schwammen im Grundwasser. Eine Frau kniete vor einem Holzkreuzchen und schrie ihr Leid in die Welt hinaus. Da sah Elsbeth ein Kind herumirren. Sie schätzte es auf elf Jahre, eine Männerweste hing an ihm herunter, zwei magere, blau verfrorene Beine schauten hervor.

«Was suchst du?», fragte sie.

«Die Gräber meiner Eltern. Sie sind an Typhus gestorben. Ich bin selbst krank gewesen und habe sie nicht zum Friedhof begleiten können.»

Sie nahm den frierenden Jungen mit in die Milchstube. Als einziges Kind in einer Männerbaracke, hatte er noch nicht von ihrem Milchausschank gehört.

Sie wärmte ihm eine Tasse Kakao.

«Wie heißt du?»

«Fritz.»

«Woher kommst du?»

«Aus Heidelberg. Im letzten Oktober wurde ich mit den Eltern nach Gurs abtransportiert.»

«Und bist nun, da sie tot sind, allein unter all den Fremden?»

Das Kind nickte, stieß nach einer Weile schluchzend hervor: «Weiß nicht, warum ich allein noch weiterleben soll.»

Er ist der einzige Vollwaise im Lager, überlegte Elsbeth Kasser, es wird schwer für ihn, in der feindlichen Umgebung zu überleben. Sie spürte, dass er ihren besonderen Schutz benötigte. Und wie immer, wenn sie auf ihren inneren Appell hörte, traf sie rasch und klar eine Entscheidung, die so viel Mut brauchte, wie eine Lebensverpflichtung mit ungewisser Zukunft nur haben kann: «Fritz. Ohne deine Eltern sollst du nicht allein sein. Du bist von jetzt an mein Sohn.»

Er blickte überrascht zu ihr hoch. Sein ältliches Kindergesicht entspannte sich. «Meinst du das ernst, Schwester Elsbeth?»

Sie nickte.

Und sie besuchte ihn noch am selben Tag in seiner Männerbaracke.

Der Chef des *îlot* gab zu, dass der Junge seit dem Verlust der Eltern verloren war in all den fremden, ewig schimpfenden und leidgeplagten Männern. Er half mit, für Fritz einen anderen Platz zu finden, in einer Baracke, in der sich auch einige von Elsbeths freiwilligen Helfern befanden.

Hier in der Arbeitsgruppe fühlte sich der Junge angenommen und übernahm selbst kleine Aufgaben. Da er sehr mager war, steckten ihm die Erwachsenen dann und wann einen Bissen von ihrem Wenigen zu, er erholte sich bald seelisch und körperlich und verlor das ausgezehrte greise Kindergesicht. Nun wurde auch sichtbar: Fritz war nicht elf, sondern vierzehn Jahre alt.

Elsbeth gab darauf acht, ihn nicht zu bevorzugen. Doch es war ihr ernst, den Elternlosen zu adoptieren, ihm später in der Schweiz eine Stelle zu suchen. Optiker wollte er werden. Schon anerboten sich Freunde in Winterthur, ihn aufzunehmen. Doch Elsbeth sah noch keine legale Möglichkeit, ihn aus Gurs weg in die Schweiz zu bringen. Die einzige gegenwärtige Verbesserung für Fritz sah sie in einer Übersiedlung in die Kinderkolonie La Hille.

Unter der straffen, doch liebevollen Leitung von Rösy Näf konnte der Junge fern von den Schrecken des Internierungslagers in freier Natur unter Gleichaltrigen aufwachsen. Zudem war der Schulunterricht garantiert.

Sie sprach darüber mit Maurice Dubois von der Kinderhilfe des Roten Kreuzes. Mit seiner Hilfe kam dieser Wechsel zustande. Für Fritz, so dachte die Kasser, ist einstweilen gesorgt.

Leider sollte diese Sicherheit von kurzer Dauer sein.

21

Die Geheimnisse der Großen

In La Hille war Fritz Wertheimer, der gezeichnet war durch seine Erfahrungen in Gurs, mit seiner Hilfsbereitschaft und seinem Lerneifer bei Leitern und Mitschülern willkommen. Bald gehörte er, wie Justus' Freund Fred Kamlet, zum inneren Kreis der Großen.

Die Kleinen, im Schloss «Mickys» genannt, bewunderten die Älteren, ihre Kenntnisse in Sprachen und Naturwissenschaft, ihre Fertigkeiten beim Ackerbau und in der Schreinerwerkstatt. Man schaute scheu zu ihnen auf, bewahrte den Abstand, denn um die Gruppe der Großen lag ein Hauch von Geheimnis. Da waren in der geschlossenen Kinderrepublik diskrete Zeichen von Zuneigung: Briefchen, Blumensträuße, kleine Geschenke. Sah man den lang aufgeschossenen Walter Strauss nicht erröten, wenn die blonde Inge aus Darmstadt ihm am Tisch die Schüssel reichte?

Doch da waren auch düsterere Geheimnisse.

Durch Nachrichten von draußen drangen sie in die scheinbar heile Welt, Verwandte schrieben von Schikanen und Deportationen. Doch nicht nur in Berlin und Wien ereignete sich Unfassbares, auch in La Hille wurde eines Nachts Herr Schlesinger, der Mann der österreichischen Köchin, abgeholt. Und ein älterer Schüler, der sich auf dem Posten von Pamiers der Polizei stellen sollte, hatte in Panik die Flucht ergriffen und galt seither als verschollen. 1942 begann die Welt mit jedem Monat feindlicher auszusehen. Bis schließlich im Hochsommer tatsächlich eintraf, was man in Albträumen befürchtet hatte:

Uniformierte dringen in einer Augustnacht ins Schloss. Rösy Näf, im Schlaf aufgeschreckt, versucht, wieder einmal im Morgenmantel, die Eindringlinge abzuwehren.

Doch sie spürt, es gilt ernst. «In einem Rotkreuzhaus können Sie das nicht machen!», schreit sie dem Anführer ins Gesicht und stößt ihn mit ihrem starken Arm zurück. Der Polizist erstarrt bedrohlich. Rösy wird ruhiger. Bittet um die Gunst, die Kinder persönlich wecken zu dürfen, um deren Schrecken zu mildern. Doch der junge Kommandant der Polizeiwache von Pamiers, diesmal begleitet von Männern der deutschen Kundt-Kommission, kennt keine Gnade. Die Mädchen und Jungen werden aus dem Schlaf gerissen und müssen sich unten im Hof zum Appell aufstellen.

Rösy hat jetzt ihre Sicherheit zurückgewonnen, auch die Jugendlichen bewahren Ruhe. Die Kleinen dürfen zurück in den Schlafsaal. Die andern bekommen den Befehl, sofort ihre Koffer zu packen.

Rösy Näf geht durch die Vorräte des Schlosses, um den vierzig Jugendlichen wenigstens eine Wegzehrung mitzugeben. Da liegen auf Regalen auch Geschenke, für das herbstliche Fest der Weinlese bestimmt: rote Schürzen.

Sie teilt die Päckchen jetzt aus.

Auf ihre Frage, wohin die Kinder gebracht würden, schweigt der Offizier.

Die Autobusse füllen sich mit jungen Menschen und ihren Habseligkeiten, aufgebrachte Bauern aus der Umgebung haben den Überfall mitbekommen und sich eingefunden, um den Abreisenden Mut zuzurufen.

Rösy Näf gibt den Kampf nicht auf, telefoniert nach Toulouse.

Maurice Dubois hört von dem Vorfall und sagt mit bedrückter Stimme, er habe Nachricht bekommen, dass in Chambon und Saint-Cergues in den Rotkreuz-Kinderheimen ebenfalls solche Razzien stattgefunden hätten. Empört reist er an diesem Tag noch nach Vichy zur Schweizer Gesandtschaft, seine Frau macht sich auf nach Bern.

In Bern beim obersten Komitee des Roten Kreuzes äußert Frau Dubois ihre Furcht, dass bei weiteren antisemitischen Maßnahmen immer jüngere Kinder zu Opfern würden. Und formuliert zum ersten Mal an die Behörden die dringliche Bitte: Alle in den Rotkreuzkolonien beherbergten gefährdeten israelitischen Kinder sollen in der Schweiz Asylrecht erhalten!

Das Anliegen wird vom Zentralsekretär der Kinderhilfe Rodolfo Olgiati weitergeleitet an den Leiter des Schweizerischen Roten Kreuzes. Dieser ist in Personalunion ein hoher Militäroffizier, Oberst Remund.

Rösy Näf kann jetzt auf keinen Schutz, keine Lobby zählen. Ihre Leidenschaft ist die Rettung dieser ihr anvertrauten unschuldigen Kinder. Sie schwingt sich auf ihr altes Fahrrad, die lahme Berta, das Gespött der Kinderrepublik. Radelt zwanzig Kilometer bis zur Präfektur von Foix. Wird dort von einem Büro ins nächste geschoben. Erfährt endlich: Die Kinder sind in das Lager von Vernet gebracht worden. Es befindet sich zwischen Pailhès und Pamiers.

«Vernet ist nur Durchgangslager», wird sie informiert. «Von dort aus wird deportiert, vielleicht sind die Kinder schon nach Polen unterwegs.»

Ein Kampf mit der Zeit. Wieder schwingt sie sich auf das jämmerliche Fahrrad. Es bricht in Pailhès zusammen. Sie macht einen Taxichauffeur ausfindig.

«Achtung, Mademoiselle! Die Reise nach Vernet ist weit und teuer!»

«Ist mir egal», sagt die Näf. Sie hat ihr ganzes Geld eingesteckt.

Endlich gelangen sie beim Lager an. Stacheldraht. Am Eingang zwei Wachen.

«Fahren Sie durch», befiehlt sie dem Chauffeur.

Die Wachtposten staunen – das kann nur ein hoher Gast sein.

Der Verwaltungsleiter des Lagers ist nicht unfreundlich. Er kennt die Schweiz aus seinen Kindertagen. Die Kinder aus La Hille sind ihm bereits aufgefallen, sie haben sich selbstbewusst, ohne Murren, den ärztlichen Untersuchungen unterzogen, Formulare ausgefüllt. Dabei vom Schloss erzählt. Sie sind überzeugt, dass alles ein Irrtum ist und ihre Leiterin bald hier sein wird.

Als sie hören, dass sie eben eingetroffen ist, ziehen alle die roten Ernteschürzen an zum Empfang.

Rösy Näf erhält einen Passagierschein, der sie ermächtigt, sich im Lager frei zu bewegen. Voller Vertrauen, dass Maurice Dubois und seine Frau unterdessen für ihre Kinder alle Hebel in Bewegung setzen, flößt sie überall Mut ein.

Maurice Dubois hört mittlerweile in Vichy, dass der Schweizer Gesandte Walter Stucki abwesend ist. So kann der Gesandtschaftssekretär Beistand leisten, ohne die offizielle Haltung der Schweiz zu kompromittieren. Er verschafft Dubois eine Unterredung beim Generalsekretär des Innenministeriums. Der Rotkreuzvertreter bittet um Schutz der ihm anvertrauten Kinder und weist auf die Tatsache hin, dass zur Zeit Hunderte von Schweizer Familien französische Ferienkinder zur Erholung aufgenommen haben.

Das leuchtet ein. Für einmal noch geschieht ein Wunder: Dubois kann Rösy Näf melden, dass ihre Schützlinge nicht mit den dreihundert anderen abreisen müssen. Die Erleichterung ist unbeschreiblich.

Doch da bleibt der Schmerz der andern, dem Rösy ohnmächtig gegenübersteht: Eltern flehen, sie möge auch ihre Kinder nach La Hille mitnehmen, drücken ihr Säuglinge in die Arme. Doch alle Flüchtlinge sind genau registriert, die Deportationslisten fertiggestellt. Die Polizei ist allgegenwärtig, ständig wird zum Appell gerufen, auf dem nahen Bahnhof stehen schon die Viehwagen. Rösy bleibt bei den Unglücklichen bis zur Abfahrt, nimmt Briefe, letzte Nachrichten, Eheringe zur Aufbewahrung entgegen. Vergewissert sich persönlich am Bahnhof, dass keins der Kinder von La Hille aus Versehen in die Wagen gestoßen wird.

Mit Entsetzen erleben die Großen von La Hille das Leid der Deportation.

Unbändig freut man sich in der Schlossfamilie über die Rückkehr der Großen, doch von nun an liegt über dem Leben der Kolonie ein Schatten.

In Bern liegt im Zentralbüro des Roten Kreuzes ein alarmierender Report über die Bedrohung der Kinder in den Heimen des Roten Kreuzes in Frankreich. Es betrifft vor allem die jüdischen Kinder: «Die Atmosphäre der Unsicherheit lastet schwer auf ihren bedrohten Leben … Es droht ihnen weiterhin die Deportation.»

Eine Delegation, zu der auch Maurice Dubois gehört, fährt nach Vichy, man spricht mit Minister Laval. Leere Versprechungen, denn mittlerweile ist geschehen, was man lange nur befürchtet hat. Die Deutschen haben ganz Frankreich besetzt.

Rösy Näf reist nun selbst nach Bern. Verschafft sich Zugang zum Leiter des Schweizerischen Roten Kreuzes, dem auch Olgiati und die Kinderhilfe unterstehen.

Oberst Remund hört sich Näfs Bitte an, sie ist für seine Ohren nicht neu, auch die Kirchen haben appelliert: Man möge alle gefährdeten jüdischen Kinder aus den Rotkreuz-Hilfswerken legal in die Schweiz aufnehmen.

«Sie könnten ja mit den gut eingeführten französischen Kinderzügen einreisen», bringt Rösy gleich den praktischen Aspekt zur Sprache.

Doch Remund ist ein Mann mit antisemitischen Gefühlen,

außerdem ein Paragraphenreiter. Kann er sich einfühlen in die Gewissensnot seiner Helfer in Frankreich?

«Es geht um den Ruf des Roten Kreuzes. Alle kontrollieren uns, vor allem die Deutschen. Neutralität verpflichtet.»

«Die jüdischen Kinder bangen um ihr Leben, Herr Oberst.»

«Ein Judenproblem in der Schweiz ist zu vermeiden», antwortet er. «Unser Boot ist voll!»

«Herr Oberst, es geht doch in den französischen Heimen nur um insgesamt hundertachtundsechzig gefährdete jüdische Jugendliche!»

Dem Herrn Oberst in seiner sauber gebürsteten Uniform missfällt ihr eifernder Ton. Und Rösy Näf missfällt, dass er die Welt aus einem anderen Blickwinkel sieht, dass er vom hohen Ross auf sie, die kleine Heimleiterin, hinunterblickt.

Er will sie loswerden, wird autoritär. «Sie haben nicht zu befinden, was für Sie stimmt! Sie sollen die Anweisungen des offiziellen Roten Kreuzes befolgen, jede Protestaktion vermeiden!»

Rösy Näf geht nach dem misslungenen Gespräch durch die Straßen der im Frieden liegenden Stadt Bern, eine andere Welt, in den Schaufenstern immer noch Luxusgüter, viele Lebensmittel. Sie gehört nicht mehr hierher. Am Abend tritt sie die beschwerliche Reise an durch das besetzte Frankreich nach La Hille. Die Kinder brauchen sie, wer steht ihnen sonst bei?

Von nun an sieht sie sich gezwungen, im Alleingang, im Widerspruch zur allgemeinen Flüchtlingspolitik der Heimat, nach ihrem Gewissen zu handeln. Tag und Nacht denkt sie sich Fluchtpläne aus für ihre gefährdeten Großen.

Die wiederholten Vorstöße für die Rettung der Kinder, die mehrfach zum Bundesrat gelangen, bleiben ohne Wirkung.

Unterdessen stehen die älteren Zöglinge von La Hille, die Le Vernet erlebt haben, noch unter Schock. Geheimnisse, die auch die Jüngeren belasten, wenn sie mitbekommen, wie die bewunderten Großen verschwörerisch beisammenstehen. Es ist nicht zu übersehen, dass sie Landkarten studieren. Nach Spanien? In die Schweiz? Flucht oder Deportation?

Schreckliche Gedanken in jungen Köpfen, die Gedanken des Lebens, der Zuversicht hegen möchten.

Rösy Näf und die Angestellten im Schloss leiden mit.

Die Näf muss Oberst Remund vergessen. Seine kleinlichen Vorbehalte der eigenen Sicherheit wegen. Sie nimmt Kontakt auf mit den Kolonien der Kinderhilfe in der Haute-Savoie, nahe der Genfer Grenze. In Annemasse und Saint-Cergues kennt sie die Leiterinnen: Germaine Hommel, in reifem Alter, lebenserfahren, engagiert. Unterstützt von ihrer jungen, mutigen Mitarbeiterin Renée Farny. Von dort aus könnte eine illegale Einreise einfacher sein.

Eine Gruppe von zehn Kindern, mit falschen Papieren ausgestattet, reist aus La Hille im Dezember 1942 quer durch Frankreich in die Haute-Savoie. In Saint-Cergues werden sie von Renée Farny erwartet, Rösy Näf hat sie telefonisch auf die Besucher vorbereitet, den Kindern Proviant und Geld mitgegeben für die Fahrt mit der Eisenbahn. Bei Nacht und Schneefall bewegt sich die kleine Gruppe, angeführt von der Farny und einem jungen Helfer, Richtung Grenze.

Es ist die Zeit der nebligen kalten Nächte, die Wachsamkeit der Grenzwächter ist geringer als sonst, alle zehn überwinden den Stacheldraht und sind gerettet.

Das spricht sich herum, macht Mut.

Am Silvesterabend bricht eine weitere Gruppe von fünf Jugendlichen auf. Sie machen Zwischenhalt in der Kolonie Saint-Cergues. Renée Farny ist krank, das Fieber hindert sie daran, hinauszugehen in die kalte Nacht. Doch sie schildert, wo der Stacheldraht überwunden werden kann, skizziert den Weg und lässt die Gruppe allein ziehen: Die scheue, dunkelhaarige Inge Helft, die Berlinerin Adele Hochberger, die blonde Inge Joseph aus Darmstadt, der Kölner Manfred Vos und Walter Strauß aus

Duisburg. Die Jugendlichen verlieren im Regen die Orientierung, der stets hilfsbereite Walter, der als Kundschafter vorausgeht, läuft den französischen Grenzposten direkt in die Arme. Die anderen vier werden etwas später von deutschen Zöllnern mit ihren Hunden aufgestöbert und ins deutsche Quartier gebracht. Dort werden sie verhört und harsch ermahnt, alles genau auszusagen. So erzählen sie von La Hille, von ihrer Angst vor Deportation.

Das dritte, siebzehnjährige Mädchen, die blonde Inge Joseph aus Darmstadt, schweigt. Verlangt, auf die Toilette zu dürfen. Ein Soldat soll sie begleiten. Sie schlägt das eingefrorene Fenster der Toilette auf, flieht. Die Nacht verbringt sie in einem Graben, im Morgengrauen trifft sie erschöpft und durchnässt im Kinderheim Annemasse ein und wird von der Leiterin der Kolonie versteckt.

Inge Joseph, die eine stille Verehrung hat für Walter, macht sich Sorgen um den Freund und versucht nochmals, den Stacheldraht zu überwinden.

Sie schafft es. Doch die schweizerische Fremdenpolizei, mit Heinrich Rothmund an der Spitze, hat über die Festtage verschärfte Vorschriften erlassen: Flüchtlinge, die schon auf Schweizer Boden sind, aber noch innerhalb eines Abstands von zwölf Kilometern zur Grenze, müssen von den Wächtern zurückgeschickt werden. Inge, die schon bei einem Weiler angelangt ist und eine freundliche Familie kennenlernt, wird erbarmungslos auf einen Lastwagen aufgeladen und nach Frankreich abgeschoben.

Renée Farny, alarmiert von den unglücklichen Ereignissen, telefoniert nach La Hille. Rösy Näf bricht sofort auf, macht diese beschwerliche Reise quer durch das besetzte Frankreich nach Savoyen. Der Zufall fügt es, dass sie in Annemasse am Bahnhof Walter Strauß begegnet, in Handschellen, eskortiert von der französischen Polizei.

Walter entdeckt Rösy Näf. Wie hat sie es zustande gebracht, ihn hier zu finden? Er bittet den Polizeibeamten, mit seiner Heimleiterin sprechen zu dürfen. Es wird gewährt. Rösy spricht ihm Mut zu, Worte, die ihn bis ins Gefängnis von Annecy begleiten. Frau Hommel nimmt sofort Kontakt auf mit der Polizei und bringt es zustande, dass Walter zwei Wochen später nach La Hille zurückkehren kann.

Doch da sind noch die drei anderen Jugendlichen: Inge Helft, Adele Hochberger und Manfred Vos. Ihre Namen bleiben eingeschrieben in den Annalen von La Hille und in den Herzen ihrer Mitschüler. Man hat sie deportiert, erst nach Drancy, dann nach Auschwitz, ihre jungen Leben wurden ausgelöscht.

In Bern bekommt Oberst Remund durch eine Indiskretion von der Fluchtaffäre Wind.

Er bangt um den Ruf des Roten Kreuzes. Gelangt an den Gesandten in Vichy und verlangt, man möge die schuldigen Mitarbeiter der Rotkreuzkinderhilfe sofort zum Rücktritt bewegen und zur Berichterstattung nach Bern schicken. Walter Stucki weist auf die hermetisch geschlossenen Grenzen hin. Er wolle Mademoiselle Näf zur Befragung nach Vichy einladen und dann Bericht erstatten.

Nach dem Gespräch mit Rösy Näf versucht Stucki, in einem Brief nach Bern die Situation der Hilfswerke in Frankreich zu schildern. Es sei nicht zu bezweifeln, dass Rösy Näf in Sorge um ihre Schützlinge nach bestem Wissen und Gewissen gehandelt habe. Sie selbst bedaure jedoch, dem Roten Kreuz geschadet zu haben und bitte um ihren Rücktritt. Er, Stucki, sehe keinen Anlass für eine solche Demission und würde sie für die Kinder von La Hille bedauern.

Doch Oberst Remund in Bern beharrt auf seinem Standpunkt. In seinem Eifer benachrichtigt er sogar das Deutsche Rote Kreuz in Berlin über die Vorfälle und betont, man bedaure und werde die schuldigen Personen entlassen.

Noch bleibt Rösy Näf eine kurze Frist in La Hille. Sie nutzt sie, um die gefährdeten Großen auf Bauernhöfen als Hilfskräfte unterzubringen. Auch Elsbeth Kassers Fritz Wertheimer ist darunter.

Elsbeth Kasser besucht an Ostern ihren Adoptivsohn auf seinem Bauernhof. Es ist ein heiterer Tag, stolz stellt Fritz den Bauersleuten seine Mutter vor, ah, man sehe die Ähnlichkeit, findet die Bäuerin. Elsbeth und Fritz entwerfen beim Spaziergang über die Felder Pläne für die Zukunft.

Doch da hängt eine bedrohliche Wolke über dem schönen Tag. Fritz verrät der Wahlmutter seine Absicht, da er sich in Frankreich nicht sicher fühlt, mit drei Freunden aus La Hille nach Spanien zu fliehen. Wenn alles vorbereitet sei, werde er ihr eine Karte schicken mit den Worten: «Ich besuche Rosa.»

Die Karte erreicht Schwester Elsbeth in Gurs, doch die Flucht des Adoptivsohns endet tragisch. Die vier Freunde vertrauen sich auf den Bergpfaden einem falschen Führer an, werden verraten und in das Gefängnis von Toulouse gebracht. Von dort aus Abtransport in ein Vernichtungslager in Polen. Nur einer der vier wird überleben und später Zeugnis ablegen von der Leidenszeit der Jugendlichen.

Die Directrice von La Hille wird von allen Seiten eingeschüchtert: Fluchtpläne dürfen von ihr nicht mehr geduldet werden. Die Großen fühlen sich allein gelassen, der Willkür der Vichy-Polizei ausgeliefert.

Doch da erscheint eine neue Lehrerin aus der Westschweiz, Anne-Marie Piguet. Eine hübsche junge Frau, Tochter eines Försters aus Le Sentier am Lac de Joux, sie hat eben in Lausanne ein Studium der Geschichtswissenschaft abgeschlossen. Sie strahlt frische Lebendigkeit aus – was für eine Wohltat für die Mädchen und Jungen in La Hille, wo der asketische Alltag und die Angst vor Verhaftung so bedrückend sind! Die großen

Mädchen hängen an ihren Lippen: Sie soll von ihrem Leben vor dem Krieg erzählen, von Bällen, Dauerwellen, hübschen Kleidern! Anne-Marie versteht den Hunger der Heranwachsenden nach normalem Leben. Sie, die ein Herz für die jungen Menschen hat, spürt ihre Ängste, ihre Not, möchte sie nach den Schulstunden, nach der Feldarbeit für eine Stunde wenigstens in eine heitere Welt entführen.

Herr Gilg, junger Advokat aus der Schweiz – Anne-Marie schilderte ihn später als blutleeres dünnes Männchen –, hält als Vertretung von Maurice Dubois und im Sinn und Geist von Oberst Remund einen Vortrag über die Verpflichtung des Roten Kreuzes zur Neutralität und geißelt illegale Fluchten. Marie-Anne Piguet hört zu, doch hält sie diese Reden für lebensfremd. «Du versteht nichts, habe ich gedacht. Mein Gewissen, mein Menschenverstand sagt mir, diesen gefährdeten jungen Menschen muss geholfen werden, auch auf das Risiko hin, dass etwas schiefgeht!» Sie erinnert sich an die Waldwege, die sie als Mädchen mit ihrem Vater oberhalb des Lac de Joux im Grenzgebiet entlangwanderte. Die Wälder sind geheimnisvoll, von gefährlichen Felswänden durchzogen, weite Teile bedecken grenzübergreifend französisches Land.

Anstatt wochenlang auf ein Visum in die Schweiz zu warten, beschreitet sie an einem Sommertag erst einmal allein diese illegalen Pfade. Sie besucht ihre Eltern in Le Sentier, macht dann Bekanntschaft mit einer jungen Französin, Victoria Cordier, die jenseits der Grenze auf der Hochebene von Champagnole wohnt. Sie gehört der Résistance an und hat schon gefährdete Menschen über die Grenze geführt. Ihre Mutter wohnt im Sperrgebiet, der letzten Zuflucht vor dem Stacheldraht, in Chapelle-des-Bois. In der Nähe befinden sich die in den Fels gehauenen Stufen, der sogenannte Guy de l'Échelle. Man muss diese Felsleiter erklimmen und sich dabei an Baumästen festhalten, auch bei Eis und Schnee steil den Mont Risoux hinauf bis zur Kuppe, wo ein kleines Kreuz im Fels anzeigt, dass hier die Schweiz beginnt.

Anne-Marie Piguet wird nun in kleinen Gruppen Jugendliche aus La Hille durch die Wälder des Risoux führen. Es ist ein gefahrvolles Unternehmen, es lauern hüben und drüben die Grenzwächter. Wenn alles gutgeht, kommen sie in Le Sentier bei Anne-Maries Eltern an, die absolut einverstanden sind mit Anne-Maries Aktionen. Sie begleiten die Fliehenden dann zum Zug nach Zürich, wo der unermüdliche Flüchtlingspfarrer Paul Vogt sie aufnehmen wird. Abenteuerliche Unternehmungen, Strapazen. Doch die Piguet, ausgestattet mit Eigensinn und praktischem Verstand, rettet mit ihrem Mut ein Dutzend junge Menschenleben.

22

Wer rettet wen?

Hilferding und Mehring

Zurück zum Februar 1941 nach Marseille.

Trotz der neuen Fluchtmöglichkeit auf dem Seeweg war das allgemeine Klima für Flüchtlinge in Marseille jetzt aggressiver und schwieriger.

Der alte, hilfsbereite Polizeichef war strafversetzt worden. Der neue, mit dem zungenbrecherischen bretonischen Namen Rodellec du Porzic, hasste die Juden. Immer häufiger wurden sie in den Hotels aufgespürt und zur Überprüfung ihres Status auf die Polizeiwache befohlen.

In dieser unheilschwangeren Zeit vollzog sich auch das Schicksal von Breitscheid und Hilferding. Fry hatte sich oft über die Selbstgerechtigkeit der alten Politiker geärgert. Trotzdem wollte er alles daransetzen, ihnen aus dem Land zu helfen. Noch immer standen sie unter Hausarrest in Arles, und Fry bekam Hinweise, man gedenke sie nächstens nach Deutschland zu verschicken. Tagelang dachte Fry über eine Rettungsaktion nach. Schließlich beschloss er, was es auch koste, die beiden von einem der seltenen Taxis in Arles abholen zu lassen und sie in Marseille in der Nähe des alten Hafens in einem Lagerraum zu verstecken, bis ein Schiff nach Nordafrika abfahren würde.

Die beiden Starrköpfe, mürbe vom langen Warten, schienen in diese Flucht einzuwilligen. Doch am vorbestimmten Tag wartete das Taxi in Arles vergeblich. «Die Hundesöhne», schimpfte der Chauffeur, «wollten nicht einsteigen.»

Noch immer sahen sich die beiden als Staatsmänner, die eine

bevorzugte Behandlung verdienten, Vichy habe ihnen kürzlich versprochen, ein Exitvisum auszustellen!

Fry traute der Sache nicht. Er ließ auf einem Dampfer der Martinique-Route für die beiden zwei Kabinen buchen, doch es gab nur welche in der dritten Klasse. Breitscheid fand, für ihn und seine Frau sei eine solche Fahrt unter ihrer Würde, er warte auf eine bessere Gelegenheit.

«Nehmen Sie diese Kabinen und fahren Sie weg, solange Sie noch können, Hitlers Arm reicht weit!», insistierte Fry mit ungewohnter Heftigkeit.

Doch Breitscheid meinte: «Hitler wird es nie wagen, mir etwas anzutun.»

«Und was ist mit Ihrem Freund Hilferding?»

«Die Vernunft hat ihn verlassen. Er hat sich entschieden, mit dem Frachter zu fahren.»

Zum ersten Mal passte sich der kleine Hilferding nicht der Meinung seines großen Freundes an. Fry freute sich darüber und hoffte heimlich, auch Breitscheids Vernunft werde sich melden, jedenfalls ließ er für ihn ebenfalls eine Karte zur Seite legen.

Doch das Gegenteil passierte. Im letzten Moment, wie schon so oft, zog sich auch Hilferding von dem Fluchtplan zurück. Die für Breitscheid reservierte Karte war augenblicklich weg, doch die freigewordene von Hilferding behielt Fry fest in Händen, um sie einem andern, ebenso schwierigen Kunden aufzudrängen: Walter Mehring.

«Mehring, es bietet sich hier eine letzte Gelegenheit, dich zu retten.»

«Ich soll auf ein Schiff? Wo liegt Martinique?»

Fry holte eine Karte. «Hier, Monsieur Mehring!» Er zeigte auf einen kleinen Punkt, der im Ozean trieb.

Mehring zögerte. Nach seinen üblen Fluchterfahrungen hatte er sich geschworen, auf Gedeih und Verderb in Frankreich zu bleiben.

Frys Zureden hätte wohl nicht geholfen, wäre da nicht der Kartengruß von Hertha Pauli zu Neujahr gewesen. Dieser Gruß von jenseits des Ozeans weichte Mehrings starre Haltung auf, endete er doch mit den Worten: «Komm bald.»

Immer wieder las Mehring diese Worte, bewegte sie in seinem Herzen, betete sie mit den Lippen nach. In seinem Zimmer im Hotel Splendide waren sie sein Talisman, wenn die italienischen Offiziere, die kürzlich eingezogen waren, ihn mit lauten Gelagen ärgerten und um den Schlaf brachten. Er hielt seine Sehnsucht in seinem Tagebuch fest:

«How far away ...» ein Brief von Dir!
Ich lese Dich wie ein Brevier ...
Ich buchstabier, als wenn es wär
Vom Feenreich früheste Kindermär
Wüsst ich Aladins Lampe mein,
Wie wollt im Nu ich um Dich sein ...

Anstelle der Aladinlampe hatte Fry ihm den letzten freien Platz in einem Frachtschiff ergattert. Frys Baby packte also den Koffer. Stand dann in der Schlange der Reisewilligen am Pier. Doch, oh Schreck, auf der Brücke stand ein Offizier der Sûreté Nationale und prüfte minutiös die Papiere. Als die Reihe an dem kleinen, sichtlich nervösen Mann war, schlug der Beamte in seinem Fahndungsbuch nach, ob nichts gegen diesen Mehring vorlag. Halt! Da war ein Eintrag: *«Walter Mehring darf Frankreich nicht verlassen. Befehl der deutschen Kundt-Kommission.»*

Der Offizier zog sich in den Nebenraum zurück, wohl um die Präfektur anzurufen. Unterdessen vergoss Mehring, der stets vom Unglück Verfolgte, Ströme von Angstschweiß. Doch ein paar Minuten später geschah das Wunder: Der Offizier kam wieder, überreichte dem nervösen kleinen Mann seine Papiere und lächelte: «Es muss sich um einen anderen Walter Mehring handeln. *Go ahead!*»

Der Glücksengel, der Mehring jetzt über die Brücke des Frachters Wyoming führte, schien wenig übrig zu haben für Breitscheid und Hilferding. Am Samstag nach Abfahrt des Frachters, auf dem nach Frys Plan die Politiker in die Freiheit hätten fahren sollen, wurden sie von der französischen Polizei in ihrem Hotel verhaftet und in einem Auto nach Vichy geführt.

«Wollen Sie uns an die Deutschen ausliefern?», fragte Breitscheid.

«Sie haben eine schlechte Meinung von den Franzosen», antwortete der Gendarm. «Wir spielen Hitler keine Leute zu.»

Doch zwei Tage später wurden die Politiker an der Demarkationslinie den Deutschen übergeben.

Frau Breitscheid gelangte noch nach Büroschluss an die amerikanische Botschaft mit einem Hilfeschrei und bat um ein Telegramm nach Washington. Doch der Sekretär wies nur achselzuckend auf den Artikel 19 hin: Auslieferung auf Verlangen.

Als Fry am 14. Februar die Nachricht durch Frau Breitscheid hörte, war er hell entsetzt, rief seinen Freund bei der *New York Times* an und berichtete den Vorfall.

Doch an diesem Tag, den er ruhig in seinem Büro verbringen wollte, erwartete ihn ein noch größerer Schrecken. Am Nachmittag erschien der antifaschistische Rechtsanwalt Alfred Apfel. Er war Strafverteidiger von Carl von Ossietzky, George Grosz und Berthold Jacob gewesen, Fry hatte ihn vor bald sechs Jahren in Berlin kennengelernt.

Sie sprachen über die letzten Ereignisse. Fry war plötzlich besorgt um den von den Nazis gehassten Anwalt und warnte: «Alfred, passen Sie auf. So mancher Flüchtling hat sich sicher gewähnt und wurde geopfert.»

Da glitt ein Schatten über Apfels Gesicht. Dann wurde er

kalkweiß, kippte vom Stuhl, seine Stirn schlug an der Tischplatte auf.

Fry hielt den Stürzenden fest, zwei Minuten später war der Anwalt in seinen Armen kalt und tot.

«Das war das Erschreckendste, was mir in Frankreich passiert ist. Nie erschien mir der Tod handgreiflicher. Nie waren Leben und Tod näher beisammen», erinnert sich Fry später.

Als Mehring, der kleine Mann mit dem Fliegengewicht, eines Morgens aus der dumpfen Kabine hinauf ans Tageslicht stieg, glitt er aus, schlitterte über die feuchten Planken, von der anderen Seite schwappte eine Woge heran.

Ein Matrose von der karibischen Mannschaft stürzte herbei, fing ihn auf, da hing Varians Baby in kaffeebraunen, starken Armen: *«Hey, little mister, it's very dangerous …»*

Mehring hasste das Meer und verfluchte Hilferding, dem er die zweifelhafte Gunst dieser Schaukelfahrt verdankte.

Lieber blieb er jetzt auf seiner schwankenden Pritsche, kritzelte Reiseeindrücke in sein Heft, schloss die Augen, malte sich aus, in New York als Leiche in einer Kiste an Land getragen zu werden, während Hertha Pauli am Pier, geschminkt und in ihrem hübschesten Dirndl, klopfenden Herzens auf ihn, den lebendigen Mehring, wartete.

Doch nicht Mehring, sondern Hilferding lag bald leblos in einer Kiste. Ein Tag nach der Auslieferung an die Deutschen fand man ihn in Paris im Gefängnis La Santé an Krawatte und Gürtel in der Zelle baumeln. Mord oder Selbstmord? Das blieb ein Rätsel.

Breitscheid, sein Boss, bekam noch eine Galgenfrist. Zusammen mit Ernst Thälmann, dem Vorsitzenden der Kommunistischen Partei Deutschlands, sollte er drei Jahre später umkommen, angeblich bei einem Bombenangriff der Amerikaner auf das Konzentrationslager Buchenwald.

23

Heiße, gezählte Tage

«Ohne den Mann, der Varian Fry hieß, wären wir alle in Marseille untergegangen – und Tausende mit uns», schrieb die Wienerin Hertha Pauli aus New York und wiederholte es in ihrem Erinnerungsbuch *Der Riss der Zeit geht durch mein Herz*.

Hochsommer in Marseille.

Vom Wirt der Bar Mistral kam die Nachricht, von Mehring sei eine Mappe mit maschinengeschriebenen Texten liegengeblieben. So nahm Fry den reizvollen, aber langen Weg der Küste entlang unter die Füße, doch er hatte die zermürbende Hitze des Nachmittags unterschätzt. An der Bartheke des *Mistral*, die Mappe mit den Mehring-Gedichten neben sich, löschte er seinen Durst und grollte dem Umstand, dass er, seit seine engsten Mitarbeiter abgereist waren, nun solche Gänge selbst tun musste. Die Männer vom Ort, darunter ein paar Fischer, tranken im Bistro ihr Bier, starrten ihn an, den Fremden, und fuhren dann in ihrer Unterhaltung fort, mit ihrem vom Katalanischen durchmischten Französisch. Mit Sehnsucht dachte Fry an seine Gänge mit Hermant-Beamish, an die Kaffeepausen mit der Davenport, der Gold, der kleinen Fishman. Am schwierigsten zu verkraften war für ihn die Abreise Hessels – Stéphane auf einem Frachter nach Casablanca in der Absicht, von dort aus nach England zu reisen, zu den Widerstandskämpfern um de Gaulle.

Fry hatte wohl ein oder zwei eisgekühlte Gläser Pernod zu viel getrunken, er spürte es beim Überqueren der staubigen Straße. Eine Weile stand er still auf der Corniche, schwitzte, doch ein Blick auf seine Armbanduhr zeigte ihm, dass es viel zu früh war, um auf den Abendwind zu warten.

Das Meer im alten Hafen war ölig und träge gewesen, hier, bei den Klippen, wo die Wellen sich weiß schäumend überschlugen, war es lebendig und machtvoll. Fry fühlte sich von dem kühlen Nass magisch angezogen und kletterte mit staksigen Beinen die wilde Böschung hinunter. Die Brandung war stürmisch. Egal. Er überwand seine Furcht, klemmte Mehrings Mappe zwischen die Felsen, zog sich aus und warf sich ins Wasser. Nach einigen Kraulzügen hatte er die Brandungswellen hinter sich und überließ sich ruhig dem offenen Meer. Genoss die Kühle, das Schaukeln der Wellen. Das Meer, dachte er, ist mir plötzlich gewogen, mir und meiner Rettungsaktion. Und er sah die abgetakelten Frachter vor sich, die ein paar Hundert seiner Klienten mitgenommen hatten, weg von dem gefährlichen Marseille in Richtung Martinique. Ozean, verbindest oder trennst du? Meine Feinde wollen mich loshaben, doch ich bleibe, solange es geht.

Dieser Gedanke hatte ihn völlig ernüchtert, er dachte an sein Büro, die liegengebliebene Korrespondenz, und schwamm jetzt mit kräftigen Zügen zum Ufer. Nur eine kurze Pause zum Trocknen gönnte er sich noch zwischen den Felsen. Den Rücken in einem der warmen Sandtümpel, griff er nach Mehrings Mappe, öffnete und las:

Und wärst du alt wie Methusalem / Von der Fresse der Zeit benagt /

Die Ohren taub und das Hirn schon plemplem / Du hörst noch, was Muttern gesagt:

Baby! Wo ist mein Baby? / Groß ist der Ozean – mein Baby klein! Und wenn's zum Nordpol fährt / Und wieder heimkehrt / Passt Baby immer noch ins alte Bettchen rein!

Baby wird nun in seinem Bettchen auf dem Ozean schaukeln, dachte Fry. Und drüben in Hollywood wird er einen Courtesy-Vertrag bekommen für Filmskripte, wie schon Heinrich Mann und andere deutschsprachige Schriftsteller, ein Jahr lang jeden Monat ein Honorar, soziale Hilfeleistung, und alles völlig zwecklos, denn die Skripte werden von anderen geschrieben.

Fry zog sich nun an. Ohne Freunde machte der Strand wenig Spaß, und er dachte an seinen letzten Getreuen, Danny Bénédite, seit zwei Wochen eingesperrt im *cachot*. Haft in dem grottenähnlichen Gefängnis beim alten Hafen in Marseille, besorgniserregend, demütigend. Sein Delikt? Eine Geldwechselsache. Beamish, mit allen Wassern der illegalen Szene gewaschen, wäre das wohl nicht passiert. Doch Danny hatte alle Warnungen in den Wind geschlagen, hatte einem zwielichtigen Mann aus der Halbwelt vertraut. Danny, ein wunderbarer Freund und Mitarbeiter, wusste in gewissen Momenten alles besser, bockte, wenn man ihm widersprach, und deutete es, darauf angesprochen, stolz als Erbe seiner charakterstarken elsässischen Mutter.

Fry ging ein Stück auf dem staubigen Küstenweg zu Fuß, nahm dann die Straßenbahn in die Stadt und erreichte knapp vor Büroschluss den Boulevard Garibaldi. Die neuen Mitarbeiter witterten schon Feierabend, der Boss traf sie beim Zusammenräumen. Einer von ihnen berichtete, Polizisten seien vorbeigekommen mit dem Befehl, Fry habe sich morgen bei du Porzic einzufinden, erscheine er nicht, werde er verhaftet. «Da» – er schob ihm lässig einen Zettel hin – «ist alles noch schriftlich.»

Fry studierte stirnrunzelnd den Fetzen Papier. Eine solche Nachricht hätte seine alten Mitarbeiter alarmiert, doch diese Neuen, gewohnt an die ständigen Störmanöver und Untersuchungen, ließ auch eine Sache, die ihren Boss betraf, gleichgültig.

Fry verlangte die Personalien und Fragebogen der Bittsteller des heutigen Tages. Es waren immer noch zu viele, und Fry wusste: Es galt, sie alle zu retten.

Dabei hatte sich die Arbeit nicht nur verlangsamt, sie war auch schwieriger geworden. Immer zögerlicher teilte das New Yorker Büro die rettenden Visa aus, gab die Schuld dem State Department, das die Aufnahme von Immigranten bremse. Amerika wolle keinen ungeregelten Zulauf von jüdischen Künstlern und linken Intellektuellen. Und den Flüchtlingen in Marseille ging beim wochenlangen Warten das Geld aus, und die Verzweiflung nahm überhand, einige gaben die Hoffnung auf und nahmen sich das Leben.

Im nun leeren Büro schrieb Fry Eileen einen Brief. Sie hatte sich über sein langes Schweigen beklagt, nun versuchte er ihr häufiger, wenn auch kurz, zu schreiben. Er berichtete ihr, man versuche ihn als Kommunist zu überführen. Weshalb? Er wisse es nicht. Einer der Kommissare habe darauf hingewiesen, Fry habe in der Villa Air Bel Victor Serge, einen Bolschewiken, und andere zwielichtige Künstler aufgenommen. Ein- oder zweimal die Woche werde sein Büro jetzt nach subversivem Material durchsucht, die Durchsuchungsbefehle trügen jedes Mal die Unterschrift von Rodellec du Porzic. Man finde nichts Gravierendes heraus, das mache die Behörden wohl aggressiv.

Dass man versuchte, ihn *à la française* mit fleischlichen Ködern in eine Falle zu locken, indem man mal junge Frauen, mal junge Männer vorbeischickte, unterließ er beizufügen. Es war dies weniger der Zensur wegen als wegen Eileens Aschenbach-Tick.

Als der Brief geschrieben war, öffnete er sein Tagebuch und trug den Satz ein: «Ich merke von neuem, ich bin sehr allein.»

An diesem Abend, es ging schon gegen elf, trat plötzlich Danny ins Büro.

«Entlassen?» Fry umarmte ihn erfreut. Spürte sofort, wie abgemagert der Freund war, auch sein Gesicht war eingefallen, in den Augenlider ein spastisches Zucken, als ertrage er das Licht nicht mehr.

Fry konnte seine Tränen nicht zurückhalten.

«Es geht schon», winkte Danny ab. «Wurde das Büro meinetwegen durchsucht?»

Fry nickte. «Mehrfach.»

«Nun», sagte Danny, «meine Haft und die Durchsuchungen zielen darauf, dich so sehr einzuschüchtern, dass du Frankreich freiwillig verlässt. Sie können keine Beweise gegen dich finden, also wollen sie dir Angst einjagen. Ich kenne diese Taktik von der Pariser Polizei.»

Fry erzählte nun von seiner Vorladung am nächsten Tag bei du Porzic. «Weißt du, Porzic scheint mir volle Unterstützung zu haben von der amerikanischen Botschaft und vom Außenministerium. Ich habe Lust, alles hinzuschmeißen.»

«Du wirst nichts hinschmeißen, Boss! Viele warten noch auf Rettung, das weißt du doch.»

Fry nickte. Und Danny, der jetzt zu Frau und Kind wollte, wünschte ihm für den kommenden Tag Mut und Gelassenheit.

Fry erschien pünktlich bei Rodellec du Porzic.

Der Chefbeamte, wohl um seine Macht zu demonstrieren, ließ den Amerikaner eine Dreiviertelstunde warten, dann endlich wurde Fry in du Porzics Heiligtum eingelassen. In den durch das Fenster eindringenden Sonnenstrahlen war du Porzics Kopf hinter dem Schreibtisch ganz in sanftes Licht getaucht, Fry musste warten, bis seine geblendeten Augen die Gesichtszüge seines Gegenübers erfassen konnten.

Du Prozic, der mit genau dieser Verzögerung rechnete, blätterte in einem umfangreichen Dossier. Schließlich blickte er auf und begann: «Mister Fry, Sie haben meinem lieben Freund, dem Generalkonsul der Vereinigten Staaten, viel Verdruss bereitet!»

«Ich denke, der Konsul kann seine Probleme selbst lösen», antwortete Fry.

«Es wird mir berichtet», fuhr du Porzic fort, «dass Sie von Ihrer Regierung und von dem Komitee, das Sie vertreten, aufgefordert werden, unverzüglich heimzureisen.»

«Das stimmt nicht. Das Komitee in New York will, dass ich bleibe.»

Du Porzic schüttelte ungeduldig den Kopf und wandte sich nun Danny Bénédites Delikt zu. «Das Vergehen Ihres Sekretärs wird auch für Sie Folgen haben.»

«Er ist nicht mein Sekretär, und Sie haben keine Beweise, dass ich damit zu tun habe», antwortete Fry.

«Im neuen Frankreich benötigen wir keine Beweise», antwortete der Polizeichef.

Und Fry entgegnete: «Da haben wir wohl unterschiedliche Vorstellungen über Menschenrechte.»

Du Porzic nickte. «In den Vereinigten Staaten hat man wohl noch eine veraltete Idee von Menschenrechten. Doch die Gesellschaft ist wichtiger als das Individuum. Wann also werden Sie Frankreich verlassen?»

Fry antwortete, er habe noch keine Pläne.

«Wenn Sie Frankreich nicht freiwillig verlassen, werde ich Sie verhaften und irgendwo weit weg von Ihren Freunden unter Arrest stellen.»

Um Zeit zu gewinnen, sagte Fry: «Ich möchte meine Angelegenheiten erst in Ordnung bringen. Ein Vertreter des Komitees muss aus Amerika kommen, der die Leitung des Büros übernimmt.»

«Warum hängen Sie denn so an Ihrem Büro?»

«Weil es für viele Flüchtlinge die letzte Hoffnung ist. Können Sie mir bis zum fünfzehnten August Zeit lassen?»

«Das dürfte wohl möglich sein.»

Als Fry sich erhob, bat er um die Erlaubnis, noch eine Frage zu stellen. «Sagen Sie mir offen, Monsieur du Porzic, warum Sie mich so hartnäckig bekämpfen?»

Der Chef der Marseiller Polizei zögerte nicht mit der Antwort. «Weil Sie Juden und Nazigegner geschützt haben.»

Einen Tag nach dieser Unterredung, wie zur Bestätigung des gut funktionierenden Zusammenspiels von Polizeipräsidium und amerikanischem Konsulat, händigte Konsul Fullertons Angestellte Fry seinen Pass aus. Er enthielt die Durchreisevisa für Spanien und Portugal und das französische Ausreisevisum.

Das Ende der Rettungsaktion also, die Tage waren gezählt.

Doch Fry wollte und konnte das nicht einfach hinnehmen. Er beschloss, nach Vichy zu reisen, um noch etwas Zeit für sein Büro herauszuschinden: Eine Woche länger bedeutete dreißig Menschenleben, vier Wochen schon hundertzwanzig. Natürlich, es waren nur Tropfen auf einen heißen Stein. Doch jeder Tropfen war ein Mensch mit seinen Wünschen, seinen Begabungen, seinen noch nicht gelebten Tagen. Das sollten die amerikanische Vertretung in Vichy und das Innenministerium einsehen und deshalb auf den Polizeichef in Marseille einwirken.

Noch einmal also Vichy. Im gleißenden, entlarvenden Licht des Hochsommers. Die Hotelanlagen in den Parks des Kurorts erschienen anders schäbig als im Winter. In der kalten Saison hatte man improvisierte Heizungen angebracht, lange, schwarze Metallrohre, die wie Giraffenhälse durch die Fenster nach draußen stachen, ein trister Anblick. Die Politiker und ihre Angestellten arbeiteten in kleinen Hotelzimmern, erledigten an Frisierkommoden ihre Regierungsgeschäfte. Ging man durch die schmalen Korridore, begegnete man Uniformierten mit Goldtressen und Troddeln, operettenhaften Funktionären mit gelangweilten Gesichtern, in den vergangenen Monaten ihres Spiels müde geworden.

Im amerikanischen Konsulat behandelte man Fry herablassend. Er schilderte die Situation der Flüchtlinge, deren letzte Chance die Vereinigten Staaten waren. Es gelte noch vielen beizustehen. Das schien hier niemanden zu berühren. Für ihn, Fry, könne man nichts mehr tun. Schon längst hätte er Frankreich verlassen sollen.

Fry war erschüttert über die Stumpfheit der Beamten. In der Cafeteria gaben ihm amerikanische Journalisten den Tipp, sich bei der Schweizer Botschaft ein Visum zu besorgen, sie alle hätten eins, um sich im Notfall rasch ins Nachbarland absetzen zu können.

Auf der Schweizer Botschaft begegnete man Fry freundlich, bestand aber darauf, er müsse ein Gesuch vorweisen, genehmigt vom amerikanischen Konsulat.

Vor dem Sekretariat des schweizerischen Gesandten Stucki begegnete Fry Maurice Dubois vom Roten Kreuz in Toulouse. Jetzt war Mittagszeit und der Schalter geschlossen, im leeren Vorzimmer sprachen die beiden Männer über Bénédite und seine Mission in Gurs. Fry berichtete, Bénédite habe genau beobachtet und in Vichy beim Staatssekretär des Inneren seine Klagen vorgebracht, doch eine herbe Abfuhr erlitten. «Wissen Sie, was die Antwort war? Die Sieger sind sehr zufrieden, wie wir diese Lager führen, ja, wir haben die Gründlichkeit von den deutschen Besatzern gelernt!»

Dubois seufzte. «Es ist alles schwieriger geworden. Letztes Mal hat man in Gurs nur widerwillig jene Kinder ausreisen lassen, die nahe Angehörige als Bürgen in den Vereinigten Staaten haben.»

Fry nickte. «Das Centre Américain de Secours beschäftigt sich mit diesen Fällen. Nach meiner Abreise wird Bénédite weiterhin Ihr Ansprechpartner sein. Doch ich möchte es Ihnen im Vertrauen sagen: Ich fürchte, man wird nach meinem Weggang das Büro schliessen und die Mitarbeiter internieren.»

«Das wäre ein internationaler Skandal», sagte Dubois erschrocken. «Müssen Sie denn wirklich Ihre Arbeit aufgeben?»

«Ich weiß es mit Sicherheit erst seit einer Stunde. Seit meinem Vorsprechen beim Staatssekretariat hier in Vichy: Ich werde aus Frankreich ausgewiesen.»

«Sie haben doch noch Zeit, Ihre Angelegenheiten zu ordnen?»

«Bis Mitte August. Ich versuche natürlich, den Termin zu überschreiten.»

Dubois neigte sich vor. «Darf ich Ihnen einen Rat geben? Verlassen Sie Marseille. Machen Sie erst ein paar Tage Ferien auf dem Land, Sie scheinen es nötig zu haben. Dann bearbeiten Sie Ihre Fälle von dort aus und geben Instruktionen an Ihre Mitarbeiter.»

Fry lachte. «Denselben Rat haben mir gerade meine Landsleute, die Herren Journalisten, gegeben: aus den Augen, aus dem Sinn. So rette man sich vor den ständigen Belästigungen der Polizei!»

Die beiden Männer verließen das Haus des Schweizer Gesandten und setzten sich in ein Café.

«Apropos, was wird, wenn Sie weg sind, mit Ihrem tüchtigen Kurierboy passieren, dem Justus Rosenberg?», fragte Dubois.

«Nun, Bénédite wird sich um ihn kümmern, denn wir sind so etwas wie eine Familie. Es gibt Anzeichen dafür, dass er sich wohl, wie andere Mitarbeiter des Büros, der Résistance anschließen wird. Eines Tages wird er nach Spanien und Portugal reisen wollen, denn er sieht seine Zukunft wie Hermant in den USA. Doch wenn wir schon von Justus sprechen: Wie geht es seinem Freund Fred Kamlet in La Hille?»

«Nun», sagte Dubois, und sein Gesicht nahm einen betrübten Ausdruck an, «der Junge hat eine bewegte Geschichte hinter sich. Bei einer nächtlichen Razzia hat ihn die Polizei zusammen mit anderen Jugendlichen mitgenommen und in Gurs interniert. Ich konnte zum Glück von Toulouse aus intervenieren und den Beweis erbringen, dass er die Altersgrenze erst in ein paar Monaten erreichen wird. So ist er einstweilen wieder in La Hille, doch er wächst, und die Zeit vergeht, wie alle andern Großen in der Kinderkolonie lebt er in Angst.»

Noch wusste Dubois nicht, dass Anne-Marie Piguet und Victoria Cordier Fred Kamlet über die Pfade des Risoux hinunter in die Schweiz mitnehmen würden.

Nach seiner Rückkehr aus Vichy reiste Varian Fry sofort aus Marseille ab. Es reizte ihn, ein paar Tage in Sanary-sur-Mer zu verbringen, in diesem von seinen Flüchtlingen viel gelobten Ort. Das einzige größere Hotel, das historische *La Tour*, in dem auch Erika und Klaus Mann gewohnt hatten, wenn sie ihre Eltern besuchten, vermied er aus Sicherheitsgründen und bezog ein Zimmer in einer kleinen, von einem hübschen Park umgebenen Pension. Ein älterer Friseur, der ihm am ersten Morgen einen modischen Haarschnitt verpasste, sprach ihn, den Amerikaner, auf die Flüchtlinge an. Monsieur Albert erwies sich im Gespräch als sehr belesen, er hatte die Künstler fast alle noch gekannt. «Wenn Sie wollen, zeige ich Ihnen morgen, wo sie gewohnt haben, unsere Dichter!»

Am nächsten Tag stieg Fry mit Monsieur Albert hinter dem Hotel La Tour den Hügel hinauf. Sie hielten vor dem Sarazenenturm, in dem Alma Mahler und Franz Werfel gewohnt hatten, die zwölf Turmfenster waren, der Verdunklungsvorschrift wegen, mit dicken Tüchern verhängt.

«Diese Fenster zu verdunkeln, war damals für Werfel ein Problem, wissen Sie!», erzählte Monsieur Albert. «Eines Morgens hat ihn die Polizei befragt, weil er nachts in seinem Schreibzimmer mit der Taschenlampe ein Manuskript gesucht hat. Nachbarn haben in der Folge den Schriftsteller der Spionage verdächtigt: Er gebe den deutschen Kriegsschiffen Lichtsignale!»

Varian lächelte, in seiner Erinnerung sah er den beleibten, trägen Werfel in seinem Luxushotel in Marseille.

Sie stiegen nun weiter hinauf zu einer kleinen, den Seefahrern gewidmeten Kapelle.

«Franz Werfel war sehr fromm», wusste Monsieur Albert. «In seiner Prager Kindheit hat er sich, beeinflusst durch sein böhmisches Kindermädchen, das er später in *Barbara oder die Frömmigkeit* beschreibt, dem Katholizismus zugeneigt. Trotz seiner Herzbeschwerden ging er in Sanary fast täglich diese Treppen hinauf und besuchte, zusammen mit den Dienstboten der umliegenden Villen, den Gottesdienst. Der alte Mönch, der die Messe las, meinte, der beleibte Fremde komme wohl seines Herzens wegen nicht nach vorn zur Kommunion, also wollte er ihm die Hostie bringen. Doch Werfel lehnte ab: ‹Mon père, ich bin Jude!›»

Nach einer Pause fragte Monsieur Albert: «Wie ich höre, wird bald sein Buch über die kleine Bernadette Soubirous und die Madonna von Lourdes erscheinen?»

Fry nickte. «Es erscheint gerade auf Deutsch. Doch die englische Ausgabe ist in Vorbereitung, das Interesse in den Vereinigten Staaten ist schon jetzt groß. In einem Zeitungsinterview wurde Werfel gefragt, ob er nun Katholik werde? ‹Jetzt, wo die Juden verfolgt werden, stehe ich ganz zu meinem Judentum›, hat er geantwortet.»

«Bemerkenswert», brummte Monsieur Albert. Und erinnerte sich dann an Werfels Frau: «Auch Madame Alma ist eine starke Persönlichkeit. Sie war mehrmals in meinem Salon und lobte meine Technik, ihr neuartige, weichfließende Dauerwellen zu machen. Während ich sie frisierte, sprachen wir über die Kunst in Wien. In Sanary, wissen Sie, hat das Paar zurückgezogen gelebt, nur die Besuchstage der Feuchtwangers wollten sie nicht verpassen. Wenn die Feuchtwangers einluden, strömte die Künstlerkolonie herbei. Zwar nervte der Hausherr manchmal durch seine naive Prahlerei, er zerrte die Gäste vor seine Bibliothek, um seine Buchausgaben in allen möglichen Sprachen zu zeigen. Er sprach von schwindelerregenden Honoraren in einer Zeit, wo andere nichts mehr verdienten! Doch seine Frau Martha hatte einen trockenen Humor und war eine exzellente Gastgeberin.»

Monsieur Albert blieb nun mit Fry vor der Villa Valmer stehen, dem großen, dreistöckigen Haus auf der Hügelkuppe, Feuchtwangers hatten es von 1934 bis zu ihrer Flucht 1940 bewohnt. Fry bewunderte die Aussicht auf die Bucht von Sanary und das Cap Sicié, eine würdige Unterkunft für den Erfolgsautor. Hörte dann von den illustren Besuchern: Brecht, zum Beispiel, und Thomas Mann, der 1933 unweit von hier das Haus La Tranquille übernehmen konnte. Später kam Mann aus der Schweiz nochmals nach Sanary zurück, um seinen Roman über die Josephsgeschichte zu beenden.

Martha Feuchtwanger, schwärmte Monsieur Albert, habe eine prachtvolle, rabenschwarze Haarfülle, die sie leider nur zu einem schlichten Knoten aufstecke. Details, die Fry weniger interessierten. Dafür war der Fußmarsch der Bucht von Portissol entlang reizvoll, und später, auf der Küstenstraße Richtung Bandol, wies der literaturbegeisterte Friseur auf die Villa Lazare hin, dem ersten, schon 1933 gemieteten Domizil der Feuchtwangers. Madame Martha, ja, er sehe sie noch genau vor sich! Gertenschlank in ihrem an Pyjamas erinnernden weißen Hosenkostüm. «Jeden Morgen badete sie vor dem Frühstück unten in der kleinen Bucht. Dann hat sie ihren Gatten dreißig Mal ums Haus gejagt, bis er Frühstück bekam! Aldous Huxley, der in der Nähe wohnte, hat die Zeremonie amüsiert mit dem Fernglas beobachtet!»

«Hat man sich das unten in den Cafés erzählt?», wollte Fry wissen.

Monsieur Albert lächelte. «Ja, und noch ganz andere Anekdoten über Lions ausschweifendes Liebesleben.»

Zu Monsieur Alberts Enttäuschung interessierte sich Fry nicht dafür. Doch er schaute sich gern die Villa des englischen Schriftstellers Huxley an und lächelte über die Inschrift am Eingangsbogen: Der Maler aus Sanary hatte das X vergessen, und so wurde das Haus, in dem Huxley *Schöne neue Welt* schrieb, zur Villa Huley.

Am Himmel hatten sich unterdessen Gewitterwolken zusammengezogen, die beiden Wanderer traten den Heimweg an. Beim Hotel La Tour verabschiedete sich Monsieur Albert, und Fry besuchte in einer Altstadtgasse noch Helene Hessel. Die Mutter seines Freundes Stéphane wohnte mit ihrem zweiten, teilweise gelähmten Sohn in Untermiete bei einer Opernsängerin namens Richarme.

Während draußen der Regen niederprasselte, trank Fry auf einem roten Plüschsofa Tee und hörte sich Helenes Klagen an, die er schon aus Briefen kannte: Ihr vergebliches Warten auf ein Visum für die Staaten und die Bitte um materielle Unterstützung. Ihren Freunden Kantorowicz sei es gelungen, im Mai auf einem Frachter nach Amerika zu fahren. Doch sie, die Witwe, lasse man seit Wochen ohne Nachricht … Fry ärgerte sich wieder einmal über die zögerliche Arbeit des Büros in New York und die Bremsen im State Department. «Die Leute in Washington sitzen in ihren schönen Büros und handeln mit Papieren. Es zerreißt ihnen nicht das Herz. Es berührt ihre Seele nicht im geringsten …», wird Fry schreiben.

Am nächsten Tag unternahm Varian nochmals denselben Rundgang. Er wollte diesmal ohne Erklärungen die Schönheit der Landschaft in sich aufnehmen, die Hügel mit den Olivenbäumen, die Gärten und wilden Böschungen, die nun, nach dem Gewitterregen, voll strenger und harziger Gerüche waren. Ein schmerzlicher Abschied von der Mittelmeergegend. Er liebte auch das quirlige Marseille, denn die Arbeit mit den Emigranten, dachte er, war die intensivste Erfahrung meines Lebens. Mein Herz wird in Frankreich bleiben, es wird schwer für mich, heimzukehren in die abgezirkelte Geometrie New Yorks. Und Eileen, wird sie verstehen, dass diese Monate aus mir einen anderen gemacht haben?

In der Halle der kleinen Pension gab es abends eine Überraschung: Danny Bénédite und Jean Gemähling warteten auf ihn. In Frys Zimmer unterhielten sie sich über die Probleme der Schmuggelroute nach Spanien. Anschließend verbrachten sie den Abend in einem der hübschen Cafés am Hafen, wo sich all die Jahre vorher schon die Emigranten getroffen hatten. Wegen der Verdunkelung durfte die Terrasse des Cafés nicht beleuchtet werden. Man saß beim Schein einer Kerze, die Weingläser vor sich, hörte auf das leise Plätschern des Wassers, das den rötlichen Himmel reflektierte. Angeregtes Stimmengewirr. Die Gesichter der Freunde vom schwachen Kerzenlicht erhellt, das Café eine Oase inmitten diffuser bläulicher Dunkelheit, der Krieg schien fern zu sein.

«Varian, ich glaube, es beobachtet uns jemand», sagte Danny plötzlich. «Wolltest du nicht morgen weiter nach Nizza? Du sprachst doch davon, Gide und Matisse zu besuchen.»

Auch Varian nahm jetzt an der Theke den blassen bärtigen Mann wahr, mit dem ins Gesicht gedrückten Humphrey-Bogart-Hut. Wo hatte er diese Physiognomie schon einmal gesehen?

Fry packte noch in der Nacht seinen Koffer und unternahm in den folgenden Tagen Abstecher nach Cannes und Nizza und kehrte am 27. August nach Marseille zurück, fast zwei Wochen nach du Porzics Ultimatum. Zwei Tage später kamen Gendarmen in das Centre Américain de Secours mit dem Befehl, Varian Fry als unerwünschten Ausländer aus Frankreich abzuschieben. Bis zur spanischen Grenze werde er von einem Inspektor Garandel beaufsichtigt. Einige von Frys Mitarbeiter ließen es sich aber nicht nehmen, ihren Boss Anfang September 1941 an die Grenze nach Cerbère zu begleiten.

Abschied. Umarmungen. Danny Bénédite wirkte besonders betroffen. «Du kannst uns doch nicht so verlassen, *mon vieux*. Du bist schon mehr Franzose als Amerikaner.»

Danny Bénédite leitete fortan das Büro in Marseille, das am 2. Juni 1942 von der französischen Polizei aufgelöst wurde.

Epilog

In den Wochen, in denen Fry in Lissabon auf seinen Flug nach New York warten musste, trieb ihn die Sorge um seine Schützlinge in Marseille weiter um, und er versuchte, vom Flüchtlingsbüro der Unitarier aus Hilfe zu leisten.

Zurück in New York, meldete er sich sofort beim Emergency Rescue Committee an der 42. Straße, doch die Begrüßung durch den Direktor Frank Kingdon und die Sekretärin Mildred Adams war nur mäßig freundlich. Fry suchte das Dossier von Helene Hessel, bemühte sich um die Rettung von Bill Freier und sorgte sich auch um alle anderen, denen er «von drüben» Hilfe versprochen hatte.

Im Büro des ERC stieß er auf ein heilloses Durcheinander von Anträgen und Listen, vergeblich hatten seine ehemaligen Mitarbeiter Hans Sahl und Miriam Davenport nach ihrer Ankunft in New York versucht, etwas Ordnung in die Bearbeitung zu bringen. Fry hatte in Briefen und Telegrammen nach New York oft darum gebeten, die Angelegenheiten der Flüchtlinge möchten effizienter gelöst werden. Nun, aus der Nähe, konnte er es kaum ertragen, wie zähflüssig alles vor sich ging.

Seine Mitarbeiter in Marseille hatten nach dem Vorbild ihres Chefs rund um die Uhr um jeden Einzelnen gekämpft, den sie den Fängen der Gestapo und der Vichy-Polizei entreißen wollten. Im Büro des ERC an der 42. Straße erledigten die Leute ihren Job, verließen nachmittags um vier das Büro, gingen nach Hause und kümmerten sich um ihre Kinder, Gärten und Hunde.

«Kingdon hat wenig Mitgefühl für die Emigranten», berichtete Fry an Danny.

Aufgebracht über die folgenschwere Schlamperei, hielt sich Fry mit Kritik nicht zurück. Er griff auch das Außenministerium an, das in letzter Zeit höhere Hürden für die Beantragung der Visa ersonnen hatte, in Zeitungsinterviews rügte er diese Verhinderungstaktik, sie liefere gefährdete Menschen der Deportation aus.

Kingdon, der mit dem Außenministerium zusammenarbeiten musste, war erbost und verbot Fry die Mitarbeit im Büro des ERC.

Eileen spürte Varians innere Unruhe und ertrug sie schlecht.

«Du bist undiplomatisch», warf sie ihm vor. «Versuchst du wieder einmal Ketten zu durchbrechen? Hast du dich in Marseille nicht schon vollständig aufgeopfert? Einige der Flüchtlinge zeigen hier durch ihr Benehmen, dass sie eurer Bemühungen gar nicht wert waren!»

«An wen denkst du dabei?», fragte er.

«Na, an Walter Mehring zum Beispiel.»

«Aha, unser Baby! Er versucht doch nur, in Hollywood ein gutes Filmskript zu schreiben.»

Die Wyoming, das durch stürmische See schlingernde Frachtschiff, hatte Mehring auf der Insel Martinique an Land gespült. Er wurde für kurze Zeit interniert und nahm dann einen vom Büro in Marseille bezahlten Flug über die Antillen nach Miami. Der Flüchtling mit dem schmalen, pfiffigen Gesicht und dem zerknautschten Regenmantel fiel bei der Immigrationsbehörde auf und wurde festgehalten. Da war sie wieder, Mehrings Todesfurcht. Man überlegte, ihn abzuschieben, er sah sich schon zurück im Hexenkessel von Marseille.

Doch endlich, inzwischen war es Juni 1941, ließ man ihn

nach Hollywood weiterreisen. Deutsche Filmemacher hatten die Bosse der großen Filmstudios bearbeitet, fähigen Schriftstellern «Lebensrettungsverträge» zu geben. So landete Mehring erschöpft und zerlumpt bei der Filmproduktionsgesellschaft Metro-Goldwyn-Mayer, wo er ein Stipendium für Filmskripte – ein Jahr lang wöchentlich hundert Dollar – zugesprochen erhielt.

Mehring, nun ausgestattet mit Büro samt Sekretärin, dachte sehnsüchtig an seine eigentliche Lebensretterin Hertha Pauli, die ihm mit ihrem «Komm bald» wichtigster Antrieb gewesen war für die Reise um den halben Erdball. Er hatte sie in Amerika noch nicht zu Gesicht bekommen, denn sie saß viertausendachthundert Kilometer weit entfernt in New York, ebenfalls an einem Schreibtisch. Die Fahrt, so rechnete er aus, dauerte mit dem Zug drei Tage und vier Nächte.

Die Pauli also weit weg, dafür sein ärgster Konkurrent ganz nah: der verhasste Schriftsteller Leonhard Frank. Wie der berühmte Heinrich Mann, der hier nichts als ein Immigrant war, saß Frank ebenfalls für hundert Dollar die Woche ab morgens neun Uhr am Schreibtisch, überwacht mit der Stechuhr. Bezahlte Sekretärin und Schreibmaschine waren inklusive, nun galt es, ein literarisches Ei für die Filmindustrie auszubrüten.

Auf Mehrings Tisch lagen Stapel von Schreibblocks und Stifte, als erwarte man von ihm kistenweise vollgeschriebene Skriptseiten pro Woche. Er saß auch nach Vorschrift seine Stunden ab und brütete, doch nichts bewegte sich in seinem Innern, da waren nur Bilder von der Flucht und der Schiffreise. So schrieb er aus der Erinnerung alte Kabaretttexte auf. Er hatte sie damals in Berlin für *Schall und Rauch* gemacht, bemühte sich dabei auf dem Papier der Metro-Goldwyn-Mayer um perfekte Kalligraphie, schnörkelte und strichelte wie die bezahlten Schreiber des 18. Jahrhunderts. Die Sekretärin, ein rothaariges Mädchen mit Stupsnase, das kein Deutsch lesen konnte, nickte ihm bewundernd zu. Der große Zeiger der Wanduhr, ein tintenfarbenes widerliches Insekt, kroch aufreizend langsam voran. Dreimal pro Tag ging der Schreiber, ebenfalls aufreizend langsam, zur Toilette, dann hinaus zum Drugstore gegenüber und trank einen Kaffee. Es war ein trübes Gebräu, das sich auf einer Wärmeplatte seinerseits stundenlang langweilte und nach nichts schmeckte. Kam der Skriptschreiber zurück, richtete sich die kleine Rote schon für den Ausgang, betrachtete sich im Taschenspiegel, eine rosafarbene Puderquaste fuhr über ihre Nase.

Doch nach sechs Tagen Monotonie wurde Mehring von dem älteren, kahlköpfigen Sekretär im Untergeschoss gerufen, und er bekam hundert Dollar in die Hand gedrückt. Mehring betrachtete voll Entzücken den Schein. Er verließ das Gebäude, draußen herrschte ein heiterer, von einer weichen, fast tropischen Luft erfüllter Abend. Was sollte er mit dem Feierabend anfangen? Drüben wurde die Kleine von dem kahlköpfigen Sekretär in einem hübschen, rot lackierten Wagen abgeholt.

Mehring ging über die Straße. Überlegte, ob er es zu Fuß schaffte bis zur Innenstadt, setzte sich aber, weil er müde war, in eins der nahegelegenen Hotdog-Lokale. Drüben, aus dem Portal des Filmstudios, trat Leonhard Frank und wurde von Heinrich im Auto mitgenommen, am Steuer saß Manns Frau. Frank hatte im Vorbeifahren den Kollegen erspäht, zeigte mit dem Finger auf die Hotdog-Terrasse, Nelly Mann winkte ihm zu.

In der Woche darauf lud man ihn ein mitzufahren. Bei Heinrich Mann saßen noch andere Emigranten, jeder berichtete, wie es ihm erging, besonders die Maler hatten sich gut eingelebt. Heinrich Mann schien erkältet zu sein, seine Frau war um ihn besorgt. Heinrich tätschelte ihren Arm und sagte zu Mehring: «Nelly ist tüchtig, sie hat mich über die Berge geführt nach Spanien. Doch nun zu Ihnen: Langweilen Sie sich im Studio?»

«Und wie», gab Mehring zu.

«Wissen Sie, ich schreibe, trotz Verbot, heimlich an meinem neuen Buch», verriet Mann. «Ab der dritten Woche wird man Ihnen eine Romanvorlage bringen, um daraus ein Drehbuch zu machen. Es ist immer derselbe Roman, und es gibt nun schon fünfundachtzig Vorschläge für das Drehbuch. Inzwischen ist kein Geld mehr da, den Film zu realisieren. Unsere Arbeit ist eine Beschäftigungstherapie.»

Die Wohnung der Manns war eher bescheiden. Bruder Thomas Mann und seine Frau Katia, die eben in eine feudale Villa in Pacific Palisades gezogen waren, wollten sich um eine bessere bemühen. Als Nelly Heinrichs Kollegen davon erzählte, lachte sie: «Was soll's, verpflanzt ist verpflanzt.» Sie zog die Jacke aus, kicherte, gluckste, trank zu viel von den süßen Schnäpsen.

«Pass auf», mahnte Heinrich, «du sollst die jungen Herren noch sicher nach Hause fahren.» Frank, der schon länger hier war, sprach vom baldigen Kauf eines Gebrauchtwagens. Mehring fing an zu rechnen. Man hatte ihm Geld geliehen in Marseille. Und in Hollywood hatte er schon seinen ersten Lohn bekommen.

So ging er in der Woche darauf los und kaufte einen grellroten, blitzenden Packard. Es machte ihm Spaß, den Sunset Boulevard in Gedanken an Hertha Pauli hinauf- und hinunterzubrettern. Doch er blieb einsam in seinem Blechgehäuse.

Dann war es endlich so weit: Er fuhr mit dem Zug zu Hertha nach New York. Sie stand am Bahnhof. Beinahe übersah sie ihn, den kleinen Mann, der wie in Frankreich immer noch ein Béret trug.

Er hingegen hatte sie sofort entdeckt, sie trug ein buntes Sommerkleid in der Form eines Dirndls. Er hüpfte auf sie zu, hängte sich ein und fragte: «Also, und jetzt?»

Sie führte ihn durch die Midtown, später aßen sie am alten Hafen.

Sie freue sich, dass er da sei, sagte sie.

«Hast du aus Martinique meine *Briefe aus der Mitternacht* erhalten, zehntausend Zeilen?», fragte er.

Und da sie nur nickte, zitierte er die letzte: *«Zerreiß ihn – packt Dich Langeweile …/ Lies nur die tausendeine Zeile: Ich liebe Dich!»*

«Ja, danke», sagte sie. «Ich mag dich auch. Aber ich liebe einen andern.»

Fry und Eileen waren beim Gramercy Park angekommen, er öffnete mit dem Schlüssel des Ornithologen.

«Weißt du, Eileen, ich kann deinem strengen Urteil nicht beistimmen. Klar hätte Mehring erst die geliehenen einunddreißigtausend Francs an das Büro in Marseille zurückzahlen sollen. Danny weiß dort kaum, wo er das Geld für die Spesen zusammenkratzen soll. Doch bedenke, die Flüchtlinge haben so viel Grauenhaftes durchgemacht.»

«Aber viele von ihnen sind wirklich undankbar!»

«Es ist lästig, dankbar sein zu müssen, weil es an die Zeit der Demütigung erinnert. Zudem sind sie alle damit beschäftigt, Fuß zu fassen, die Maler, die keine Sprachbarrieren haben, schaffen es besser. Chagall findet die Kühe hier ebenso schön und friedlich und malt fleißig weiter. Die neue Heimat soll ihm den ehrenvollen Auftrag geben, Mauergemälde an der Metropolitan Opera anzubringen.»

«Aber die Schriftsteller …»

«Werfel hatte mit seinem *Der veruntreute Himmel – Embezzled Heaven* schon 1940 hierzulande Erfolg. Und nächstes Jahr wird *The Song of Bernadette* garantiert ein Bestseller.»

«Er hat sich aber am Telefon verleugnen lassen, als ich kürzlich in deinem Namen anrief.»

«Nun, er hatte wohl zu tun.»

«Ich bitte dich – du hast ihm das Leben gerettet!»

«Das war meine Pflicht.»

Eileen schüttelte unwillig den Kopf. «Dass Kingdon nicht dankbar ist, kratzt dich wohl nicht besonders. Doch diese Leute wie Mehring … Danny hat an die Davenport geschrieben, er wolle am liebsten die Fenster des roten Packard einschlagen und Zucker in den Benzintank füllen, wenn Mehring jetzt nicht bald daran denke, die geliehenen einunddreißigtausend Francs zurückzuzahlen … Typen wie Mehring kompromittieren die Flüchtlinge.»

Varian sah Baby vor sich in seinem glänzend roten Packard und lachte ein bisschen in sich hinein, presste dann das Fernglas an die Augen, in der Krone der Zeder hatte er eine Kolonie Türkentauben entdeckt.

«Weißt du», sagte er nach einer Weile, «für mich sind die Künstler normale Menschen. Man kann nicht erwarten, dass sie sich edler benehmen als andere. Nur ihre Werke, um derentwillen man sie liebt, sind größer als sie selbst, und man ist froh, sie gerettet zu haben. Übrigens, gestern ging ich im Büro des ERC vorbei, trotz Verbot. Man hat mir dort ein Schreiben von Mehring übergeben, da, schau.»

Eileen setzte sich auf Varians Bank. In dem Brief, der in Englisch im November 1941 auf dem Papier der Metro-Goldwyn-Mayer geschrieben worden war, stand:

Lieber Herr Fry,

Da sind Sie also wieder … siegreich zurück … von uns allen, die in Gefahr waren, der am meisten Gefährdete … Wenn ich Ihnen das Leben schwergemacht habe, so habe ich meine Sünden an Bord des Schiffes abgebüßt, als Sie mich so nachdrücklich fortgeschickt haben … glücklicherweise! Sonst wäre ich nicht mehr am Leben …

Wäre ich Amerikaner, dann würde ich Ihnen zurufen: Welcome!

Doch da ich immer noch Ausländer bin, sage ich: meine besten Wünsche Ihnen, lieber alter Mr. Fry, dem Schutzengel der ganzen Sippe exilierter Intellektueller und Poetaster…

Nach dem Angriff der Japaner auf Pearl Harbour, im Dezember 1941, trat Amerika in den Krieg ein.

Fry glaubte, durch seine Erfahrungen in Marseille seinem Land nützlich sein zu können. Doch im Gegensatz zu seinem geliebten Beamish erfüllte sich sein Wunsch nicht, in die *military intelligence*, den Nachrichtendienst aufgenommen zu werden. Beamish, nun Albert O. Hirschman, Professor für Wirtschaftswissenschaften erst in Harvard, dann in Princeton, wird als Deutscher im Nachrichtendienst wirken und später am Marschallplan mitarbeiten. Auch in andere militärische Abteilungen wurde Fry nicht aufgenommen, als Grund der Ablehnung wurde ein psychisch bedingtes Zwölffingerdarmgeschwür angeführt, doch dürften eher die Erfahrungen ausschlaggebend gewesen sein, die das State Department mit ihm gemacht hatte.

Er flüchtete in seine Erinnerungen und blieb, so gut es noch ging, telefonisch mit Marseille verbunden. Doch Anfang Juni 1942, als er die Nummer des Büros an der Rue Garibaldi wählte, blieb es auf der anderen Seite des Ozeans stumm. Varian wählte die Nummer wieder und wieder, presste den Hörer ans Ohr. Doch da war nichts mehr zu vernehmen als das Rauschen seines eigenen Bluts.

Nun waren seine Befürchtungen eingetroffen: Das Büro war geschlossen worden. Die Vichy-Behörde konfiszierte am 2. Juni alle Unterlagen, und die Mitarbeiter wurden stundenlang von Beamten der Sûreté nationale über ihre Kontakte zu der kommunistischen Partei befragt.

Danny Bénédite ging in den Widerstand und wurde 1944 als Leiter einer Gruppe, die durch Fallschirmjäger Waffen erhielt, von der Gestapo verhaftet. Erst viel später erfuhr Fry von den Gefahren, in denen sich sein Freund bewähren musste, und wie er wie durch ein Wunder den Krieg überlebte.

Nach Dannys Verschwinden versuchte der nun siebzehnjährige Gussie nach Spanien zu fliehen. Er wurde arretiert, doch der Beamte, ein Gaullist, den das Schicksal des Jungen rührte, verpasste ihm nur eine Geldstrafe. Nach diesem Zwischenfall geriet Gussie auf der Suche nach der Résistancegruppe von Jean Gemähling in Lyon nochmals in die Fänge der Polizei. In einem Camp für Ausländer fürchtete er, deportiert zu werden, und vertraute darauf, dass nach den Bestimmungen der Genfer Konvention Kranke hospitalisiert werden müssen. Er simulierte einen geplatzten Blinddarm und wurde als Notfall operiert. Trotz der Operationswunde gelang ihm auf einem Fahrrad die Flucht. Über den weiteren Verlauf berichtete er selbst; «Ich konnte bei einer gläubigen protestantischen Bäuerin Zuflucht finden. Auf ihren Rat nahm ich den Namen von einem ihrer verstorbenen Neffen, Jean-Paul Guiton, an und wurde Mitglied einer Anti-Hitler-Partisanengruppe. Abends vor dem Einschlafen memorierte ich die Einzelheiten meiner neuen Identität, um mich und meine Umgebung nicht zu verraten. So überlebte ich die schrecklichen Jahre bis zur Landung der Alliierten.»

Erst nach dem Krieg gelangte Justus Rosenberg in die USA. Er studierte und lehrte dann an höheren Schulen, heute ist er immer noch Professor am berühmten Bard College in New York.

Fry begann die Ereignisse der Marseiller Zeit aufzuschreiben, um auf diese Weise mit den verstummten Freunden verbunden zu bleiben, doch eine Veröffentlichung war noch zu heikel für alle Beteiligten. Als dann nach Kriegsende 1945 Varian Frys *Surrender on Demand* erschien, wurde das Buch von der Presse gelobt, verkauft wurde es schlecht. Im Kalten Krieg standen solche Hilfswerke, wie Fry eins geleitet hatte, im Verdacht, mit Spionage und kommunistischer Infiltration zu tun zu haben. Frys Korrespondenz war schon ab 1942 überwacht, und es war eine FBI-Akte über ihn eröffnet worden.

Fry wurde mehr und mehr zu einer ruhelosen Seele. Er ging

durch die reinigenden Schleusen der Psychoanalyse, von der er sich erhoffte, ein ausgeglichener Mensch zu werden, ein normaler Amerikaner eben, der Baseball spielt und nicht lateinische Kreuzworträtsel löst. Eileen und Varian hatten sich schon 1942 getrennt, blieben aber gute Freunde. Er wird seine geschiedene Frau während ihrer Krebserkrankung bis zu ihrem Tod 1948 pflegen.

1951 heiratete Fry die junge Annette Riley und hatte mit ihr drei Kinder. Er versuchte als Journalist die Familie zu ernähren, doch er bekam Schwierigkeiten mit Redakteuren, die seiner Ansicht nach die Dinge falsch sahen. Als Gründer eines kleinen Filmunternehmens, Cinemart, warb er vergeblich um die Zusammenarbeit mit der Armee. Man gab ihm zu verstehen, in seiner FBI-Akte sei er als Mitglied der kommunistischen Partei seit 1937 vermerkt und habe in Frankreich mit Leuten der Partei eng zusammengearbeitet. Das verletzte Fry, und er kämpfte sich bis zum FBI-Direktor Edgar Hoover durch, um gegen diese Lüge zu protestieren, er erreichte nichts, sein Filmunternehmen ging bankrott.

Die Paranoia im Land nahm zu, viele Künstler, als einer der berühmtesten Charlie Chaplin, gerieten in Verdacht.

Eileen hatte damals im Gramercy Park von hübschen Volieren gesprochen, die man den Künstlervögeln bauen werde, doch nur wenige saßen in Amerika in einem goldenen Käfig

Lion Feuchtwanger in seiner Villa Aurora. Es gibt Käfige nach Art der Trompe-l'œil, in denen man behaglich sitzt und die Gitterstäbe nicht wahrnimmt, man sieht nur das bezaubernde Blau des Pazifik, auch ist da immer genügend Futter im goldenen kleinen Napf. Doch wenn man hinaustreten will, zeigt sich, das Türchen ist zu, es gibt kein Entkommen.

Feuchtwanger hatte wie in Sanary in Pacific Palisades einen exquisiten Weinkeller eingerichtet, da war auch eine Bibliothek zu finden mit dreißigtausend ausgesuchten Bänden. Wie in

Sanary zirpten in den Bäumen die Zikaden, und Martha stand aufopfernd an seiner Seite. Doch Lion hielt wie in Südfrankreich an seinen amourösen Gepflogenheiten fest und turtelte oft mit einer Geliebten, wie früher führte er pedantisch Tagebuch über die Qualität der Schäferstündchen mit dem Code: fad / mittel / nett.

Der Starautor traute sich nicht zurück nach Europa. Nicht einmal für eine Lesereise. Die Akte beim FBI belastete ihn: Sein Vortrag an dem von Kommunisten gesteuerten Kulturkongress 1935 in Paris. Seine Reise nach Russland mit der Geliebten Eva Hermann zur Jahreswende 1936/37. Seine ins Russische übersetzten Bücher, in Moskau ein Erfolg. Erst wurde seine Sekretärin nach Washington vorgeladen und befragt. Doch die misstrauischen Behörden wurden hartnäckiger und direkter, läuteten an der Haustür der Villa Aurora des inzwischen krebskranken Autors. Immer dieselben Fragen, dieselben Auskünfte, Lion fühlte sich an den *Hexenhammer* erinnert.

Und die Werfels. Sie lebten in Beverly Hills, unter diesen schwindsüchtigen, überhohen ausgetrockneten Palmen, die bei Feuersbrunst wie Fackeln brennen. Kleine Villen hingetupft ins Grün, Kulissen nach europäischem Vorbild. Werfel, der Herzkranke, erlebte nochmals ein Wunder, er schaffte es mit letztem Atem, das Buch zu beenden, das ihm am Herzen lag: *Der Stern der Ungeborenen*.

Und Heinrich Mann? Er, der mit seinem *Untertan* schon 1918 die Wandlung einer Gesellschaft vorgezeichnet hatte, schrumpfte im Exil zum unbedeutenden Literaten. Saß für hundert Dollar die Woche ab morgens neun im Filmbüro und durchschaute die Nutzlosigkeit seiner Bemühungen. Der siebzigjährige Heinrich war nicht mehr kreativ, zu übermächtig waren die finanziellen Sorgen, denn nach dem Filmstipendium, im zweiten Jahr des Exils, war er ohne Einkünfte. Mehr noch litt er mit seiner Frau Nelly Kröger. Sie war schwermütig geworden, trank zu viel von diesem süßklebrigen Alkohol, verursachte einen Autounfall, kam ins Krankenhaus. Als sich die Geschichte wiederholte, brachte sie sich um.

Katia, Thomas Manns Frau, kümmerte sich nun um den alleinstehenden Schwager, doch sie fand keinen Draht zu ihm. Da wurde Heinrich ehrenvoll in die neugegründete DDR eingeladen, Präsident der Deutschen Akademie der Künste zu werden.

Katia und Thomas redeten ihm zu, hätten ihn vielleicht nicht ungern los – er entschloss sich anzunehmen.

In der Nacht vor dem Abflug nach Europa starb er.

Fry wird nochmals nach Europa geschickt, er soll bei seinen Künstlern Lithographien und Zeichnungen sammeln, ein Fundraising-Projekt für das International Rescue Committee. Doch trotz seiner Bitten sind fast alle die Künstler, denen er das Leben gerettet hat, nicht dazu zu bewegen, etwas für seine Unterstützungsmappe beizusteuern. Er bekniet Chagall, Picasso, André Breton, Max Ernst … Zwei Jahre gehen erfolglos dahin, Fry bleibt ohne Einkommen. Er ist verbittert, der Bettelgang geht ihm zu Herzen, er hat einen Infarkt und landet im Spital.

In Marseille haben die Emigranten seine Ruhe und Gelassenheit gerühmt, nun machen ihn starke Gemütsschwankungen unruhig, seine zweite Ehe mit Annette ist bedroht. Ein einziger lichter Moment für Fry und seine Familie: Das französische Konsulat in New York, angeregt durch den Schriftsteller André Malraux, überreicht Varian Fry im April 1967 die Auszeichnung Chevalier de la Légion d'honneur für sein Engagement während des Kriegs. Der erste offizielle Dank. Auf dem Konsulat fließt französischer Champagner, auch Mary Jayne Gold gibt in ihrer luxuriösen Stadtwohnung eine Party. Doch Fry freut sich vor allem darüber, dass seine Kinder eine Vorstellung bekommen von der Rettungsarbeit ihres sonst so wenig erfolgreichen Vaters.

Auf alten Fotos wirkt Frys Körper durch Tabletten aufgedunsen, seine Gesundheit bleibt angeschlagen. Er nimmt eine Stelle an als Latein- und Griechischlehrer an einer High School in Redding, Connecticut. Gleichzeitig willigt er in ein Projekt ein, sein Buch *Surrender on Demand* für ein Jugendbuch zu bearbeiten. Vor dem Umzug nach Connecticut im September 1967 verbringt er noch eine gute Zeit mit seiner Familie in New York, das Paar schmiedet Pläne, obwohl die Ehe auf Frys Wunsch vor kurzem in Mexiko geschieden wurde. In der kommenden Woche, am 13. September, erscheint Fry nicht zum Unterricht. Die Schule ruft Annette an, darauf bittet sie am Telefon die Connecticut State Police, in Frys Wohnung nachzuschauen.

Der Polizist findet den neunundfünfzigjährigen Fry tot im Bett, halb bedeckt von maschinengeschriebenen Blättern: die Entwürfe für eine Schulbuchausgabe seines Berichts über die Rettungsaktion der Künstler und Intellektuellen in Marseille.

Nachbemerkung

Dreißig Jahre nach seinem Tod, 1996, wurde Varian Fry in der Holocaust-Gedenkstätte Yad Vashem in Israel geehrt. Als damals einziger Amerikaner wurde er aufgenommen in die Liste der «Gerechten unter den Völkern». Bei diesem Anlass holte der US-Staatssekretär Warren Christopher zu jener Entschuldigung aus, die Varian Fry zu Lebzeiten sehnsüchtig erwartet hatte: «Wir sind hier, um einen außergewöhnlichen Mann und einen außergewöhnlichen Amerikaner zu würdigen ... Es ist sehr bedauerlich, dass die amerikanische Regierung – und leider auch das Außenministerium – seine heldenhaften Taten zu seinen Lebzeiten nicht so unterstützte, wie sie es verdient hätten.»

Justus «Gussie» Rosenberg,
1941 am Meer
(privat)

Max Ernst, Jacqueline Breton, André Masson, André Breton
und Varian Fry (v.l.) in dessen Büro in Marseille, 1941
(© Varian Fry Institute, Los Angeles, USA)

Verwendete und weiterführende Literatur (Auswahl)

August Bohny: *Unvergessene Geschichten. Zivildienst, Schweizer Kinderhilfe und das Rote Kreuz in Südfrankreich 1941–1945*. Basel 2009.

Lion Feuchtwanger: *Der Teufel in Frankreich. Tagebuch 1940. Briefe: Erlebnisse. Tagebuch 1940. Briefe*. Berlin 2000.

Lisa Fittko: *Mein Weg über die Pyrenäen: Erinnerungen 1940/41*. München 1985.

Manfred Flügge: *Das flüchtige Paradies: Künstler an der Côte d'Azur*. Berlin 2008.

Varian Fry: *Auslieferung auf Verlangen. Die Rettung deutscher Emigranten in Marseille 1940/41*. Hg. von Wolfgang D. Elfe und Jan Hans. Aus dem Englischen von Anja Lazarowicz. München 1986.

Alfred A. Häsler: *Das Boot ist voll: Die Schweiz und die Flüchtlinge 1933-1945*. Zürich 2008 (1967).

Oliver Hilmes: *Witwe im Wahn: Das Leben der Alma Mahler-Werfel*. München 2005.

Anne-Marie Im Hof-Piguet: *Fluchtweg durch die Hintertür. Eine Rotkreuz-Helferin im besetzen Frankreich 1942–1944*. Aus dem Französischen von Margrit von Dach. Frauenfeld 1987.

Anne Klein: *Flüchtlingshilfe 1940–1942: Varian Fry und die Flüchtlingskomitees zur Rettung politisch Verfolgter*. Berlin 2007.

Erika Mann: *Zehn Millionen Kinder: Die Erziehung der Jugend im Dritten Reich*. Reinbek 1997.

Golo Mann: *Erinnerungen und Gedanken. Eine Jugend in Deutschland*. Frankfurt/Main 1991.

Magali L. Nieradka: *Die Hauptstadt der deutschen Literatur: Sanary-sur-Mer als Ort des Exils deutschsprachiger Schriftsteller*. Göttingen 2010.

Viola Roggenkamp: *Erika Mann. Eine jüdische Tochter: Über Erlesenes und Verleugnetes in der Familie Mann-Pringsheim*. Frankfurt/Main 2008.

Heinrich Rusterholz, Theres Schmid-Ackeret, Ruedi Reich: *Ohne Wenn und Aber dem Gewissen verpflichtet: Flüchtlingspfarrer Paul Vogt (1900–1984), Rotkreuzschwester Elsbeth Kasser (1910–1992)*. Zürich 2000.

Therese Schmid-Ackeret: *Elsbeth Kasser 1910–1992. Ein biographisches Projekt*. Elsbeth-Kasser-Stiftung. Thun 1999.

Antonia Schmidlin: *Eine andere Schweiz. Helferinnen, Kriegskinder und humanitäre Politik 1933–1942*. Zürich 1999.

Rosemary Sullivan: *Villa Air-Bel: World War II, Escape, and a House in Marseille*. New York 2009.

Ohne zu zögern. Varian Fry: Berlin–Marseille–New York. Publikation zur Ausstellung. Aktives Museum Berlin, 2008.

Exil am Mittelmeer. Deutsche Schriftsteller in Südfrankreich 1933–1941. Hg. von Ulrike Voswinckel und Frank Berninger. München 2005.

Vergessene Frauen. Humanitäre Kinderhilfe und offizielle Flüchtlingspolitik 1917–1948. Hg. von Helena Kanyar Becker. Basel 2010.

Außerdem hilfreich waren die belletristischen Werke der Emigranten. Für persönliche Gespräche und Einsicht in Dokumente danke ich Frau Schmid-Ackeret (Elsbeth Kasser), Joh. Häberli (Rösy Näf) sowie Helene und Frank Bayer (Emigration Sanary).

Eveline Hasler im dtv

»Eveline Haslers Figuren sind so prall voll Leben, so anschaulich und differenziert gezeichnet, als handle es sich samt und sonders um gute Bekannte.«
Klara Obermüller

Ibicaba
Das Paradies in den Köpfen
Roman
ISBN 978-3-423-**10891**-1

Die Wachsflügelfrau
Roman
ISBN 978-3-423-**12087**-6

Die Vogelmacherin
Die Geschichte von Hexenkindern
Roman
ISBN 978-3-423-**12914**-5

Der Riese im Baum
Roman
ISBN 978-3-423-**13231**-2

Tells Tochter
Julie Bondeli und die Zeit der Freiheit
Roman
ISBN 978-3-423-**13498**-9

Stein bedeutet Liebe
Roman
ISBN 978-3-423-**14138**-3

Und werde immer ihr Freund sein
Hermann Hesse, Emmy Hennings und Hugo Ball
ISBN 978-3-423-**14201**-4

Anna Göldin
Letzte Hexe
Roman
ISBN 978-3-423-**14267**-0

Mit dem letzten Schiff
Der gefährliche Auftrag von Varian Fry
ISBN 978-3-423-**14503**-9

Engel im zweiten Lehrjahr
ISBN 978-3-423-**21327**-1 und
ISBN 978-3-423-**25378**-9
dtv großdruck

Der Engel und das schwarze Herz
ISBN 978-3-423-**21553**-4

Peter Härtling im dtv

»Die Hilflosigkeit angesichts der Liebe, die Sehnsucht und die Jagd nach der Liebe, die Furcht und die Flucht vor der Liebe – daran leiden Härtlings unheroische Helden. Das sind die Motive, die er immer wieder aufgreift, seine Leitmotive.«
Marcel Reich-Ranicki

Nachgetragene Liebe
ISBN 978-3-423-**11827**-9

Hölderlin
Ein Roman
ISBN 978-3-423-**11828**-6

Ein Abend, eine Nacht, ein Morgen
ISBN 978-3-423-**11837**-8

Das Windrad
Roman
ISBN 978-3-423-**12267**-2

Božena
Eine Novelle
ISBN 978-3-423-**12291**-7

Hubert oder Die Rückkehr nach Casablanca
Roman
ISBN 978-3-423-**12439**-3

Waiblingers Augen
Roman
ISBN 978-3-423-**12440**-9

Die dreifache Maria
Eine Geschichte
ISBN 978-3-423-**12527**-7

Schumanns Schatten
Roman
ISBN 978-3-423-**12581**-9

Große, kleine Schwester
Roman
ISBN 978-3-423-**12770**-7

Eine Frau
Roman
ISBN 978-3-423-**12921**-3

Schubert
Roman
ISBN 978-3-423-**13137**-7

Peter Härtling im dtv

»Ich schreibe, weil der Mensch ohne seine Geschichte nicht leben kann.«
Peter Härtling

Leben lernen
Erinnerungen
ISBN 978-3-423-**13288**-6

Hoffmann oder Die vielfältige Liebe
Eine Romanze
ISBN 978-3-423-**13433**-0

Die Lebenslinie
Eine Erfahrung
ISBN 978-3-423-**13535**-1

Sätze von Liebe
Ausgewählte Gedichte
Hg. v. Klaus Siblewski
ISBN 978-3-423-**13692**-1

Das ausgestellte Kind
Mit Familie Mozart unterwegs
ISBN 978-3-423-**13717**-1

Liebste Fenchel!
Das Leben der Fanny Hensel-Mendelsohn in Etüden und Intermezzi
ISBN 978-3-423-**14195**-6

Tage mit Echo
Zwei Erzählungen
ISBN 978-3-423-**14452**-0

Zwettl
Nachprüfung einer Erinnerung
ISBN 978-3-423-**19121**-0

Janek
Porträt einer Erinnerung
ISBN 978-3-423-**61696**-6

»Wer vorausschreibt, hat zurückgedacht«
Essays
ISBN 978-3-423-**61848**-9

Bruno Schulz bei dtv

»Es blieb sehr viel übrig, nämlich fast das gesamte Werk dieses genialen Menschen, fast seine gesamte gestorbene Welt, empfangen in dieser märchenhaften, wunderbar deformierenden und uns dadurch bereichernden Phantasie, die tausendmal reicher war als die gewöhnliche Phantasie, das Zeichen des Göttlichen trug und darum vom Anfang bis zum Ende Leiden und Angst war... Schulz' Genie besteht für mich darin, dass dieser Schriftsteller durch die Deformierung der Wirklichkeit bis zu den innersten, tief versteckten Winkeln der menschlichen Seele vordringt.«

Andrzej Szczypiorski

Das graphische Werk
Illustrationen von Bruno Schulz
ISBN 978-3-423-**12823**-0

Die Zimtläden
Illustrationen von Bruno Schulz
Neu übersetzt von Doreen Daume
ISBN 978-3-423-**13838**-3

Das Sanatorium zur Sanduhr
Erzählungen
Neu übersetzt von Doreen Daume
ISBN 978-3-423-**14206**-9

Irene Dische im dtv

»Irene Dische besitzt einen Humor, der nicht den Zeigefinger hebt, sondern angelsächsisch lustig ein Zwinkern vorzieht.«
Rolf Michaelis in ›Die Zeit‹

Der Doktor braucht ein Heim
Übers. v. Reinhard Kaiser
ISBN 978-3-423-**13839**-0
Brillante Erzählung, in der die Tochter ihren Vater in ein Altenheim bringt und der betagte Nobelpreisträger sein turbulentes Leben Revue passieren lässt.

Ein Job
Kriminalroman
Übers. v. Reinhard Kaiser
ISBN 978-3-423-**13019**-6
Ein kurdischer Killer in New York – ein Kriminalroman voll grotesker Komik.

Fromme Lügen
Übers. v. Otto Bayer und Monika Elwenspoek
ISBN 978-3-423-**13751**-5
Irene Disches legendäres Debüt: Erzählungen von Außenseitern und Gestrandeten.

Großmama packt aus
Roman
Übers. v. Reinhard Kaiser
ISBN 978-3-423-**13521**-4
»›Großmama packt aus‹ zeigt das Gesamtbild bürgerlicher Familienkatastrophen. Unbarmherzig, liebevoll, hinreißend.« (Michael Naumann in der ›Zeit‹)

Loves / Lieben
Übers. v. Reinhard Kaiser
ISBN 978-3-423-**13665**-5
Irene Disches Liebesgeschichten sind eigentlich moralische Erzählungen. Sie suchen nach Gerechtigkeit und finden sie nicht. Denn die Liebe ist zutiefst unfair.

Clarissas empfindsame Reise
Roman
Übers. v. Reinhard Kaiser
ISBN 978-3-423-**13904**-5
Um ihren Liebeskummer zu vergessen, will Clarissa nach New York reisen. Stattdessen landet sie aber in Miami, mitten in einem erhitzten Wahlkampffrühling.

Veränderungen über einen Deutschen oder Ein fremdes Gefühl
Roman
ISBN 978-3-423-**13958**-8
Die Geschichte eines Mannes, der nicht weiß, was Liebe ist – und schließlich so etwas wie die vollkommene Liebe findet.